BASTEI
LÜBBE
TASCHENBUCH

Weitere Titel der Autorin:

Weihnachten am Siljansee
Sommerglück auf Reisen
Elche im Apfelbaum

Titel in der Regel auch als E-Book erhältlich

Über die Autorin:

Linnea Holmström ist begeistert von der Weite und der Vielfalt Schwedens – einem Land im hohen Norden, das zu jeder Jahreszeit seinen ganz besonderen Reiz hat. Deshalb liebt sie es, durchs Land zu reisen und ihre Erlebnisse in Romanen festzuhalten, die vom Leben, Leiden und Lieben der Schweden erzählen. IM HIMMEL IST DER HERBST WIE SOMMER ist der vierte Roman der Autorin.

Linnea Holmström

IM HIMMEL IST DER HERBST WIE SOMMER

Roman

BASTEI LÜBBE TASCHENBUCH

BASTEI LÜBBE TASCHENBUCH
Band 17 265

Dieser Titel ist auch als E-Book erschienen

MIX
Papier aus verantwortungsvollen Quellen
FSC® C014496

Originalausgabe

Titelillustration: © shutterstock/Rolf_52
Umschlaggestaltung: Tanja Østlyngen
Satz: Urban SatzKonzept, Düsseldorf
Gesetzt aus der Goudy
Druck und Verarbeitung: GGP Media GmbH, Pößneck
Printed in Germany
ISBN 978-3-404-17265-8

5 4 3 2 1

Prolog

»... und so wünschte sich Héloïse Lanoux, dass ihre Asche mit einer Silvesterrakete in den Nachthimmel geschossen wird.«

Die monotone Stimme des Nachrichtensprechers verstummte. Einen Moment lang war nur ein sternenklarer Nachthimmel auf dem Bildschirm zu sehen. Dann schoss ein helles Licht von unten nach oben und zerfaserte in unzählige bunte Lichtpunkte, die nach unten segelten und verglühten, bevor sie die Erde erreichten.

Gleich darauf erschien wieder der Moderator auf dem Bildschirm. »Bei neuen Unruhen in ...«

»Toll!«, sagte Fredrik und schaltete den Fernseher aus. »Genau so will ich das auch haben, wenn ich gestorben bin.«

Sein Enkel Emil, der neben ihm auf dem Sofa lag und sich in seine Armbeuge kuschelte, hob den Kopf. Angstvoll forschte der Zwölfjährige im blassen Gesicht des geliebten Großvaters. »Es geht dir doch gut, Opa?«

Fredrik legte einen Arm um seinen Enkel. »Es geht mir richtig gut heute«, sagte er schwer atmend, mit einer Stimme, die das Gegenteil verriet. »So gut wie heute ging es mir schon lange nicht mehr.«

Emil betrachtete ihn immer noch skeptisch, als überlege er, ob er den Worten seines Großvaters Glauben schenken konnte. Dann setzte er sich auf und sah ihm fest in die Augen. »Ich verspreche dir, dass deine Asche auch in eine Rakete kommt. Irgendwann. Aber Opa …« Emil holte tief Luft. »… versprich mir, dass du noch ganz, ganz lange lebst!«

Fredrik lächelte, sagte aber nichts. Er drückte seinen Enkel fest an sich.

»Ach nun hab ich überwunden
manche schweren, harten Stunden,
manchen Tag und manche Nacht
hab ich in Schmerzen zugebracht.
Ach, schrittest du durch den Garten
noch einmal im raschen Gang.
Wie gerne würde ich warten,
warten stundenlang.«

Theodor Fontane

— 1 —

Es ist Ihnen im letzten Jahr schon nicht gelungen, alle Zimmer durchgehend zu vermieten.« Die Stimme der Hotelmanagerin klang, als würde sie Anne-Lis persönlich dafür verantwortlich machen. »Entweder geben Sie sich mit diesen zwölf Zimmern zufrieden, oder Sie bekommen gar keine!«

Anne-Lis Dahlander ließ verärgert den Kugelschreiber fallen, mit dem sie während des bisherigen Gesprächs Kringel auf ihren Notizblock gemalt hatte. »Das muss ich erst mit meinem Vorgesetzten klären«, erwiderte sie.

»Ach, Sie sind nicht einmal entscheidungsbefugt? Dann beeilen Sie sich gefälligst ein bisschen, und fragen Sie Ihren Vorgesetzten! Ich habe weitaus Besseres zu tun, als meine Zeit mit sinnlosen Telefonaten zu verplempern«, kam es wütend zurück. »Wenn ich innerhalb der nächsten Stunde nichts von Ihnen höre, vergebe ich das Kontingent an einen anderen Reiseveranstalter.« Damit legte die Hotelmanagerin einfach auf.

Blöde Kuh, dachte Anne-Lis sauer und trommelte ungeduldig mit den Fingern auf ihre Schreibtischplatte. »Wo bleibt Folke?«, fragte sie ihre Kollegin Helen, die ebenfalls gerade ein Telefonat beendet hatte.

Ahnungslos zuckte Helen mit den Schultern. »Er wollte nur schnell hoch und sich ein frisches Hemd anziehen, bevor die Sandström kommt. Eigentlich müsste er längst wieder da sein.«

Carina Sandström saß im Vorstand des Reiseveranstalters, für den sie arbeiteten. Folke hatte die Leitung des Büros in Malmö inne, aber Anne-Lis wusste, dass er nach Höherem strebte. Anfangs hatte sie seinen Ehrgeiz oft belächelt, in letzter Zeit fand sie sein Verhalten aber eher befremdlich. Besonders wenn Carina Sandström ihre Besuche anmeldete, hatte er so gar nichts mehr mit dem Mann gemein, in den sie sich verliebt hatte.

Anne-Lis stand auf. »Ich gehe mal hoch«, sagte sie. »Das Hotel will innerhalb der nächsten Stunde eine Antwort.«

Helen nickte und griff nach dem Hörer ihres Telefons, das schon wieder klingelte. Aber bevor sie das Gespräch annahm, zwinkerte sie Anne-Lis zu. »Lass dich nicht ärgern«, sagte sie. »Es ist Freitag, und in ein paar Stunden starten wir alle ins Wochenende.«

Das Büro des *Swedish Travel Shop*, kurz *STS*, befand sich auf der zweiten Etage des Turning Torso, einem der Wahrzeichen der Stadt Malmö. Von außen sah das Hochhaus aus, als würde es sich um die eigene Achse drehen, von innen war es ein modernes Büro- und Wohngebäude.

Praktischerweise hatte Folke eine Wohnung in der siebenundzwanzigsten Etage desselben Gebäudes gemietet. Ein elegantes Apartment mit Blick auf den Hafen. Zu ihrem letzten Geburtstag hatte er Anne-Lis einen Schlüssel dafür geschenkt. Als er ihr die kleine, weiße Schachtel überreichte, hatte es ihr für einen Moment die Sprache verschlagen. Sie hatte geglaubt, dass er ihr damit sagen wollte, sie solle zu ihm ziehen.

Inzwischen war sie jedoch davon überzeugt, dass der Schlüssel nicht mehr als ein Verlegenheitsgeschenk gewesen war, mit dem Folke vertuschen wollte, dass er ihren Geburtstag völlig vergessen hatte. In ihrer Beziehung hatte sich nichts verändert, außer dass Anne-Lis nicht mehr klingeln musste, wenn sie zu Folke kam. Sie selbst bewohnte immer noch die kleine Wohnung in Rönneholm, einem Stadtteil mitten in Malmö.

Mit dem Aufzug fuhr Anne-Lis nach oben. Es war still auf dem Gang, nur das Klackern ihrer hohen Absätze war zu hören. In Gedanken war sie noch immer bei der unfreundlichen Hotelmanagerin, als sie die Wohnungstür aufschloss und die Wohnung betrat.

Der Wohnbereich bestand aus einem großen, halbrunden Raum mit beeindruckender Fensterfront, einem Tisch mit bunten Stühlen und einer Kochnische, die hinter einem Mauervorsprung halb verborgen war. Ganz rechts stand eine riesige Couchgarnitur. Von dort aus war der überdimensionale Flachbildfernseher ebenso zu sehen wie die beeindruckende Aussicht durch die bodentiefen Fenster auf die Öresundbrücke, die über die gleichnamige Meerenge hinweg Dänemark und Schweden miteinander verband.

Folke hatte ihr einmal gesagt, dass ihn diese Aussicht dazu bewogen hatte, die Wohnung zu mieten. Im Augenblick allerdings schien ihn nichts weniger zu interessieren als die Öresundbrücke.

Anne-Lis blieb abrupt stehen, als ihr Blick auf das Sofa fiel. Ein heftiger Stich in ihrem Herzen ließ sie nach Luft schnappen. Eine Schmerzwelle flutete durch ihren Körper und setzte sich in der Magengegend fest. Sie verharrte auf der Stelle, unfähig, sich zu bewegen oder etwas zu sagen, während der Boden unter ihren Füßen zu schwanken schien. Wortlos starrte sie das Paar an, das so sehr mit sich selbst beschäftigt war, dass es Anne-Lis nicht bemerkte.

Sie presste beide Hände gegen ihre Schläfen und spürte den rasenden Puls. Es war, als würden sich Zeit und Raum vermischen, als wären Vergangenheit und Gegenwart plötzlich eins. Ein Déjà-vu der übelsten Sorte.

Genau diese Situation hatte sie schon einmal erlebt. Der Schmerz von damals wurde zum Schmerz von heute. Und genau wie damals tat es unsagbar weh. Schlimmer, davon war sie überzeugt, konnte es nicht kommen.

In diesem Augenblick klingelte das Handy in ihrer Jackentasche.

Die beiden Gestalten auf dem Sofa fuhren auseinander, während Anne-Lis das Handy aus ihrer Hosentasche angelte. Dabei starrte sie weiter das Paar an, unfähig, einen klaren Gedanken zu fassen. Es war reiner Automatismus, der sie das Gespräch annehmen und das Telefon an ihr Ohr pressen ließ, ohne etwas zu sagen.

»Anne-Lis?«, vernahm sie die Stimme ihrer Schwester Hedvig. »Hallo, Anne-Lis, sag doch was!«

Weinte Hedvig?

»Du musst sofort nach Hause kommen!«, sagte sie. »Papa ist heute Morgen gestorben.«

Carina Sandström war gegangen, nachdem sie sich mit einem lockeren »Wir sehen uns gleich in deinem Büro« von Folke verabschiedet hatte.

Folke besaß wenigstens den Anstand, verlegen zu wirken. »Tut mir leid, dass du das sehen musstest«, sagte er. »Es hat nichts zu bedeuten, ehrlich nicht!«

Für ihn vielleicht nicht, aber für Anne-Lis bedeutete es eine ganze Menge.

Ihr Schweigen schien ihn zu verunsichern oder zu verärgern. Vielleicht auch beides. »Was hast du überhaupt hier zu suchen?«, fragte er unfreundlich.

»Mein Vater ist tot«, erwiderte Anne-Lis völlig überfordert, ohne auf seine Frage einzugehen. Tränen liefen über ihre Wangen.

»Oh«, sagte Folke. Dann verstummte er und schien nach den richtigen Worten zu suchen. »Das tut mir leid.«

Er schien selbst zu bemerken, wie unbeteiligt seine Stimme klang, denn nach kurzem Schweigens fügte er hinzu: »Aber Fredrik war doch sowieso schwer krank. Sein Tod kam also nicht überraschend.«

Als ob es das besser machte!

Anne-Lis schloss die Augen. Es war einfach zu viel, was in den letzten Minuten auf sie eingestürmt war. Der Tod ihres Vaters und die Erkenntnis, dass Folke sie mit Carina Sandström betrog.

»Warum?«, fragte sie leise und öffnete die Augen wieder.

Folke zuckte mit den Schultern, konnte ihr aber kaum in die Augen sehen. »Sie wollte es so«, sagte er, als würde das alles erklären. »Und ich hatte nichts dagegen. Mal abgesehen davon, dass sie eine tolle Frau ist, will ich in der Firma weiter vorankommen. Sie hat also einiges zu bieten, während du …«

Er brach ab, wahrscheinlich war ihm gerade bewusst geworden, dass die Worte, die ihm auf der Zunge lagen, völlig unangebracht waren. Aber er hatte schon zu viel gesagt, Anne-Lis wusste genau, was er meinte.

»Ich habe nur mich selbst zu bieten«, ergänzte sie tonlos, »aber das reicht dir offensichtlich nicht mehr.«

Sie standen dicht voreinander, und trotzdem schien er

meilenweit von ihr entfernt. Vergeblich suchte sie in seinem Gesicht nach der Liebe, die er ihr immer wieder beteuert hatte. War ihre Beziehung von Anfang an eine einzige große Lüge gewesen?

Seit zwei Jahren waren sie ein Paar, und bisher hatte Anne-Lis geglaubt, sie wären glücklich miteinander. Im Stillen hatte sie sogar von einer Hochzeit und gemeinsamen Kindern geträumt. Nun brach ihre ganze Welt zusammen.

Es hatte so lange gedauert, bis sie dazu in der Lage gewesen war, wieder zu lieben und zu vertrauen. Und nun hatte Folke innerhalb von Sekunden alles zerstört. Seine Worte verrieten puren Egoismus. Hatte er sich so sehr verändert, oder hatte sie sein wahres Wesen bislang nicht erkannt?

»Mach jetzt bloß kein Drama daraus!«, sagte er barsch. »Das mit Carina und mir ist bloß Sex, zwischen uns beiden muss sich deshalb nichts ändern.«

Nicht nur seine Worte, auch sein Tonfall trafen sie wie eine Ohrfeige. »Das ändert alles zwischen uns!«, erwiderte sie, während sich die Fassungslosigkeit in ihrem Innern allmählich in grenzenlose Wut wandelte. »Ich dachte, du liebst mich.«

Ihre Wut schien ihn kaltzulassen. »Wie gesagt, das Ganze hat nichts mit uns zu tun«, sagte er und wandte ihr den Rücken zu, um sich anzuziehen.

»Ich fahre nach Stockholm«, stieß Anne-Lis hervor.

»Zur Beerdigung deines Vaters«, erwiderte er. »Das habe ich mir schon gedacht.«

»Ich reise sofort ab.«

Folke fuhr herum. »Das geht nicht!«, sagte er. »Ich brauche dich nachher bei dem Meeting.«

Anne-Lis konnte es nicht fassen. Er hatte sie betrogen, sie

hatte gerade vom Tod ihres Vaters erfahren, und er dachte nur an sich oder vielmehr an die Verträge, die er abschließen wollte. Was wiederum bedeutete, dass er wirklich nur an sich dachte, denn von einem erfolgreichen Vertragsabschluss würde ausschließlich er profitieren.

»Dein verdammtes Meeting ist mir so was von scheißegal!«, brach ihre aufgestaute Wut hervor. »Ich fahre nach Stockholm, heute noch! Und ich weiß nicht, ob ich jemals zurückkomme.«

Diesmal war sie es, die ihm den Rücken zuwandte. Sie stolzierte aus der Wohnung, schaute nicht zurück und ärgerte sich über sich selbst, weil sie trotz allem hoffte, dass er ihr nachkam.

Aber er kam nicht, sondern ließ sie einfach so gehen.

Sie verließ die Wohnung, schlüpfte auf dem Gang aus ihren hochhackigen Schuhen und nahm sie in die Hand, damit sie schneller laufen konnte. Sie musste hier weg, so schnell wie möglich!

— 2 —

Stockholm ist zu jeder Jahreszeit schön«, hatte Hedvig einmal behauptet.

Anne-Lis konnte ihrer Schwester nicht uneingeschränkt zustimmen. Vielleicht lag es daran, dass ihre Heimatstadt sehr zwiespältige Gefühle in ihr auslöste.

Ein grauer Himmel mit kaltem Nieselregen begrüßte sie an der Centralstation, dem Hauptbahnhof Stockholms. Die Straßenbahn nach Gamla Enskede verkehrte alle zehn Minuten, aber sie beschloss, sich bei diesem Wetter den Luxus einer Taxifahrt zu leisten.

»Hej«, grüßte sie der Fahrer und lud ihre Reisetasche in den Kofferraum. Danach sagte er auf der ganzen Fahrt kein Wort mehr und nickte nur knapp, als Anne-Lis ihm ihr Fahrtziel nannte. Sie selbst versank während der Fahrt in trübsinniges Grübeln. Sie hatte auf dem Beifahrersitz Platz genommen, lehnte das Gesicht gegen die Seitenscheibe und schaute hinaus.

Stockholm war nasskalt und dämmrig, obwohl es erst früher Nachmittag war. Der Verkehr war chaotisch und ihre Stimmung ebenso trüb wie das Wetter.

Sie schrak zusammen, als das Handy in ihrer Handtasche klingelte, und fing einen unwilligen Blick des Taxifahrers auf. Als sie auf dem Display Folkes Namen las, drückte sie ihn weg. Kurz darauf erhielt sie eine SMS von ihm:

Warum hast du mir nicht gesagt, dass das Hotel auf eine Ant-

wort wartet? Du weißt doch, wie wichtig dieses Zimmerkontingent für uns ist!

Du kannst mich mal!, schrieb Anne-Lis zurück, schaltete das Handy ganz aus und steckte es wieder in die Handtasche.

Auf der Brücke über den Årstaviken, eine Bucht des Mälarsees, setzte Anne-Lis sich aufrecht hin. Nur noch wenige Minuten, bis sie zu Hause war. Sie hatte Angst davor.

Sie erklärte dem Taxifahrer den Weg zu ihrem Elternhaus, und er nahm ihre Anweisungen schweigend zur Kenntnis. Schließlich hielt er vor dem roten Haus mit dem großen Garten, das auf einem Eckgrundstück erbaut worden war.

Es war ihre Straße, es war ihr Elternhaus, hier war sie aufgewachsen. Anne-Lis war zu Hause, aber sie fühlte sich nicht so. Ihr Elternhaus war schon lange kein Ort der Geborgenheit mehr für sie. Diesmal wahrscheinlich noch weniger als sonst, weil sie sich jetzt dem Schlimmsten stellen musste, was sie sich vorstellen konnte. Sie hatte schon einmal einen Menschen verloren, den sie geliebt hatte, aber das hier war etwas ganz anderes.

Wenn sie in den letzten Jahren nach Hause gekommen war, dann hauptsächlich ihrem Vater zuliebe. Länger als zwei Tage hatte sie es nie ausgehalten, bevor sie beinahe so überstürzt abreiste wie beim ersten Mal, als sie regelrecht aus Stockholm geflüchtet war. In den letzten Jahren hatte sie aber zumindest gewusst, wohin sie flüchten konnte: in ihr neues, vermeintlich besseres Leben in Malmö.

Und nun hatte sie Malmö fluchtartig verlassen, mit dem gleichen Trauma wie damals Stockholm.

Als sich der Taxifahrer räusperte, wurde Anne-Lis bewusst, dass sie schon eine ganze Weile in seinem Wagen saß und gedankenverloren durch das Fenster auf ihr Elternhaus starrte.

Sie bezahlte ihn und gab ein ordentliches Trinkgeld dazu, das ihn veranlasste, ihr das Gepäck aus dem Kofferraum zu holen. Dann fuhr das Taxi davon, und Anne-Lis stand mit ihrer Reisetasche allein auf der Straße.

Kein Mensch war zu sehen, bis auf einen Fußgänger am anderen Ende der Straße, der langsam näher kam. Sie beachtete ihn nicht weiter, sondern blieb reglos auf der Straße stehen, starrte ihr Elternhaus an und konnte sich nicht dazu aufraffen hineinzugehen.

Bisher hatten ihre Eltern sie immer gemeinsam begrüßt, wenn sie nach Hause kam. Bisher war alles nur ein böser Traum. Sobald sie hineinging, würde daraus bittere Realität werden.

Sie hatte schon seit Anfang des Jahres gewusst, dass die Krebserkrankung ihres Vaters inzwischen so weit fortgeschritten was, dass es keine Hoffnung auf Heilung mehr gab. Sie war damals, nach dem Anruf ihrer Mutter, sogar extra nach Stockholm gefahren, um ihren Vater noch einmal zu sehen. Niemand, vor allem nicht die Ärzte, hatte damit gerechnet, dass er noch so lange durchhalten würde.

Sie hatte gewusst, dass er sterben musste, und trotzdem hatte sie die Nachricht von seinem Tod so geschockt, als wäre er völlig überraschend gekommen. Gestern hatte er noch gelebt, und jetzt war er einfach nicht mehr da! Sie konnte nie mehr mit ihm reden, mit ihm lachen oder ihn einfach nur umarmen. Ab heute gab es eine neue Zeitrechnung für sie: vor Papas Tod und danach.

Ihr Verstand weigerte sich immer noch, das Schreckliche zu begreifen. Solange sie das Haus nicht betrat, konnte sie sich einbilden, dass er hinter der Tür auf sie wartete und lachend rufen würde: »Inga, unsere Kleine ist wieder da!«

Er würde sie fragen, ob sie nicht endlich wieder ganz nach Stockholm zurückkehren wolle, würde ihr mit diesem gewissen Unterton in der Stimme sagen, dass das Nachbarhaus immer noch leer stehe und sie sich keine Sorge machen müsse, jemandem zu begegnen, den sie auf keinen Fall sehen wolle. Und dann würde er sie in den Arm nehmen und ihr sagen, wie sehr sie es verdiene, dass jemand sie von ganzem Herzen liebe.

Anne-Lis konnte sich nicht vorstellen, dass er das nie wieder zu ihr sagen würde. Hatte sie ihm beim letzten Mal eigentlich gesagt, wie lieb sie ihn hatte?

Tränen verschleierten ihren Blick.

»Warum gehst du nicht ins Haus?«

Anne-Lis wandte den Kopf und wischte sich hastig über die Augen. Der Fußgänger, den sie eben von Weitem gesehen und nicht erkannt hatte, war ihr Schwager Bertil. Er lächelte sie freundlich an und fuhr sich mit einer Hand über das kurz geschorene Haar. Dann rückte er seine Nickelbrille mit den runden Gläsern zurecht. Eine typische Bertil-Geste, dachte Anne-Lis.

»Ich weiß nicht«, murmelte sie nicht ganz wahrheitsgemäß. Sie konnte nicht erklären, was in ihr vorging, obwohl Bertil sie vielleicht sogar verstanden hätte.

Er war sehr blass, der Tod seines Schwiegervaters ging auch ihm sichtlich nahe. Die beiden hatten sich immer gut verstanden und in Fredriks Firma eng zusammengearbeitet.

Bertil umarmte sie kurz. Er sagte dabei kein Wort, und das war gut so, denn Anne-Lis kämpfte noch immer mit den Tränen. Sie bemerkte, dass auch seine Augen feucht schimmerten. Er nahm ihr die Reisetasche ab und ging zur Haustür.

Sie folgte ihm langsam, noch immer nicht bereit, das Haus

zu betreten und sich damit endgültig der Realität zu stellen.

Ein lautes Winseln war hinter der Haustür zu hören. Als Bertil sie aufschloss, schoss ein riesiger Hund nach draußen, der sich offensichtlich nicht entscheiden konnte, wen er zuerst begrüßen sollte. Der schwarze Mischling rannte winselnd zwischen Anne-Lis und Bertil hin und her.

»Hej, Leif!« Anne-Lis streckte die Hand nach ihm aus.

Der Hund stürzte auf sie zu, ließ sich vor ihr auf den Rücken fallen, streckte seine langen Beine mit den dicken Pfoten nach oben und ließ die Zunge aus dem Maul hängen. Er wedelte nicht nur mit dem Schwanz, sondern gleich mit dem ganzen Hinterteil, was ziemlich albern aussah bei einem Hund, der eigentlich als Wachhund angeschafft worden war.

»Dieser Köter ist bestechlich«, hatte Fredrik immer gesagt. »Der lässt selbst Wildfremde ins Haus, wenn sie ihm etwas Leckeres mitbringen.« Fredrik hatte Leif gerne als *den Köter* bezeichnet, was aber nicht darüber hinwegtäuschen konnte, dass er den Hund geliebt hatte.

Anne-Lis streichelte Leif ausgiebig, und der ließ sich das gefallen, bis Bertil ins Haus verschwand. Sofort stand der Hund auf allen vieren und folgte seinem Herrchen. So hatte auch Anne-Lis keinen Vorwand mehr, das Betreten ihres Elternhauses noch länger hinauszuzögern.

Im Treppenhaus brannte kein Licht, wie es sonst an düsteren Tagen üblich war. Bertil wartete an der Treppe auf Anne-Lis. »Ich bringe deine Sachen hoch. Die anderen sind wahrscheinlich im Wohnzimmer.«

Leif folgte ihm, als er nach oben ging, und Anne-Lis blieb allein in der Düsternis zurück. Die Beklemmung eines Trauerhauses war deutlich zu spüren, hüllte sie ein wie ein Leichentuch, das sich immer enger um sie schloss und ihr die Luft zum Atmen nahm.

Es half nichts, hier herumzustehen und die Begegnung mit ihrer Mutter und ihrer Schwester noch weiter hinauszuzögern. Zumindest würde Hedvig sie diesmal nicht fragen, wann sie und Folke endlich heiraten und eine Familie gründen würden. Nach Meinung ihrer Schwester war es höchste Zeit dafür, und zwar bevor sie die magische Altersgrenze von fünfunddreißig überschritten hatte. Eine Bemerkung, die Anne-Lis umso mehr hasste, je öfter sie sie hören musste.

Entschlossen betrat sie den Flur und öffnete die Tür zum Wohnzimmer. Von ihrer Familie war nichts zu sehen, aber die Tür zum Esszimmer war nur angelehnt, und sie konnte die Stimmen dahinter hören.

»Wir sind es Papa schuldig!« Hedvigs Stimme überschlug sich fast. »Und seine Geschäftspartner erwarten eine große Beerdigung auf dem Skogskyrkogården.«

Anne-Lis schob die Tür auf. Niemand bemerkte sie. Ihre Mutter, Hedvig und ihr Sohn Emil saßen am Esstisch. Hedvig hatte einen Block vor sich liegen und machte sich Notizen. Offensichtlich planten sie gerade die Beerdigung.

Anne-Lis spürte wieder den Drang, die Flucht zu ergreifen. Vielleicht wäre sie tatsächlich gegangen, wenn sie nur gewusst hätte, wohin.

Erstaunt bemerkte sie, dass ihre Mutter eigentlich so aussah wie immer. Jedes weißblonde Haar saß perfekt, ebenso das dezente Make-up, und das dunkle Kostüm hätte sie auch zu einem eleganten Empfang tragen können.

Ihre Schwester hingegen sah verhärmt aus. Sie trug Jeans und einen ausgeleierten Pullover. Hedvig war fast einen Kopf größer als Anne-Lis und im Gegensatz zu ihr überschlank.

Das Einzige, was sie mit ihrer Schwester gemein hatte, waren die blonden Haare. Zumindest war das bei Anne-Lis' letztem Besuch noch so gewesen. Jetzt waren Hedvigs kinnlange Haare dunkelbraun gefärbt, was ihre herben Gesichtszüge zusätzlich betonte.

»Ich glaube nicht, dass Fredrik so eine pompöse Beerdigung gewollt hätte«, hörte Anne-Lis ihre Mutter Inga sagen.

»Nein, das wollte Opa auch nicht!«, meldete sich Emil zu Wort. »Er wollte, dass seine Asche mit einer Rakete in den Himmel geschossen wird.«

Inga streichelte lächelnd die Hand ihres Enkels, während Hedvig genervt ausrief: »Hör endlich mit diesem Unsinn auf, Emil!«

Das Jungengesicht unter den blonden Locken verzog sich ärgerlich. »Opa wollte es aber so!«, fauchte Emil seine Mutter an. »Du hast doch keine Ahnung! Du warst nicht dabei, als er das gesagt hat.«

Hedvig schlug mit der flachen Hand auf den Tisch. »Ich will diesen Quatsch nicht mehr hören! Hast du mich verstanden?«

Emil sprang wütend auf. Die Hände zu Fäusten geballt, stampfte er mit dem rechten Fuß auf und schrie seine Mutter an: »Ich hör nicht auf! Opa wollte das so, und ich hab es ihm versprochen.«

»Hej«, meldete sich Anne-Lis zu Wort. Drei Gesichter wandten sich ihr zu.

»Anne-Lis!« Ihre Mutter stand auf, kam zu ihr und umarmte sie. »Wie schön, dass du zu Hause bist!«

Auch Hedvig kam näher. Ihre Umarmung fiel steif aus. »Schön, dass du die Zeit gefunden hast«, sagte sie spitz. »Bei unserem Telefonat warst du ja nicht sehr gesprächig.«

Anne-Lis konnte sich nicht mehr erinnern, was sie gesagt hatte. Hatte sie überhaupt etwas gesagt? Alles, was ihr im Zusammenhang mit dem Anruf ihrer Schwester einfiel, waren Folke und Carina Sandström auf dem Sofa.

»Tut mir leid«, murmelte Anne-Lis. »Der Schock ...« Sie brach ab und verschwieg, dass sie vor ein paar Stunden gleich einen doppelten Schock erlebt hatte und nur deshalb sofort nach Stockholm gekommen war.

Nach ihrer Auseinandersetzung mit Folke war sie nicht mehr ins Büro des *STS* zurückgekehrt, sondern vom Turning Torso aus sofort zu ihrer Wohnung gefahren. Sie hatte ein paar Sachen eingepackt und gerade noch den Schnellzug erwischt, der sie in viereinhalb Stunden von Malmö nach Stockholm gebracht hatte.

Und jetzt war sie hier, wo sie auch nicht sein wollte! Anne-Lis wünschte sich weit weg, wusste aber nicht, wohin. Malmö war keine Option mehr für sie.

Es gab niemanden, dem sie sich anvertrauen konnte. Schon als Kind war sie immer nur zu ihrem Vater gegangen, wenn sie etwas quälte. Er hätte sie verstanden, aber er war nicht mehr da.

Der Schmerz, den sie in den letzten Stunden mühsam unterdrückt hatte, überfiel sie jetzt mit einer solchen Wucht, dass er unerträglich wurde. Anne-Lis begann zu weinen.

»Ist ja schon gut«, sagte Inga und strich ihr über den Arm. »Für Papa war es das Beste so.«

Für Anne-Lis war das nicht mehr als eine hohle Phrase. Jeder Mensch, ganz besonders ihr Vater, hätte das Leben dem Tod vorgezogen. Aber vielleicht half diese Vorstellung ihrer Mutter ja, mit dem Verlust besser fertigzuwerden, deshalb schluckte Anne-Lis die bittere Bemerkung hinunter, auch wenn sie ihr wie ein unverdaulicher Brocken im Magen lag.

Ihr Blick fiel auf Emil. Der Junge stand immer noch an der gleichen Stelle, die Hände zu Fäusten geballt, mit trotzigem Gesicht.

Anne-Lis begriff, dass hinter seiner Wut der gleiche Schmerz steckte, den sie selbst empfand. Auch wenn sie in den letzten Jahren immer nur Stippvisiten in Stockholm gemacht hatte, so wusste sie doch, dass die Beziehung zwischen ihrem Vater und ihrem Neffen Emil eine ganz besondere gewesen war.

Bertil war nicht Emils leiblicher Vater. Nachdem Hedvig sich von ihrem ersten Mann getrennt hatte, war sie zusammen mit Emil zurück in ihr Elternhaus gezogen. Emil war damals erst wenige Monate alt gewesen und hatte in seinem Großvater die erste – und wichtigste – männliche Bezugsperson gefunden.

Anne-Lis wischte sich die Tränen aus dem Gesicht und brachte ein mühsames Lächeln zustande. »Hallo Emil«, sagte sie.

»Hallo Anne-Lis«, murmelte der Junge verstockt.

»Tante Anne-Lis!«, sagte Hedvig streng. »Wie oft soll ich dir noch sagen, dass sie deine Tante ist und du sie auch so nennen sollst.«

»Das ist doch egal«, kam Anne-Lis ihrem Neffen zu Hilfe.

Hedvig fuhr herum. »Würdest du es bitte mir überlassen, wie ich meinen Sohn erziehe? Ich wünsche nicht, dass du im Beisein meiner Kinder meine Autorität untergräbst!«

»Kinder, zankt euch nicht!«, fuhr Inga dazwischen. »Wir haben im Moment wirklich wichtigere Probleme. Wie lange kannst du bleiben?«, fragte sie an Anne-Lis gewandt.

»Ein paar Tage«, erwiderte sie ausweichend.

»Auf jeden Fall bis zur Beerdigung«, bestimmte Hedvig.

»Würdest du es bitte mir überlassen, meine Entscheidungen zu treffen?«, erwiderte Anne-Lis im gleichen Tonfall, in dem Hedvig eben mit ihr gesprochen hatte.

Wenn sie ihren Job im *STS* trotz allem behalten wollte, konnte sie unmöglich bis zur Beerdigung bleiben. Es gab zwar ein Gesetz, dass Verstorbene in Schweden innerhalb eines Monats beigesetzt werden müssen, aber selbst so lange konnte sie nicht bleiben – und das nicht nur wegen ihres Jobs. Sie mochte sich nicht einmal vorstellen, mehrere Wochen in ihrem Elternhaus zu verbringen.

»Das ist ja mal wieder typisch«, regte Hedvig sich auf. »Wenn es um die Familie geht ...«

»... bist du ja da, um alles zu regeln«, fiel Anne-Lis ihrer Schwester ins Wort.

»Du jedenfalls nicht!«, erwiderte ihre Schwester hart. »Für dich ist doch alles andere wichtiger. Dein eigenes Leben, deine Karriere ...« Diesmal brach Hedvig von sich aus ab. Sie holte tief Luft, wirkte aber immer noch verärgert, auch wenn sie sich bemühte, ganz ruhig zu sprechen. »Mach, was du willst«, sagte sie mit einer abfälligen Handbewegung in Anne-Lis' Richtung. »Wir haben hier eine Beerdigung zu planen, womit wir dann wieder beim Thema wären.«

Anne-Lis musste sich zusammenreißen, um ihre Schwester nicht anzuschreien.

Hedvig ignorierte sie jetzt völlig, schaute nur ihre Mutter an und sagte: »Ich bin nach wie vor für eine würdige Feier auf dem Skogskyrkogården. Wir müssen es ja nicht ganz so groß machen, wenn du das nicht willst. Obwohl ich noch einmal daran erinnern möchte, dass wir es unseren Geschäftspartnern schuldig sind.«

»Ich weiß nicht«, sagte Inga unschlüssig.

»Keiner macht, was Opa will«, machte sich Emil erneut bemerkbar. »Ihr seid doof! Alle!« Damit rannte er aus dem Zimmer und schlug die Tür hinter sich zu.

»Emil!«, rief Hedvig ihm erzürnt nach. »Du kommst sofort zurück und entschuldigst dich!«

Emil antwortete nicht, und er kam auch nicht zurück. Stattdessen betrat Bertil das Esszimmer. »Was ist denn mit Emil los?«, fragte er.

Anne-Lis schaute ihre Schwester finster an. »Er trauert um seinen Opa«, sagte sie hart, aber auch diesmal ignorierte Hedvig sie.

»Wo sind die Zwillinge?«, fuhr sie stattdessen ihren Mann an. »Du wolltest sie vom Kindergeburtstag abholen.«

»Oh!« Bertil machte ein erschrockenes Gesicht.

Hedvig stöhnte genervt auf. »Du hast sie also schon wieder vergessen.«

»Ich hole sie sofort.« Bertil wollte das Zimmer verlassen, aber Hedvig stürmte an ihm vorbei.

»Ich hole die beiden selbst ab. Ich muss hier raus, ich brauche frische Luft!«, kommentierte sie ihren Abgang.

»Die ist ja ganz schön geladen«, sagte Anne-Lis, die immer noch wütend auf ihre Schwester war.

»Es ist ihre Art, mit der Trauer umzugehen«, erwiderte Inga. »Es ist für uns alle nicht leicht.« Sie lächelte Anne-Lis zu, wirkte immer noch über alles erhaben. »Es ist wirklich gut, dass du da bist. Aber sei mir nicht böse, ich muss mich ein bisschen ausruhen.« Mit diesen Worten verließ auch Inga das Zimmer.

»Alles in Ordnung mit dir?« Bertil schaute Anne-Lis fragend an.

»Frag nicht«, antwortete sie und schüttelte den Kopf. »Ich möchte ungern über meine Schwester herziehen, aber die ersten Minuten hier im Haus haben mir schon wieder gereicht.«

»Tut mir leid, so hast du dir den Empfang bestimmt nicht vorgestellt«, sagte Bertil.

»Ich habe mir überhaupt nichts vorgestellt.« Anne-Lis schaute ihn bedrückt an. »Nach Hedvigs Anruf habe ich meine Reisetasche gepackt und bin sofort hergefahren.« Auch ihm verschwieg sie, dass sehr viel mehr hinter ihrer überstürzten Abreise steckte. Sie fühlte sich müde und erschöpft und wollte einfach nur ihre Ruhe. »Ich gehe nach oben und packe meine Sachen aus«, sagte sie.

Bertil musterte sie durch seine Brillengläser, und Anne-Lis hatte das Gefühl, dass er noch etwas sagen wollte. Doch er nickte nur und lächelte dabei das typische Bertil-Lächeln, das sie so an ihm mochte. Er war wirklich ein lieber, sanfter und freundlicher Mann – viel zu nett für ihre Schwester.

Anne-Lis ging die Treppe hinauf, blieb aber auf halbem Weg stehen und lauschte. Wie unglaublich still es heute war! Von ihren früheren Besuchen war sie Geschrei, Gerenne und Gelächter gewohnt – kein Wunder in einem Haus, in dem vier Generationen mit drei Kindern und einem temperamentvollen Hund unter einem Dach lebten. Jetzt fühlte es sich so an, als würden nicht nur die Menschen, sondern das Haus selbst trauern.

Anne-Lis ging weiter nach oben und betrat ihr ehemaliges Kinderzimmer. Alles war so, wie sie es vor zehn Jahren verlassen hatte. Hedvig hätte dieses Zimmer gerne gehabt, als das

Obergeschoss des Hauses zu einer Wohnung für sie und ihre Familie umgebaut worden war, aber da hatte Fredrik gestreikt. Anne-Lis, so hatte er bestimmt, sollte immer einen Platz in diesem Haus haben.

Ihr Vater hatte gehofft, sie würde irgendwann ganz nach Stockholm zurückkehren. »Irgendwann«, hatte er immer gesagt, »hast du auch die Sache mit Birger überwunden.«

Eigentlich hatte Anne-Lis sogar geglaubt, dass *die Sache mit Birger* in ihrem Leben keine Rolle mehr spielte. In den letzten Jahren hatte sie nicht mehr an ihn gedacht. Zumindest war es ihr nicht bewusst gewesen. Bis heute Morgen, als sie Folke mit Carina Sandström erwischt hatte.

Anne-Lis trat ans Fenster. Von hier aus konnte sie das Nachbarhaus sehen. Ein Anblick, der ihr jahrelang einfach nur vertraut gewesen war, sie eine Weile lang sehr glücklich gemacht hatte und den sie irgendwann nicht mehr ertragen konnte.

Und jetzt? Was empfand sie jetzt bei diesem Anblick?

So sehr sie das Nachbarhaus auch anstarrte, sie fand keine Antwort auf diese Frage. Normalerweise vermied sie es, ans Fenster zu treten und nach nebenan zu sehen, wenn sie zu Hause war. Aber heute war sowieso alles anders. Außerdem wusste sie, dass das Nachbarhaus seit Jahren unbewohnt war.

Plötzlich glaubte Anne-Lis hinter einem der Fenster einen schwachen Lichtschein zu sehen. Sie beugte sich ein wenig vor, aber da war es auch schon wieder vorbei. Wahrscheinlich hatte sie es sich nur eingebildet.

Langsam ging sie durch ihr Jugendzimmer und strich behutsam über die weißen Lamellentüren des deckenhohen Einbauschrankes, den ihr Vater vor vielen Jahren aufgebaut hatte. Zwischen dem Schrank, der Wand und der Dachschräge war die Nische mit ihrem Bett. In diesem Bett hatte sie sich immer beschützt und geborgen gefühlt, hier hatte sie als Kind den Geschichten gelauscht, die ihr Vater für sie erfunden hatte, dem Wind, der im Herbst um das Haus rauschte, und dem Regen, der gegen die Scheiben trommelte. Hier hatte sie von der Liebe geträumt, ihre erste Liebesnacht erlebt – und den grausamen Schmerz, als es vorbei war.

Ihr Blick fiel auf die Postkarte, die mit einer Reißzwecke an die Wand neben dem Bett geheftet war. Es war eine Notlösung gewesen, weil sie das, was darunter auf der Tapete stand, nicht mehr sehen konnte. Damals wie heute nicht …

Im Regal auf der gegenüberliegenden Seite des Zimmers standen immer noch die Bücher, die sie damals gelesen hatte, und die kleinen Figuren, die sie gesammelt hatte. Erinnerungsstücke aus längst vergangenen Zeiten.

Anne-Lis schlug die Hände vors Gesicht, Tränen strömten aus ihren Augen. Einmal mehr wurde ihr bewusst, was sie mit ihrem Vater verloren hatte, wie viel gemeinsame Zeit mit ihm sie versäumt hatte …

Hastig wischte sie sich die Tränen aus dem Gesicht, als es an der Tür klopfte.

Karin betrat das Zimmer. »Bertil hat mir gesagt, dass du angekommen bist.« Die Haushälterin ihrer Eltern, die Anne-Lis bereits seit ihrer Kindheit kannte, kam auf sie zu und umarmte sie. »Ich freue mich so, dass du da bist!«

Karin schob sie ein Stück von sich, ließ ihre Hände aber auf Anne-Lis' Schultern liegen und betrachtete sie prüfend. »Ich muss dich nicht fragen, wie es dir geht«, stellte sie fest. »Uns allen geht es an diesem schrecklichen Tag nicht besonders gut.«

»Ja«, war alles, was Anne-Lis hervorbrachte.

»Die Familie muss jetzt ganz fest zusammenhalten, um diese schwere Zeit zu überstehen«, fuhr Karin fort. Dass sie sich selbst auch zur Familie zählte, stand außer Frage.

»Ja«, sagte Anne-Lis auch diesmal wieder, obwohl sie nicht so recht an den Zusammenhalt der Familie glaubte. Ihr Vater war das verbindende Glied zwischen ihnen allen gewesen, und der war jetzt nicht mehr da. Eben hatte sich schon gezeigt, dass die Probleme vorprogrammiert waren, weil ihre Mutter und Hedvig sich nicht einigen konnten, wo und wie Fredrik beerdigt werden sollte. Wobei Anne-Lis der Meinung war, dass da ausschließlich die Wünsche ihres Vaters ausschlaggebend sein sollten.

»Weißt du, ob Papa einmal über seine Beerdigung gesprochen hat?«, fragte sie.

Karin zuckte ahnungslos mit den Schultern. »Ich hab nichts gehört, bis auf den Unsinn, den Emil behauptet.« Sie schüttelte missbilligend den Kopf. »Als ob dein Vater damit einverstanden wäre, dass seine Asche mit einer Silvesterrakete in den Himmel geschickt wird. Was Kindern alles so einfällt!«

Anne-Lis lächelte. »Papa wäre so etwas durchaus zuzutrauen«, sagte sie, behielt aber lieber für sich, dass ihr die Idee sogar gefiel, denn Karin schüttelte immer noch den Kopf.

»Ich finde, dein Vater braucht eine vernünftige Beerdigung im Kreis der Familie. In einem ordentlichen Sarg. Und nicht so einen neumodischen Kram wie eine Verbrennung.«

»Ich bin sicher, Mama wird sich für die richtige Form der Beerdigung entscheiden«, erwiderte Anne-Lis diplomatisch. Sie wollte nicht über die Beerdigung reden, sie wollte nicht einmal daran denken.

»Ja, bestimmt.« Karin nickte nachdenklich und starrte vor sich hin.

Anne-Lis fand, dass die Haushälterin viel mehr wie eine trauernde Witwe aussah als ihre Mutter. Karin war blass, hatte dunkle Ringe unter den Augen und wirkte im Moment viel älter, als sie in Wirklichkeit war. Eine Welle der Zuneigung durchflutete Anne-Lis. Schon seit vielen Jahren hatte sie das Gefühl, dass Karin heimlich in ihren Vater verliebt war. Als junges Mädchen fand sie diese Vorstellung romantisch, bis sie selbst erfahren hatte, wie schmerzhaft unerfüllte Liebe sein konnte.

»Wie waren die letzten Tage für Papa?«, fragte sie. »Hatte er Schmerzen?«

Karin schüttelte den Kopf. »Es ging ihm nicht sehr gut, aber Dr. Nystad war jeden Tag da und hat ihm etwas gegen die Schmerzen injiziert. Obwohl ich weiß, dass der Tod letztendlich eine Erlösung für ihn war, kann ich es immer noch nicht fassen.«

Es klang nüchtern, aber Anne-Lis spürte die Wehmut, die in diesen Worten mitschwang. Warum nur war davon bei ihrer Mutter nichts zu bemerken?

»So, ich muss wieder runter. Wir sehen uns beim Abendessen«, sagte Karin.

Als sie wieder alleine war, blieb Anne-Lis ein paar Minuten grübelnd mitten im Zimmer stehen, bevor sie erneut ans Fenster trat und zum Nachbarhaus schaute. Alles war dunkel.

Hatte sie eben wirklich einen Lichtschein gesehen, oder hatte sie sich das nur eingebildet? Sie hätte Karin fragen können, aber sie hatte nicht daran gedacht.

Anne-Lis wandte sich ab, packte ihre Reisetasche aus, die

Birger vor der Tür abgestellt hatte, und fragte sich gleichzeitig, ob das überhaupt Sinn machte. Sie hatte nicht die Absicht, länger als übers Wochenende zu bleiben.

Aber wohin dann? Zurück nach Malmö?

Sie hielt inne und fuhr sich mit beiden Händen durchs Gesicht. Sie fühlte sich so verloren.

Als sie die Hände wieder senkte, fiel ihr Blick auf das Foto an der Wand neben dem Kleiderschrank. Es zeigte das Ferienhaus der Familie auf einer der Schäreninseln vor Stockholm. Hier hatte die ganze Familie immer ihre Sommerurlaube verbracht, als sie und Hedvig noch Kinder waren.

Anne-Lis trat ganz nah an das Bild heran und versuchte, das Glück dieser Kindertage nachzufühlen. Sie wollte sich an das unbeschwerte Lachen erinnern, an die Wärme der Sonne, das Rauschen der Wellen. Insgeheim spielte sie sogar mit dem Gedanken, sich für eine Weile in das Ferienhaus zurückzuziehen, wenn sie es hier nicht mehr aushielt und noch nicht dazu bereit war, nach Malmö zurückzukehren.

Aber was sollte sie ganz allein auf einer menschenleeren Insel anfangen, und das jetzt im Herbst? Mit Stürmen, die das Meer zum Kochen brachten, und dieser unsagbaren Trauer in ihrem Herzen. Anne-Lis war sich nicht sicher, ob sie das aushalten könnte.

Sie stellte die halb ausgepackte Reisetasche in den Kleiderschrank. Dann verließ sie ihr Zimmer und ging nach unten. Aus der Küche war das Klappern von Geschirr und Töpfen zu hören. Vermutlich bereitete Karin gerade das Abendessen zu. Anne-Lis beschloss, sie nach dem Licht im Nachbarhaus zu fragen.

Aber in der Küche traf sie nicht Karin an, sondern ihre sechsundachtzigjährige Großmutter Gunilla. Der ganze Topfschrank war ausgeräumt, und Gunilla kniete auf dem Boden, um den Schrank bis in den hintersten Winkel mit einem Lappen zu reinigen.

»Oma«, sagte Anne-Lis erstaunt. »Was machst du da?«

Gunilla kroch schwerfällig aus dem Schrank und bedachte sie mit einem strafenden Blick. »Das hast du nicht anständig sauber gemacht!«, sagte sie und wies in den geöffneten Schrank.

»Oma, ich bin es, Anne-Lis«, sagte sie und beugte sich hinunter, um ihre Großmutter zu umarmen.

Gunilla wich ihr aus. »Ich kenne dich nicht«, sagte sie, schien kurz nachzudenken und fragte dann: »Hast du Schokolade?«

Anne-Lis schüttelte den Kopf. »Leider nicht.«

»Dann kannst du gehen, ich muss hier weiterputzen.« Gunilla wedelte mit der Hand.

Anne-Lis war erschrocken. Schon bei ihrem letzten Besuch war die Demenz ihrer Großmutter weit vorangeschritten gewesen, aber zumindest hatte Gunilla sie noch erkannt.

»Oma, soll ich dir helfen?«, fragte sie und streckte ihr eine Hand hin.

Gunilla schlug mit dem Lappen danach. »Ich kann das noch ganz gut allein. Wenn Fredrik nach Hause kommt, soll alles schön sauber sein.«

Anne-Lis presste die Lippen aufeinander. Wusste Oma Gunilla noch nicht, dass Fredrik gestorben war, oder hatte sie es schon wieder vergessen?

Karin kam in die Küche, sah von Anne-Lis zu Gunilla und schien sofort zu verstehen. »Lass sie«, sagte sie leise zu Anne-Lis. »Sie putzt den Schrank jeden Tag mindestens einmal aus. Wir haben anfangs versucht, sie davon abzubringen, bis sie sich auf den Schrank mit den teuren Kristallgläsern gestürzt hat.«

»Und das ging nicht gut.«

»Gunilla fand den Klang der Gläser so hübsch, wie sie auf dem Fußboden zersprangen«, berichtete Karin. »Und so hat sie ein Glas nach dem anderen einfach fallen lassen. Als wir das bemerkten, waren bereits alle Sektgläser und die Hälfte der Rotweingläser kaputt.«

Anne-Lis war schon halb aus der Tür, als sie einen erschrockenen Ausruf Karins vernahm. »Das kannst du nicht essen, Gunilla!« Schnell drehte sie sich wieder um.

Was immer es auch war, Gunilla hatte es bereits im Mund und kaute darauf herum. »Köstlich diese Cracker!«, sagte sie.

»Das ist Trockenfutter für den Hund«, sagte Karin mit leicht entnervter Stimme. »Muss ich denn alles vor dir verstecken?«

Gunilla erhob sich schwerfällig, aber als Anne-Lis ihr zu Hilfe kommen wollte, hielt Karin sie zurück. »Nur wenn sie darum bittet«, sagte sie leise. »Sonst wird sie böse.«

Endlich stand Gunilla auf ihren Beinen und stemmte die Hände in die Hüfte. »Du versteckst überhaupt nichts vor mir«, sagte sie. »Oder ich sage es Fredrik.«

»Fredrik ist vergangene Nacht gestorben«, erwiderte Karin sanft. »Das hat Inga dir doch gesagt.«

»Papperlapapp, hier ist niemand gestorben«, sagte Gunilla bestimmt. Dann schaute sie Anne-Lis fragend an. »Hast du Schokolade?«

Anne-Lis schüttelte den Kopf. »Nein, Oma, immer noch nicht.«

»Dann geh und besorg mir welche!« Wieder wedelte Gunilla mit der Hand.

»Schon gut«, sagte Karin, diesmal wieder so leise, dass Gunilla sie nicht verstehen konnte. »Sie hat das gleich wieder vergessen.«

»Kann ich dich mit ihr allein lassen?«, fragte Anne-Lis.

»Ich bin das gewohnt«, antwortete Karin lächelnd.

Gedankenverloren ging Anne-Lis ins Arbeitszimmer ihres Vaters. Sie hatte diesen Raum mit den schweren dunklen Möbeln, der braunen Ledercouch und den hohen Bücherregalen schon als Kind geliebt, und offenbar war sie nicht die Einzige, die es an diesen Ort zog.

Emil stand vor dem Schreibtisch und hielt ein Foto von Fredrik in den Händen. Er hatte sie offensichtlich gehört und drehte sich zu ihr um. Sein Gesicht war tränenüberströmt.

Anne-Lis ging zu ihm und legte eine Hand auf seine schmale Schulter. »Ich weiß, wie du dich fühlst«, sagte sie leise.

»Weißt du nicht«, kam es trotzig zurück. »Du warst doch nie da.«

»Auch wenn ich nicht da war, hatte ich deinen Opa sehr lieb, und er wird mir schrecklich fehlen.« Anne-Lis musste sich zusammenreißen, um nicht ebenfalls in Tränen auszubrechen. »Ich habe gehört, was du über die Beerdigung gesagt hast.« Sie wollte von ihm hören, was genau Fredrik zu ihm gesagt hatte, aber Emil schwieg.

»Hast du Opa wirklich versprochen, seine Asche mit einer Rakete in den Himmel zu schießen?«, hakte sie nach.

Emil nickte. »Wir haben das im Fernsehen gesehen, und Opa fand das toll. Und ich auch, und da habe ich es ihm versprochen.« Seine Stimme klang ganz sachlich, aber während er sprach, liefen unablässig Tränen über seine Wangen. »Opa hat immer gesagt, dass man seine Versprechen halten muss«, schloss er.

Ja, das war ein Ausspruch ihres Vaters gewesen, aber Anne-Lis war sich ganz sicher, dass er es in diesem speziellen Fall nicht so gemeint hatte. Niemals hätte ihr Vater seinen geliebten Enkel in dieser Seelenqual zurückgelassen, mit einem Versprechen, das nicht einzuhalten war. Jedenfalls nicht für einen Zwölfjährigen.

Anne-Lis legte einen Arm um die zitternden Schultern des Jungen, führte ihn zum Sofa und brachte ihn mit sanftem Druck dazu, sich neben sie zu setzen.

»Opa wird es verstehen«, sagte sie beruhigend. »Er weiß doch, dass du nicht bestimmen kannst, wie er beerdigt wird.«

»Ich kann aber sonst nichts mehr für Opa tun«, sagte Emil. »Und ich habe es ihm versprochen. Er hat es sich so sehr gewünscht. Und es ist echt eine coole Idee!«

»Ja, das ist eine ziemlich coole Idee«, stimmte Anne-Lis ihm zu. Der Junge tat ihr leid, und sie hätte ihm gerne irgendwie geholfen. Sie glaubte ihm die Geschichte über den Fernsehbericht und das Gespräch mit seinem Opa. Außerdem gefiel ihr die Idee tatsächlich. Dennoch wusste sie, dass sie und Emil sich damit niemals gegen den Rest der Familie durchsetzen konnten.

Sie überlegte verzweifelt, wie sie es Emil leichter machen konnte. Plötzlich hatte sie eine Idee. »Ich weiß, was du für Opa tun kannst«, sagte sie.

Emil sah sie hoffnungsvoll an.

»Schreibe ihm«, schlug Anne-Lis vor. »In einem Brief kannst du ihm alles erklären, und egal, wie Opa beerdigt wird, wir legen deine Briefe mit ins Grab oder in die Urne.«

»Damit sind Oma und Mama bestimmt auch nicht einverstanden«, wandte Emil ein, aber Anne-Lis sah ihm an, dass ihm die Idee gefiel.

Sie drückte ihn an sich. »Ich verspreche dir, dass Opa deine Briefe mitgegeben werden«, sagte Anne-Lis.

Emil schmiegte seinen Kopf an ihre Schulter. »Ich bin so froh, dass du nach Hause gekommen bist!«, sagte er.

»Ich auch«, erwiderte Anne-Lis und meinte es zum ersten Mal auch so.

Lieber Opa!

Erwachsene sind komisch. Du nicht, du warst der beste Opa der Welt, und ich muss jeden Abend weinen, weil du nicht mehr da bist.

Ich will deine Asche so gerne mit einer Rakete in den Himmel schießen. Ich hab dir das ja versprochen, aber Oma und Mama lassen mich nicht.

Nur Anne-Lis, die ist auch ganz cool, so wie du, und die findet die Idee mit der Rakete gut. Aber ich glaube, Anne-Lis kann gegen Mama und Oma auch nix machen. Hoffentlich schafft sie es wenigstens, dass du meine Briefe wirklich bekommst.

Mama will, dass ich »Tante Anne-Lis« zu Anne-Lis sage, aber das finde ich voll doof, und Anne-Lis hat gesagt, ich kann das machen, wie ich will. Mama war dann ganz böse auf Anne-Lis und hat gesagt, sie würde ihre Autorät begraben, oder wie das heißt.

Ich weiß nicht, was Autorät bedeutet, und ich weiß auch nicht, warum sie begraben werden soll und wie Anne-Lis das überhaupt gemacht hat, aber du kennst Mama ja. Wenn sie sauer ist, kann man nicht richtig mit ihr reden.

Uroma Gunilla hat heute fast die ganze Schokolade aufgegessen, die du so gerne mochtest. Ich habe aber heimlich ein Stück abgebrochen, und das packe ich mit in diesen Brief. Vielleicht freust du dich ja darüber, im Himmel oder so.

Oma sagt nämlich, du bist jetzt im Himmel. Ich gucke jeden Abend hoch. Hast du gesehen, dass ich dir dann winke? Kannst du mir ein Zeichen geben, damit ich weiß, dass es dir gut geht?

Ich hab dich ganz doll lieb, Opa! Hoffentlich bist du nicht böse auf mich, weil ich mein Versprechen nicht halten kann.

Dein Emil

— 3 —

Hedvig steckte den Kopf durch die Tür, um im Befehlston ins Zimmer zu rufen: »Kommt zum Abendessen!« Sie schien nicht einmal zu bemerken, dass ihr Sohn geweint hatte.

Anne-Lis war das nur recht. Wenn Hedvig erfahren hätte, dass es die Form der Beerdigung war, die Emil belastete, hätte sie dem Jungen möglicherweise weitere Vorwürfe gemacht.

»Wir kommen gleich«, rief sie zurück, keineswegs bereit, der Order ihrer Schwester sofort nachzukommen. Sie würde sich noch ein paar Minuten Zeit lassen, damit Emil ein bisschen zur Ruhe kommen konnte, aber vor allem, um Hedvig zu zeigen, dass sie sich von ihr nicht herumkommandieren ließ.

»Geht es wieder?«, fragte sie Emil, nachdem sie ihn ein paar Minuten schweigend im Arm gehalten hatte. Mitleidig schaute sie dem Jungen ins Gesicht.

Emil nickte und erhob sich.

Anne-Lis stand ebenfalls auf, und ihr wurde bewusst, dass sie zum ersten Mal am gedeckten Tisch sitzen würde, ohne dass ihr Vater dabei war. Sie war sich nicht sicher, ob sie das ertragen konnte, und sie zweifelte schon wieder daran, dass es richtig gewesen war, nach Stockholm zu kommen.

Dann fing sie Emils Blick auf, und ihr wurde klar, dass sie durchhalten musste. Dem Jungen zuliebe.

Das wird schon, meine Kleine, glaubte sie ihren Vater plötzlich sagen zu hören. Sie fuhr herum, aber der Platz hinter dem

Schreibtisch war leer. Nur das Foto ihres Vaters, das Emil eben noch in den Händen gehalten hatte, stand auf dem Schreibtisch, mit der Vorderseite zur Tür. Fredrik schien ihr direkt in die Augen zu schauen und sie anzulächeln.

Anne-Lis lächelte zurück. *Ja*, erwiderte sie in Gedanken. *Deine Kleine schafft das schon*.

Meine Kleine hatte er sie schon als Kind genannt, und daran hatte sich auch nie etwas geändert. Als kleines Mädchen war das für sie selbstverständlich gewesen, als Teenager oft peinlich, und dann, als sie längst erwachsen war, konnte sie sich über die vertraute Anrede wieder freuen. Jetzt würde sie sie nie wieder hören, nur in ihrer Erinnerung und in ihren Träumen.

Anne-Lis wandte sich vom Foto ihres Vaters ab und folgte Emil.

Das Esszimmer lag zwischen Küche und Wohnzimmer und konnte von beiden Räumen aus betreten werden. Emil wählte den Weg durchs Wohnzimmer, das wie die gesamte untere Etage des Hauses mit hellen Holzdielen ausgelegt war. Die Wände waren weiß, die Möbel eine Mischung aus dunklen, gediegenen Erbstücken und moderneren Einrichtungsgegenständen. Durch die Scheibe des weißen Kamins war das lodernde Feuer zu sehen, und aus dem Esszimmer drang das muntere Geplapper der Zwillinge zu ihnen herüber sowie Hedvigs Stimme, die schon wieder – oder immer noch? – ziemlich genervt klang.

»Zappel nicht so rum!«, schimpfte Hedvig gerade mit einer ihrer Töchter, als Anne-Lis und Emil ins Esszimmer kamen.

»Ich zapple nie«, behauptete das Mädchen und wäre beinahe mit seinem Stuhl umgefallen, wenn Hedvig es nicht gerade noch rechtzeitig festgehalten hätte. Diesen Moment nutzte die Zwillingsschwester, um ein Stück Brot aus dem Brotkorb zu stibitzen.

»Und du wartest gefälligst, bis alle am Tisch sind!«, wies Hedvig sie zurecht und bemerkte erst jetzt, dass auch Anne-Lis und Emil ins Zimmer gekommen waren. »Da seid ihr ja endlich«, sagte sie mit gerunzelter Stirn.

Anne-Lis lächelte schwach, obwohl ihr der bestimmende Tonfall ihrer Schwester einmal mehr auf die Nerven ging. Sie sagte aber nichts, sondern wandte sich den Zwillingen zu. »Hallo, ihr beiden«, sagte sie herzlich. »Euch habe ich ja noch gar nicht gesehen.«

Die Mädchen grinsten sie an.

»Wer von euch ist denn Kerstin, und wer ist Frida?«, fragte Anne-Lis. »Meine Güte, ihr seid euch ja wirklich unglaublich ähnlich! Ich glaube nicht, dass ich euch je auseinanderhalten kann.«

»Mach dir nichts draus.« Bertil kam gerade ins Zimmer und hatte ihre letzten Worte offenbar gehört. »Ich kann die beiden auch nicht auseinanderhalten.« Er lächelte Anne-Lis an.

»Natürlich nicht«, sagte Hedvig prompt und ziemlich bissig. »Wahrscheinlich muss ich schon froh sein, dass du die beiden Mädchen und Emil unterscheiden kannst.«

Anne-Lis ärgerte sich immer mehr über ihre Schwester. Musste sie ständig so unfreundlich sein? Und war es nötig, Bertil vor den Kindern so abzukanzeln? Das war peinlich, und zwar nicht nur für ihn, sondern auch für alle, die es mitbekamen.

Das Lächeln auf Bertils Gesicht erlosch. Schweigend ging er um den Tisch herum und setzte sich auf seinen Platz.

Anne-Lis' Blick flog zum Kopfende des Tisches, dorthin, wo ihr Vater immer gesessen hatte. Der Stuhl war leer, und auf seinem Platz war kein Gedeck aufgelegt. Sie spürte einen Kloß im Hals und konnte kaum die Tränen zurückhalten, die in ihrer Kehle und in ihren Augen brannten.

Sie wandte den Blick ab und bemerkte, dass auch Emil zu der Stelle schaute, an der Fredrik immer gesessen hatte. Plötzlich drehte der Junge sich um, lief in die Küche und wäre beinahe mit Karin zusammengeprallt, die im gleichen Moment mit einer Suppenterrine in den Händen ins Zimmer kam.

»Emil, was machst du denn jetzt schon wieder?«, rief Hedvig ihrem Sohn nach.

»Lass ihn doch«, sagte Karin leise und stellte die Terrine auf den Tisch.

Hedvig schüttelte leicht den Kopf und wollte ihrem Sohn offensichtlich nach, doch Emil kam schon wieder zurück. In der rechten Hand hatte er einen Teller, in der linken Messer und Gabel. Schweigend stellte er den Teller auf Fredriks Platz und legte das Besteck daneben, bevor er sich selbst an den Tisch setzte.

Keiner sagte ein Wort, selbst die Zwillinge waren ganz still.

Anne-Lis sah, dass auch ihre Schwester feuchte Augen hatte, aber als ihre Blicke sich begegneten, wandte Hedvig sich hastig ab. »Wo sind eigentlich Oma Inga und Uroma Gunilla?«, wollte sie wissen.

»Uroma Gunilla kann ihre Zähne nicht finden.« Frida – oder war es Kerstin? – grinste, und ihre Schwester informierte Anne-Lis: »Uroma Gunilla hat nämlich frei lebende Zähne.«

»Das heißt Gebiss«, sagte Bertil grinsend. »Und wenn ihr euch nicht immer schön die Zähne putzt, bekommt ihr so etwas irgendwann auch.«

»Ganz in echt?« Eines der Mädchen sah seinen Vater mit großen Augen an. Diese Aussicht schien sie eher zu begeistern, als abzuschrecken. »Muss ich meine Zähne dann immer noch putzen, oder kann ich die einfach in die Spülmaschine stecken, wenn sie dreckig sind?«

»Unsinn, Frida!«, fuhr Hedvig dazwischen und begann, die Teller mit Suppe zu füllen. »Und du, setz dich endlich!«, sagte sie in ihrem üblichen Befehlston zu Anne-Lis.

Daran gewöhne ich mich nie, dachte Anne-Lis, nickte aber schweigend und nahm neben Bertil Platz. Wenigstens wusste sie jetzt, welches der Mädchen Frida war und welches Kerstin.

Jeder hatte seinen festen Platz an dem großen Esstisch, sogar sie selbst, obwohl sie nur noch ganz selten zu Hause war. Inga und Fredrik hatten sich stets an den Kopfenden gegenübergesessen, links am Tisch saßen die Zwillinge. Zwischen den beiden hatte Hedvig ihren Platz eingenommen, um zu verhindern, dass die beiden Mädchen zu viel Unsinn anstellten. Daneben war Gunillas immer noch freier Stuhl, während Bertil auf der anderen Seite zwischen Emil und Anne-Lis saß. Karins Platz war neben Anne-Lis, wenn sie nicht gerade in der Küche stand und in den Töpfen rührte.

Anne-Lis war froh über die Anwesenheit der Zwillinge. Das muntere Geplauder der beiden Fünfjährigen lockerte die Stimmung etwas auf. Nur Hedvig schien selbst das auf die Nerven zu gehen. Immer wieder ermahnte sie die Mädchen, endlich still zu sein.

»Ihr habt schon mit dem Essen angefangen?« Oma Gunilla kam endlich dazu, gefolgt von Inga, und schaute empört in die Runde. Ihr Blick flog über den Tisch, als sie sich setzte. Sie griff nach dem Brotkorb, nahm bis auf zwei Endstücke alle

Scheiben heraus und deponierte sie neben ihrem Besteck, während Hedvig ihren Teller mit Suppe füllte.

»Hast du deine Zähne gefunden?«, fragte sie.

Die Zwillinge kicherten, während Gunilla nur nickte und hastig zu löffeln begann. Zwischendurch tauchte sie Brotscheiben in die Suppe, um sie aufzuweichen. Den Topf mit der Terrine ließ sie dabei nicht aus den Augen, und jeden, der sich daraus bediente, sah sie strafend an.

»Es ist genug da«, sagte Inga, aber Gunilla aß noch schneller.

»Was ist eigentlich mit deinem Freund, Anne-Lis?«, fragte Hedvig plötzlich und schaute sie neugierig an. »Kommt der auch zur Beerdigung?«

Anne-Lis verschluckte sich fast an einem Stück Brot. Es war nur eine harmlose Frage, und Hedvig konnte nicht wissen, dass sie damit knöcheltief ins Fettnäpfchen trat, aber sie selbst traf es so unvermittelt, dass sie nicht sofort antworten konnte.

Sie schüttelte den Kopf, tat so, als kaue sie immer noch, während sie sich sorgfältig eine Antwort zurechtlegte. »Nein«, sagte sie schließlich, in der Hoffnung, möglichst unbeteiligt zu klingen. »Im Moment kann Folke nicht aus Malmö weg.«

Ihre Familie nahm es so hin, ohne weiter nachzufragen, was möglicherweise daran lag, dass Folke sie erst einmal nach Stockholm begleitet und bisher keine Beziehung zu ihrer Familie aufgebaut hatte.

Niemand konnte wissen, was Hedvigs Frage in ihr ausgelöst hatte, und Anne-Lis konnte nicht erklären, wieso sie jetzt einen Augenblick ganz für sich brauchte. Sie stand auf und griff nach dem leeren Brotkorb.

»Ich mache das schon«, sagte Karin, stand ebenfalls auf und wollte ihr den Korb aus der Hand nehmen.

»Bleib einfach mal sitzen«, sagte Anne-Lis und ging durch die Verbindungstür in die Küche. Sie schloss die Tür nicht ganz, zog sie aber so weit zu, dass sie das Gefühl hatte, alleine zu sein. Dann atmete sie tief durch.

Auf dem Küchenschrank unter dem Fenster lag das bereits angeschnittene Brot, im Topf auf dem Herd köchelte ein Rest Suppe leise vor sich hin. Anne-Lis ging zum Küchenschrank und nahm das Brotmesser in die Hand. Gedankenverloren schaute sie aus dem Fenster.

Auch von hier aus war das Nachbargrundstück zu sehen, teilweise verdeckt von Bäumen und Sträuchern. Nur der Schatten des weißen Hauses nebenan war in der Dunkelheit zu erkennen. Im Lichtschein einer Straßenlaterne konnte sie sehen, dass das Grundstück ungepflegt und mit Unkraut überwuchert war.

Anne-Lis wandte sich ab. Was ging es sie an, wie es nebenan aussah? Sie war froh, dass ihre Familie den Nachbarn nicht erwähnte, und sie würde ganz bestimmt nicht nach ihm fragen.

»Anne-Lis, wo bleibst du?«, hörte sie ihre Schwester rufen.

»Ich komme ja schon.« Hastig schnitt sie ein paar Scheiben Brot ab, legte sie in den Korb und betrat das Esszimmer. Die Anwesenheit der Familie umfing sie gleich wieder wie bullige Wärme. Angenehm, aber auch drückend, wenn sie zu lange anhielt.

Vielleicht doch die Schäreninsel?

Ich bin Familie einfach nicht mehr gewohnt, dachte sie. Ich habe zu lange alleine gelebt. Sie bezweifelte, dass sie sich je wieder einfinden konnte in diesen Familienverband.

»Ja, was ist denn?«, drängte Hedvig. »Steh doch nicht rum wie angewurzelt!«

Anne-Lis war so in Gedanken versunken, dass sie nicht einmal bemerkt hatte, wie sie in der Tür stehen geblieben war. Aber musste Hedvig immer so unwirsch reagieren?

»Kannst du dir mal einen anderen Ton angewöhnen?« Auch wenn sie keinen Streit mit ihrer Schwester wollte, es reichte Anne-Lis. Sie wappnete sich innerlich, aber der erwartete Gegenangriff blieb aus. Kurz kam es ihr sogar so vor, als füllten sich die Augen ihrer Schwester mit Tränen.

Hedvig senkte den Kopf tief über ihren Teller und sagte kein Wort mehr.

Unschlüssig und ein wenig ärgerlich auf sich selbst kaute Anne-Lis auf ihrer Unterlippe herum. Dann trat sie an den Tisch und stellte den Brotkorb ab.

Gunilla wollte sofort danach greifen, aber Inga war schneller. Sie schob den Korb aus Gunillas Reichweite und sagte mahnend: »Neben deinem Teller liegt doch noch ganz viel Brot. Iss das erst, Mutter.«

Gunilla starrte Inga sekundenlang finster an, bevor sie begann, sich den Mund mit Brot vollzustopfen. Die Zwillinge kicherten und bedienten sich eifrig am Brotkorb, ganz offensichtlich in der Absicht, ihre Urgroßmutter zu ärgern.

Anne-Lis nahm ihren Platz neben Bertil ein. Der lächelte sie amüsiert an. »Willkommen zu Hause«, sagte er so leise, dass nur sie ihn hören konnte.

— 4 —

Lautes Geschrei weckte Anne-Lis am nächsten Morgen, dabei hatte sie das Gefühl, sie wäre gerade erst eingeschlafen.

»Ich geh jetzt weg, und ich komme nie mehr wieder!« Das war zweifellos Emil.

»Du bleibst gefälligst hier!« Das war unverkennbar Hedvigs Stimme, die sich vor Ärger mal wieder überschlug.

Kurz darauf waren polternde Schritte auf der Treppe zu hören und dann eine Tür, die lautstark ins Schloss fiel.

»Bertil!«, schrie Hedvig gleich darauf. »Kümmere dich gefälligst um die Zwillinge!«

»Aber du hast doch gesagt, ich soll mit dem Hund rausgehen«, rechtfertigte sich Bertil.

Der arme Bertil, dachte Anne-Lis. Offenbar konnte er es ihrer Schwester überhaupt nicht recht machen.

»Dann geh doch endlich!«, keifte Hedvig und fügte etwas hinzu, was ganz so klang wie: »Ich kann dich sowieso nicht mehr sehen.«

Anne-Lis setzte sich im Bett auf. Hatte Hedvig das wirklich gesagt? Vor den Kindern?

Gleich darauf klopfte es an der Tür. »Herein!«, rief sie und wappnete sich innerlich für einen Angriff ihrer Schwester. Aber es waren die Zwillinge, die ganz schnell zu ihr ins Zimmer huschten und die Tür hinter sich schlossen.

»Dürfen wir bei dir bleiben?«, fragte Kerstin leise. Oder war es Frida?

»Klar«, erwiderte Anne-Lis.

Eines der Mädchen legte schnell einen Finger an die Lippen. »Leise«, flüsterte es, »damit Mama uns nicht hört.«

Die beiden Mädchen krochen zu Anne-Lis ins Bett. Eines der beiden kletterte über sie hinweg und schmiegte sich an ihre rechte Seite, während das andere an ihrer linken Seite zu ihr unter die Decke schlüpfte.

Anne-Lis sah zwischen den beiden hin und her. »Wer von euch ist jetzt wer?«, fragte sie mit gespielter Verzweiflung. »Ich kann euch einfach nicht auseinanderhalten.«

»Das kann keiner«, flüsterte das Mädchen rechts neben ihr, »und ich bin die Kerstin.«

»Mama kann uns auseinanderhalten«, wiedersprach Frida. »Vor allem wenn sie sauer ist. So wie heute.«

»Warum ist sie denn sauer?« Anne-Lis flüsterte ebenso wie die Mädchen.

Beide Mädchen hoben gleichzeitig die Schultern. »Keine Ahnung«, sagte Kerstin. »Papa sagt, sie hat mal wieder ihre Tage. Ich weiß nicht, was das ist, aber als er das sagte, wurde Mama erst recht sauer.«

Ihre Schwester zog die Nase kraus. »Ich weiß auch nicht, was das heißt, aber ich glaube, Mama hat jeden Tag ihre Tage, und das muss ziemlich schlimm sein.«

Kerstin nickte und machte ein ernstes Gesicht. »Weißt du, ob das eine schlimme Krankheit ist? Wir haben Angst, dass sie sterben muss, so wie der Opa.«

»Daran stirbt sie nicht, keine Sorge«, sagte Anne-Lis schnell. Sie erkannte, dass die beiden Mädchen sich wirklich Sorgen um Hedvig machten, und wurde richtig böse auf ihre Schwester. Nicht genug, dass Hedvig ihrem Mann das Leben schwer machte, nicht einmal auf ihre Kinder nahm sie Rücksicht!

»Was ist das, seine Tage haben?«, fragte Kerstin.

Anne-Lis wusste nicht, was sie antworten sollte, denn eigentlich war es nicht ihre Sache, die Mädchen darüber aufzuklären. Wahrscheinlich waren sie sowieso noch viel zu klein, um das zu verstehen.

Glücklicherweise übernahm Frida die Antwort für sie. »Papa hat gesagt, das ist eine Frauenkrankheit. Aber Mama hat die viel öfter als andere Frauen.«

»Iiiiiih, ich will das aber nicht haben«, stieß Kerstin hervor.

»Papa hat gesagt, dagegen hilft nur ganz viel Schokolade.«

»Oh«, sagte Kerstin. »Dann ist die Krankheit vielleicht doch nicht so schlimm.« Sie wurde nachdenklich. »Aber das kann nicht sein, bei Mama hilft auch Schokolade nicht.«

»Weil Mama keine Schokolade isst«, erwiderte Frida. »Mama sagt, sie will nicht so fett werden wie Tante Anne-Lis.«

Das saß!

Anne-Lis spürte Ärger in sich aufsteigen, wollte ihn aber vor den Kindern nicht zeigen. Interessant, wie Hedvig über sie sprach!

»Ich finde dich überhaupt nicht fett«, sagte Kerstin und kuschelte sich an sie.

»Ich finde dich auch nicht fett!« Frida schmiegte sich von der anderen Seite an sie. »Du bist so schön gemütlich.«

Das liegt daran, dass meine Knochen nicht so spitz sind wie die Zunge eurer Mutter!

Ach, wie gerne hätte Anne-Lis diese Worte laut ausgesprochen, in dem sicheren Bewusstsein, dass die Zwillinge sie früher oder später an Hedvig weitergeben würden. Aber es wäre unfair, die Kinder zu instrumentalisieren und Hedvig vor ihnen schlechtzumachen.

Anne-Lis atmete tief durch und wechselte das Thema. »Worüber hat Emil sich denn eben so geärgert?«

»Der wollte nur einen Freund besuchen, und Mama erlaubt das nicht, weil der kein guter Umgang ist. Aber der Emil geht trotzdem immer wieder zu dem«, sagte Frida. »Und dann gibt es Krach.«

»Der Emil macht immer so Sachen«, ergänzte Kerstin. »Der will den toten Opa in eine Rakete stecken und in den Himmel schießen.«

»Ich hab dem Emil gesagt, dass er doof ist, weil er dem Opa Briefe schreibt.« Frida lachte.

»Emil ist sehr traurig«, sagte Anne-Lis leise. »Ihr solltet ihn deshalb nicht ärgern.«

»Mach ich nicht mehr«, sagte Kerstin so leichthin, dass Anne-Lis sicher sein konnte, dass das Mädchen sich nicht daran halten würde.

»Wir sollten jetzt mal zum Frühstück runtergehen, bevor eure Mama nach euch sucht«, sagte Anne-Lis, obwohl sie dazu nicht die geringste Lust verspürte. Kerstin schien es ähnlich zu gehen.

»Also gut«, erwiderte das Mädchen, wirkte aber nicht wirklich überzeugt, als es aus dem Bett stieg. Ziemlich widerwillig verließen die Mädchen das Zimmer.

Anne-Lis stand ebenfalls auf, ging ins Bad und stellte sich unter die Dusche. Sie spürte das warme Wasser auf ihrer Haut – und plötzlich schlug die Trauer über ihr zusammen wie eine riesige graue Welle, die alles mit sich riss. Sie bekam einen Weinkrampf, ließ sich langsam zu Boden sinken, während das Wasser weiter auf sie einprasselte und sich mit den Tränen in ihrem Gesicht vermischte.

Ihr Vater war tot!

Tot! Tot! Tot!

Die Endgültigkeit dieser drei Buchstaben schnürte ihr die Kehle zu. Wie konnte ihr geliebter Vater, der immer für sie da gewesen war, einfach so aus ihrem Leben verschwinden? Wie sollte sie den Gedanken daran je ertragen können?

Anne-Lis verlor jegliches Zeitgefühl. Sie wusste nicht, wie lange sie reglos unter der Dusche gehockt hatte, bis sie endlich dazu in der Lage war, aufzustehen und das Wasser abzudrehen. Hastig stieg sie aus der Dusche, trocknete sich ab und zog sich an. Dann ging sie zum Waschbecken, stützte sich mit einer Hand darauf ab und wischte mit einem Handtuch über den beschlagenen Spiegel.

Ihr Gesicht war so blass, dass sie die Sommersprossen auf ihrer Nase sehen konnte, die sonst nur im Sommer richtig deutlich hervortraten. Ihre Augen waren vom Weinen gerötet. Sie benötigte viel kaltes Wasser und eine Menge Make-up, um die Spuren ihres Weinkrampfes halbwegs zu überdecken.

Warum war das eigentlich nötig? War es in einem Trauerhaus denn nicht normal zu weinen?

Mit Ausnahme von Emil hatte sie hier noch niemanden weinen sehen. Ihre Schwester nicht, und ganz bestimmt nicht ihre Mutter. Aber sie selbst gab sich ja auch alle Mühe, vor den anderen nicht in Tränen auszubrechen. Ob Hedvig und ihre Mutter auch heimlich weinten, so wie sie selbst?

Endlich fühlte sie sich halbwegs dazu in der Lage, den anderen gegenüberzutreten. Trotzdem ging sie nur zögerlich die Treppe nach unten. Sie hatte keine Lust auf ein Familienfrühstück. Streng genommen hatte sie überhaupt keine Lust auf Familie. Sie sehnte sich nach ihrer kleinen Wohnung in Malmö zurück. Nach Ruhe, nach Normalität. Heute vor einer Woche war ihre Welt noch in Ordnung gewesen …

Bei diesem Gedanken blieb sie abrupt stehen. Bildete sie sich wirklich ein, dass ihre Welt in Ordnung gewesen war? Nur weil sie nicht gewusst hatte, dass Folke sie betrog? Und weil sie einfach nicht wahrhaben wollte, dass ihr Vater sterben musste, auch wenn sie die medizinischen Fakten gekannt hatte?

Leif kam schwanzwedelnd aus der Küche, sobald Anne-Lis unten angekommen war, und drückte sich an sie. Dann lief er zur Haustür und wieder zurück zu ihr, als warte er auf irgendetwas.

Anne-Lis hatte keine Ahnung, was der Hund von ihr wollte, bis die Haustür aufging und Bertil ins Haus kam. In der Hand hatte er die Hundeleine. Sein Blick flog zwischen der Leine und dem Hund, der Freudentänze vor ihm aufführte, hin und her.

»Scheiße!«, stieß Bertil hervor. »Ich hab den Hund vergessen.«

»Du gehst ohne Hund Gassi?«, fragte Anne-Lis amüsiert.

»Die ganze lange Runde!« Bertil stöhnte. Er legte den Zeigefinger an die Lippen. »Sag bloß Hedvig nichts, die bringt mich um, wenn sie hört, dass mir das schon wieder passiert ist.«

»Das machst du öfter?« Anne-Lis musste lachen.

»Mindestens einmal die Woche«, bestätigte Bertil. »Ich weiß auch nicht, wie mir das passieren kann.«

»Mich wundert vor allem, dass du unterwegs nicht merkst, dass der Hund nicht dabei ist. Aber keine Sorge, ich verrate nichts« Anne-Lis nahm die schwere Winterjacke ihres

Vaters von der Garderobe und zog sie über. Die Jacke war ihr viel zu groß, aber sie hüllte sie warm ein und vermittelte ihr ein Gefühl von Geborgenheit. »Dann machen wir die Runde eben noch mal. Ich begleite dich«, sagte sie zu Bertil.

»Schön.« Bertil lächelte und befestigte die Leine an Leifs Halsband. Als er die Haustür öffnete, schoss der riesige Hund so schnell nach draußen, dass Bertil ins Stolpern geriet und sich gerade noch am Türrahmen festhalten konnte.

»Der hat es jetzt aber wirklich eilig«, sagte Anne-Lis.

»Er ist Kummer gewohnt«, meinte Bertil.

»Ich finde es so witzig, dass du den Hund vergisst, aber die Leine mitnimmst.« Anne-Lis war froh, dass Bertil in ihr Lachen einstimmte.

»Hedvig kann darüber nicht lachen«, sagte er und zog an der Leine, als Leif zielstrebig nach rechts gehen wollte.

Es kostete Bertil einige Mühe, den Hund in die andere Richtung zu dirigieren. Offensichtlich war das nicht die gewohnte Route, und Anne-Lis ahnte, warum: Bertil wollte es ihr ersparen, am Nachbargrundstück vorbeizugehen, das nur durch die schmale Straße von ihrem Elternhaus getrennt war.

Leif wirkte leicht verwirrt, aber dann war sein Bedürfnis so dringend, dass er zielsicher den nächsten Baum ansteuerte.

»Was ist eigentlich mit Hedvig los?«, fragte Anne-Lis, nachdem sie eine Weile schweigend hinter dem Hund hergegangen waren.

Bertil zuckte mit den Schultern und antwortete nicht sofort. »Sie trauert halt, wie wir alle«, sagte er schließlich, wich dabei aber ihrem Blick aus und sah starr geradeaus.

Auch Anne-Lis ließ sich Zeit mit ihrer Antwort. »Natürlich ist sie traurig, auch wenn sie das nicht zeigt«, sagte sie schließlich, »aber sie wirkt vor allem sehr gereizt. Mehr als sonst.«

»Die letzten Monate waren nicht einfach für sie. Du warst ja nicht da und hast das nicht mitbekommen.« Es lag kein Vorwurf in seiner Stimme, trotzdem versetzten ihr seine Worte einen Stich, und sie hatte das Gefühl, sich rechtfertigen zu müssen.

»Sie musste sich ganz allein um die Kinder kümmern«, fuhr Bertil fort, »weil ich in der Firma zusätzlich die Aufgaben deines Vaters übernommen habe. Deine Mutter ist mit der ganzen Situation überhaupt nicht klargekommen, und dass Großmutter Gunilla immer sonderlicher wird, hast du ja auch schon bemerkt. Und ganz nebenbei muss Hedvig selbst mit dem Tod eures Vaters fertigwerden.«

»Es tut mir leid, dass ich mich so wenig gekümmert habe«, sagte Anne-Lis bedrückt.

»Das sollte kein Vorwurf sein.« Bertil schaute sie von der Seite an, mit diesem liebevoll schiefen Lächeln, das sie so sehr an ihm mochte.

»Ich weiß.« Anne-Lis zog fröstelnd die Schultern hoch. »Ich fühle mich trotzdem nicht gut, aber das ändert jetzt natürlich auch nichts mehr.«

Bertil legte ihr eine Hand auf die Schulter. »Es hätte auch nichts geändert, wenn du da gewesen wärst«, versuchte er, sie zu trösten und wechselte dann übergangslos das Thema, wahrscheinlich um sie abzulenken. »Wie geht es Folke?«, fragte er.

Anne-Lis holte tief Luft. »Gut«, sagte sie. »Glaube ich jedenfalls.« Sie machte eine kurze Pause und fügte dann hinzu: »Wir haben uns vor meiner Abreise gestritten.«

Bertil blieb stehen. »Das tut mir leid«, sagte er. »Willst du darüber reden?«

Auch Anne-Lis war stehen geblieben. Sie schüttelte den Kopf. »Sag den anderen bitte nichts davon«, bat sie. »Im Augenblick ist es sowieso nicht wichtig.«

»Okay«, versprach Bertil und ging weiter. Auch diesmal schien Leif mit der gewählten Route nicht einverstanden zu sein, aber Bertil zog so lange an der Leine, bis der Hund sich fügte.

Auf dem Rückweg schwiegen sie beide. Sie hatten ihr Elternhaus fast erreicht, als Emil ihnen entgegenkam. Anne-Lis war sich nicht sicher, aber es sah ganz so aus, als wäre er vom Nachbargrundstück gekommen.

»Emil!«, rief Bertil, aber der Junge tat so, als würde er ihn nicht sehen und flitzte auf die Haustür zu.

Als sie das Haus fast erreicht hatten, blieb Bertil erneut stehen. »Ich muss dir noch etwas sagen, Anne-Lis«, begann er, aber sie bekam es kaum mit.

Sie hatte nur Augen für den Mann, der gerade aus der Einfahrt des Nachbargrundstücks auf die Straße trat und sie offensichtlich im gleichen Augenblick sah. Wie angewurzelt blieb er stehen und starrte sie ebenso an wie sie ihn.

Anne-Lis fühlte sich, als würde der Boden unter ihren Füßen erbeben und sich gleichzeitig alles um sie drehen. Ihr wurde schwindelig, und sie griff nach Bertils Arm.

»Genau das wollte ich dir gerade sagen«, murmelte ihr Schwager.

Anne-Lis hätte nicht für möglich gehalten, dass sich der Albtraum der letzten vierundzwanzig Stunden noch steigern ließ, aber jetzt stand sie ausgerechnet dem Mann gegenüber, wegen dem sie vor Jahren Stockholm und damit ihre Familie verlassen hatte. Dem Mann, den sie nie im Leben hatte wiedersehen wollen.

»Birger ist wieder da«, fügte Bertil überflüssigerweise hinzu.

Langsam setzte Birger sich in Bewegung und kam auf Anne-Lis und Bertil zu. »Hej!«, grüßte er, sah dabei ausschließlich sie an und streckte ihr sogar die Hand entgegen.

Anne-Lis vergrub ihre Hände tief in den Taschen der Winterjacke und starrte ihn feindselig an. »Scher dich zum Teufel!«, brach es aus ihr heraus.

— 5 —

Anne-Lis hatte die beiden Männer stehen lassen und war ins Haus geflüchtet. Innen atmete sie tief durch und lehnte sich gegen die Tür.

Was fiel diesem Kerl ein, einfach zurückzukommen? Und wie konnte er es wagen, sie anzusprechen?

»Was stehst du da rum? Und wieso hast du Papas Jacke an?« Hedvig stand plötzlich mit gerunzelter Stirn vor ihr. Anne-Lis hatte nicht bemerkt, dass sie in den Flur gekommen war.

»Wieso hat mir niemand gesagt, dass er da ist?« Sie musste Birgers Namen nicht aussprechen. Hedvig wusste auch so, wen sie meinte.

»Du hast ihn getroffen?« Hedvig wirkte schuldbewusst. »Tut mir leid, aber es war alles zu viel, ich habe einfach nicht daran gedacht, es dir zu sagen, und die anderen wahrscheinlich auch nicht.«

Hedvig log! Anne-Lis spürte ganz deutlich, dass ihre Schwester nicht die Wahrheit sagte. Sie hatte ihr ganz bewusst verschwiegen, dass er wieder da war.

»Ich wäre nie nach Stockholm gekommen, wenn ich gewusst hätte, dass er da ist!«, rief sie aufgebracht

»Das ist mir bewusst.« Hedvig hatte die Augenbrauen zusammengezogen. »Du hättest uns mal wieder mit allem allein gelassen. Verdammt, hak die Sache mit Birger endlich ab! Ich verstehe überhaupt nicht, warum du dich so aufregst.«

»Das muss ich mir ausgerechnet von dir sagen lassen!« Anne-Lis trat erbost einen Schritt auf Hedvig zu. Die wich nicht zurück, sondern starrte ihr mit gerecktem Kinn ins Gesicht. Die ganze Haltung ihrer Schwester bewies, dass sie auf eine Konfrontation vorbereitet war. Anne-Lis war das nur recht. »Du bist es doch, die sich wegen jeder Kleinigkeit aufregt!«, fuhr sie mit erhobener Stimme fort. »Dir kann es niemand recht machen, weder Bertil noch die Kinder.«

»Was fällt dir eigentlich ein?«, schleuderte Hedvig ihr wütend entgegen. »Du hast dich nie um uns gekümmert, die Familie war dir immer scheißegal, also halte dich jetzt gefälligst auch raus!« Hektische rote Flecken zeichneten sich auf Hedvigs Wangen und ihrem Hals ab.

Anne-Lis schnappte nach Luft, bevor sie zurückgiftete: »Ich hatte meine Gründe, nach Malmö zu gehen, wie du genau weißt! Abgesehen davon war es mir wichtig, mir ein eigenes Leben aufzubauen, anstatt mich unter Mamas und Papas Dach einzunisten.«

»Du bist so unverschämt«, flüsterte Hedvig. Ihr Gesicht war jetzt schneeweiß.

»Was ist denn hier los?« Inga war in die Diele gekommen. »Ihr seid sogar im Esszimmer zu hören.«

»Frag sie!« Anklagend wies Hedvig mit dem Zeigefinger auf Anne-Lis, dann schluchzte sie auf, wandte sich um und rannte die Treppe hinauf.

»Meine Güte, Anne-Lis, womit hast du sie so aufgeregt?« Ihre Mutter sah sie strafend an. Natürlich, sie hielt mal wieder zu Hedvig, ohne überhaupt zu wissen, worum es ging.

»Ursprünglich ging es um Birger und darum, dass ihr mir nichts von seiner Rückkehr gesagt habt.«

»Wir hatten weiß Gott andere Probleme in den letzten Tagen. Ich muss dich wohl nicht daran erinnern, dass dein Vater gestorben ist.«

Natürlich hatte sie den Tod ihres Vaters nicht vergessen. Alleine diese Bemerkung war wie ein Schlag ins Gesicht, und ihre Mutter setzte noch einen drauf. »Mach nicht so ein Drama, zieh dir die Jacke aus, und komm endlich zum Frühstück!«, sagte sie in einem Ton, der Anne-Lis deutlich machte, wie wenig ihre Mutter begriff, was in ihr vorging.

»Ich habe keinen Hunger«, flüsterte sie erstickt und lief ebenfalls nach oben. Sie widerstand der Versuchung, die Tür ihres Zimmers lautstark hinter sich zuzuschlagen. Noch immer trug sie die Jacke ihres Vaters. Sie zog sie ganz fest um sich, obwohl es im Zimmer bullig warm war.

Anne-Lis schloss die Augen und versuchte sich vorzustellen, dass ihr Vater bei ihr wäre. Sie sehnte sich nach dem Gefühl von Geborgenheit und Schutz, das er ihr immer vermittelt hatte.

Papa hätte mich verstanden, dachte sie.

Die Familie war dir immer scheißegal!, glaubte sie ihre Schwester wieder sagen zu hören.

Verdammt, Hedvig, lass mich in Ruhe!, hielt sie in Gedanken dagegen.

Aber stimmte es denn nicht? Ihre Schwester hatte nur laut ausgesprochen, was Anne-Lis sich insgeheim selbst vorwarf. Und ihre eigene innere Stimme ließ sich nicht zum Verstummen bringen. Da konnte sie noch so fest die Hände gegen ihre Ohren pressen.

Und alles nur, weil er wieder da war! Er alleine war schuld an ihrem Streit mit Hedvig!

Anne-Lis ließ die Hände sinken und trat ans Fenster. Sie

starrte zum Nachbarhaus hinüber und sah den Qualm, der aus dem Schornstein kam. Sie hatte sich also nicht geirrt, als sie gestern geglaubt hatte, einen Lichtschein zu sehen. Er war wieder da, und niemand hatte ihr etwas gesagt.

Diesmal waren es die Worte ihrer Mutter, die in ihr nachklangen: *Wir hatten weiß Gott andere Probleme in den letzten Tagen. Ich muss dich wohl nicht daran erinnern, dass dein Vater gestorben ist.*

Anne-Lis schlug beide Hände vors Gesicht, aber gegen die Tränenflut kam sie nicht an. Was war nur los mit ihr? Noch nie hatte sie so viel geweint wie in den letzten vierundzwanzig Stunden. Sie hörte nicht einmal, wie die Tür hinter ihr geöffnet wurde, und schrak zusammen, als jemand ihren Arm berührte. Emil stand neben ihr und schaute sie besorgt an.

»Ich bin auch traurig wegen Opa«, vertraute er ihr an, »und ich muss jeden Abend deshalb weinen.«

Anne-Lis legte einen Arm um die schmalen Schultern ihres Neffen und zog ihn an sich.

»Birger sagt, es ist gut, wenn man weinen kann«, fuhr der Junge nach einer Weile mit leiser Stimme fort. »Oma hat nicht ein einziges Mal geweint, seit Opa tot ist.«

Anne-Lis bekam den zweiten Satz kaum mit. »Birger?«, hakte sie nach.

Emil wies mit dem Kinn zum Fenster. »Du weißt ja jetzt, dass er da ist. Bisher durfte ich dir nichts verraten, und besuchen darf ich ihn sowieso nicht. Aber das ist mir egal«, stieß der Junge trotzig hervor. »Seit Opa nicht mehr da ist, habe ich nur noch Birger.« Er schaute vertrauensvoll zu ihr auf. »Und dich natürlich. Aber du gehst nach Opas Beerdigung ja bestimmt wieder zurück nach Malmö.«

»Wer hat dir verboten, mir zu verraten, dass Birger wieder da ist?«, wollte sie wissen.

»Alle«, sagte Emil. »Sie haben gesagt, du bleibst sowieso nicht lange und merkst es vielleicht nicht. Aber sie haben mir nicht gesagt, warum du das nicht wissen darfst.« Neugierig schaute der Junge sie an. »Vielleicht wollen sie nicht, dass du auch zu ihm gehst. Aber dir können sie es ja nicht verbieten, du bist ja schon erwachsen.«

Warum hat mir niemand etwas gesagt? fragte sich Anne-Lis aufgebracht. Dann wäre ich wenigstens auf die Begegnung vorbereitet gewesen.

»Du siehst auf einmal ganz böse aus«, sagte Emil schüchtern.

Anne-Lis zwang sich zu einem Lächeln. »Ich bin nicht böse auf dich«, versicherte sie dem Jungen. In Emils Augen spiegelte sich das wider, was sie selbst empfand. Er war traurig, verletzt, tief verunsichert und konnte seine Gefühle wahrscheinlich noch weniger einordnen als sie selbst. »Ich habe eine Idee«, sagte sie spontan. »Was hältst du davon, wenn wir heute zusammen etwas unternehmen? Nur du und ich.«

Die Augen des Jungen leuchteten auf. »Was denn?«

Anne-Lis zuckte mit den Schultern. »Keine Ahnung, aber uns fällt schon was ein. Ich glaube, es tut uns beiden gut, mal aus dem Haus zu kommen.«

»Und das, nachdem du nicht einmal vierundzwanzig Stunden hier bist«, hörte sie Hedvigs Stimme hinter sich.

Anne-Lis zwang sich, ganz ruhig zu bleiben. Langsam wandte sie sich um. »Hast du etwas dagegen, wenn ich mit Emil die Stadt erkunde?«

Hedvig hatte etwas dagegen. Sie erkannte es ganz deutlich an der Miene ihrer Schwester. Hedvig hatte wahrscheinlich schon deshalb etwas dagegen, weil sie immer noch sauer auf Anne-Lis war.

Doch bevor Hedvig etwas sagen konnte, bettelte Emil: »Bitte, Mama, ich möchte so gerne mit An…« – er brach ab und verbesserte sich selbst – »… Tante Anne-Lis die Stadt erkunden. Ich kann ihr Opas und meine Lieblingsplätze zeigen.«

Anne-Lis betrachtete ihre Schwester mit zusammengekniffenen Augen und rechnete fest mit einer Abfuhr.

»Von mir aus«, sagte Hedvig mürrisch und ganz offensichtlich nur ihrem Sohn zuliebe. Der Blick, den sie Anne-Lis dabei zuwarf, war alles andere als freundlich.

»Yippie yeah!« Emil umarmte Anne-Lis stürmisch, bevor er aus dem Zimmer lief. »Ich hole nur schnell meine Jacke.«

Anne-Lis sah ihm lächelnd nach. Sie freute sich auf den Ausflug mit dem Jungen, vor allem aber darüber, für eine Weile aus dem Haus zu entkommen. Gestern erst war sie aus Malmö geflüchtet, ohne allzu große Hoffnung, in ihrem Elternhaus wirklich zur Ruhe zu kommen. Aber es war alles noch viel schlimmer, als sie befürchtet hatte. Dass sie so schnell erneut die Flucht ergreifen würde, hatte sie nicht erwartet.

Hedvig stand immer noch an der Tür. »Wieso bist du eigentlich hier, Anne-Lis?«

Anne-Lis riss die Augen weit auf. »Das fragst du noch? Nach Papas Tod …«

»Ich habe nicht damit gerechnet, dass du kommst«, erwiderte Hedvig. »Vor allem jetzt, da Papa nicht mehr da ist.«

Anne-Lis öffnete den Mund, schloss ihn aber wieder, ohne etwas zu sagen. Auch wenn sie es nicht zugab, es stimmte, was

Hedvig sagte. Sie wäre nicht so überstürzt nach Hause gefahren, wenn sie Folke nicht mit Carina Sandström erwischt hätte. Sie wäre immer noch in Malmö, würde versuchen, sich mit Arbeit abzulenken, und ansonsten ihr Leben ganz normal weiterleben.

Natürlich hätte sie auch in Malmö um ihren Vater getrauert, aber mit dem räumlichen Abstand zu Stockholm und vor allem zur Familie, wäre alles anders gewesen. Leichter? Konnte Trauer durch irgendetwas leichter werden? Vielleicht hätte sie sie besser ertragen, wenn sie sich Folkes Liebe sicher gewesen wäre.

Anne-Lis hatte Hedvigs Anwesenheit völlig vergessen, bis diese sagte: »Viel Spaß in der Stadt!« Zum ersten Mal schien sie es auch wirklich so zu meinen, und kein Unterton schwang in ihrer Stimme mit.

Hedvig ging aus dem Zimmer, und Anne-Lis schaute erneut aus dem Fenster. Auf der anderen Seite der Straße stand Birger und starrte zu ihr hoch. Sie spürte, wie ihre Miene hart und kalt wurde, und hielt seinem Blick eisern stand, bis er sich schließlich umwandte, zu seinem Haus ging und hinter den Sträuchern verschwand.

Anne-Lis atmete tief durch. Sie musste einfach vergessen, dass er wieder da war. Vergessen, dass er nebenan wohnte, und vor allem vergessen, was sie beide einst verbunden hatte. Es war zu lange her, es war inzwischen zu viel passiert, um sich jetzt noch durch eine Begegnung mit ihm aus der Fassung bringen zu lassen.

Vielleicht sollte sie aus der Geschichte mit Birger und aus ihrer Beziehung mit Folke einfach die Lehre ziehen, dass ihr eine glückliche Beziehung nicht bestimmt war. Vielleicht sollte sie besser ein für alle Mal alleine bleiben.

Ihr Handy meldet in genau diesem Moment den Eingang einer SMS. Sie war von Folke.

Es tut mir leid, schrieb er.

Und kurz darauf: *Bitte lass uns noch einmal miteinander reden!*

Anne-Lis hielt das Handy unschlüssig in der Hand. Sie wusste nicht, was sie darauf antworten sollte, und war sich nicht sicher, ob sie mit ihm reden wollte. Kurzentschlossen steckte sie das Handy in die Jackentasche, ohne zu antworten. Im Augenblick gab es Wichtigeres, vor allem den Ausflug mit Emil.

Ihr Neffe wartete bereits, als Anne-Lis die Treppe hinunterkam. Seine Augen strahlten, wie sie es seit ihrer Ankunft nicht ein einziges Mal gesehen hatte, und das half ihr selbst in diesem Moment über alle düsteren Gedanken hinweg.

»Ich bin fertig«, sagte Emil.

»Ich auch.« Anne-Lis hatte beschlossen, die Jacke ihres Vaters anzulassen. Das passte zu dem Ausflug, den sie und Emil machen wollten. So hatte sie wenigstens ein bisschen das Gefühl, ihr Vater wäre dabei. »Auf geht's«, sagte sie zu Emil. »Heute bist du mein Fremdenführer durch Stockholm.«

Anne-Lis war immer der Meinung gewesen, dass Stockholm eine Sommerstadt war. Der Frühling war auch okay, und sogar die Vorweihnachtszeit mit den Weihnachtsmärkten und den geschmückten Fenstern hatte ihren Reiz. Den Stockholmer Herbst dagegen verband sie in ihrer Erinnerung immer mit der Farbe Grau. Ein grauer Himmel, der sich im ebenso grauen Wasser widerspiegelte. Selbst die im Sommer pastellfarbenen Hausfassaden bekamen im Herbst einen grauen Schimmer, genau wie die Gesichter der vorbeihastenden Passanten.

Auch jetzt erschien ihr die Stadt wieder grau in grau. Lustlose Fußgänger mit leeren, stumpfen Gesichtern kamen ihnen entgegen. Eigentlich, so fand Anne-Lis, war der Herbst die einzig richtige Jahreszeit zum Sterben. Es war doch sowieso alles vom Tod gezeichnet.

Emil schien das nicht so zu sehen. »Ich mag den Herbst«, sagte er. »Du auch?«

Anne-Lis nickte, einfach nur, um den Jungen nicht zu enttäuschen, entschloss sich dann aber, ehrlich zu sein. »Nein, ich mag den Herbst überhaupt nicht«, sagte sie. »Es ist nicht mehr richtig Sommer, aber auch noch nicht richtig Winter. Und meistens regnet es.«

Emil lächelte. »Opa mochte den Herbst auch«, sagte er.

»Opa mochte jede Jahreszeit«, erwiderte Anne-Lis. Zum ersten Mal konnte sie beim Gedanken an ihren Vater wieder lächeln. Er hatte immer nur das Schöne, das Positive gesehen. Offenbar hatte Emil diese Fähigkeit von ihm geerbt.

»Ja, aber am liebsten mochte er den Sommer«, sagte der Junge, »aber ich finde den Herbst toll«.

»Und was findest du daran so toll?«, wollte Anne-Lis wissen.

Er warf ihr einen undefinierbaren Blick zu. »Das kann man nicht erklären«, sagte er. »Das muss man fühlen.«

»Okay«, erwiderte sie gedehnt, »im Moment fühle ich nur Kälte.«

»Mir ist auch kalt«, gab Emil zu.

»Dann nichts wie los, uns wird schon wieder warm.« Anne-Lis versuchte, unternehmungslustig zu wirken, um dem Jungen die Freude an ihrem Ausflug nicht zu nehmen.

Die U-Bahn-Station lag direkt am Skogskyrkogården, dem Friedhof, auf dem Hedvig ihren Vater beerdigen wollte.

Das war nachvollziehbar, denn der Friedhof war nicht weit von ihrem Elternhaus entfernt. Trotzdem konnte Anne-Lis sich nicht vorstellen, dass es ihrem Vater gefallen hätte, dort in der kalten, feuchten Erde begraben zu werden.

Emil schien zu ahnen, was in ihr vorging. »Opa wollte nicht dahin«, sagte er leise.

»Ich weiß.« Anne-Lis nickte. »Aber heute denken wir nicht an so traurige Sachen wie Beerdigungen und Friedhöfe. Okay?«

Zum Glück war Emil wie die meisten Jungs in seinem Alter leicht abzulenken und schien seine Trauer für die nächsten Stunden zu vergessen.

Sie beschlossen, auf die üblichen Touristenziele wie das königliche Schloss oder das Vasa-Museum zu verzichten. Mit der sogenannten Tunnelbana, Schwedens einziger U-Bahn, fuhren sie bis zum Östermalmstorg, weil Emil mit Anne-Lis zuerst durch die Östermalmshalle schlendern wollte.

Die Markthalle aus dem neunzehnten Jahrhundert war an sich schon spektakulär, noch eindrucksvoller aber war die Vielfalt der angebotenen Lebensmittel, von alltäglichen Produkten bis hin zu ausgefallenen Delikatessen.

»Und hier ist Opa mit dir hingegangen?«, fragte Anne-Lis überrascht.

Emil grinste verschmitzt. »Immer wenn es zu Hause Pytt i Panna gibt. Opa hat immer gesagt, dass er kein Resteessen mag, und ich mag das auch nicht.«

Anne-Lis lachte und erinnerte sich selbst daran, dass ihr Vater diese Mahlzeit verabscheut hatte. Als sie noch ein Kind gewesen war, hatte er danach immer die Schokolade mit ihr geteilt, die er in seinem Schreibtisch versteckt hatte.

Langsam schlenderten sie weiter durch die Markthallen, probierten Elchsalami und gebeizten Lachs, ließen sich jeder eine glitschige Auster aufschwatzen und kauften Süßigkeiten für die Zwillinge, für Emil selbst und, was ihm ganz besonders wichtig war, auch für Oma Gunilla.

»Aber du musst gut aufpassen«, sagte Emil, als Anne-Lis die riesige Tüte bezahlte. »Oma Gunilla isst sonst alles auf einmal auf.«

Danach fuhren sie mit der Tunnelbana nach Gamla Stan, die Altstadt Stockholms. Nebeneinander bummelten sie durch die engen Gassen. Anne-Lis liebte diesen Teil ihrer Heimatstadt – die alten Giebelhäuser mit den farbigen Fassaden, die kleinen Plätze mit ihren Cafés und Restaurants und den vielen Geschäften.

Sie bemerkte nicht, dass Emil sie beobachtete, bis er plötzlich sagte: »Es ist das erste Mal, dass du lächelst.«

»Es ist das erste Mal, dass ich das Gefühl habe, wirklich zu Hause zu sein«, sagte Anne-Lis. »Als Kind habe ich mir immer gewünscht, in Gamla Stan zu wohnen.«

Emil blieb stehen und drehte sich zwischen den hohen Häusern um die eigene Achse, das Gesicht nach oben gerichtet. Er schüttelte den Kopf. »Ich finde Omas und Opas Haus in Gamla Enskede viel schöner. Da haben wir einen Garten, und ich kann den Himmel viel besser sehen.«

Eine ganze Weile gingen sie schweigend nebeneinanderher, bis Emil zögernd fragte: »Glaubst du, dass Opa wirklich im Himmel ist?«

»Wenn es einer verdient hat, in den Himmel zu kommen, dann doch wohl Opa.«

»Das meine ich nicht«, sagte er nachdenklich. »Wenn es einen Himmel gibt, dann gehört Opa natürlich dahin. Aber glaubst du wirklich, dass es so etwas wie einen Himmel gibt?«

Eine Frage, die einen Großteil der Menschheit bewegte und die niemand beantworten konnte, schon gar nicht ein zwölfjähriger Junge.

»Ich weiß es nicht«, gab Anne-Lis ehrlich zu.

»Wenn ich nachts im Bett liege und es ganz dunkel ist, muss ich immer darüber nachdenken«, sagte Emil bedrückt. »Wenn es keinen Himmel gibt und man nach dem Sterben einfach nur tot ist, und dann ist da nix mehr und alles ist dunkel ...« Übergangslos brach der Junge in Tränen aus.

Anne-Lis blieb stehen, legte Emil beide Hände auf die Schultern und drehte ihn zu sich herum. Auch diesmal suchte sie nicht nach Phrasen. Emil würde es merken, wenn sie nicht ehrlich zu ihm war. »Diese Angst haben wir alle«, sagte sie. »Niemand weiß, was nach dem Sterben kommt. Aber Emil, ich bin mir ganz sicher, dass da noch irgendwas kommt, weil ...«

Sie brach gerade noch rechtzeitig ab, bevor ihr herausgerutscht wäre, was sie selbst empfand. Enttäuschung, tiefe Leere und das Gefühl, dass das nicht alles gewesen sein konnte. Wenn sie genau jetzt tot umfallen würde, was bliebe dann von ihr zurück? Wofür hätte sie dann gelebt?

»Weil ...?«, hakte Emil nach.

Anne-Lis brauchte ein paar Sekunden, um sich von ihren negativen Gedanken zu befreien und sich wieder auf den Jungen zu konzentrieren. Die Hoffnung in seinen Augen rührte und überforderte sie gleichermaßen.

Diesmal wich sie einer direkten Antwort aus. Das, was sie selbst gerade empfand, war zu deprimierend, um es mit ihrem Neffen zu teilen. »Ich kann es dir nicht erklären«, sagte sie. »Es ist nur so ein Gefühl in mir, dass es etwas geben muss, was über den Tod hinausgeht. So wie du nicht erklären kannst, warum du den Herbst so magst.« Es war nicht das, was Emil hören wollte. Anne-Lis wusste es genau, aber er schien es zu akzeptieren.

»Und jetzt gönnen wir beide uns eine heiße Schokolade«, sagte Anne-Lis mit aufgesetzter Fröhlichkeit. Sie zog die Schultern hoch. »Bilde ich mir das ein, oder ist es noch kälter geworden?«

Emil nickte, aber seine Gedanken schienen sich immer noch um den Tod zu drehen. »Glaubst du, wir sehen Opa wieder, wenn wir alle tot sind?«

»Ja, daran glaube ich ganz fest«, erwiderte Anne-Lis, weil sie ganz fest daran glauben wollte.

Sie rechnete mit weiteren Fragen, aber Emil sagte einfach nur: »Okay, gehen wir in ein Café. Heiße Schokolade ist immer gut, hat Opa mal gesagt.«

Sie kehrten in eines der heimeligen Gewölbecafés ein. Zu der Schokolade mit dem dicken Sahneklecks ließen sie sich beide ein Stück Apfeltorte schmecken.

»Wo möchtest du als Nächstes hin?«, fragte Anne-Lis.

Emil schob sich eine Gabel voll Apfelkuchen in den Mund und schaute dabei nachdenklich vor sich hin. »Ich würde dir gerne Opas und meinen Lieblingsplatz zeigen«, sagte er. »Aber dafür müssen wir zum Monteliusvägen.«

Der Monteliusvägen, ein schmaler Fußweg hoch über den Dächern von Södermalm, war früher auch Anne-Lis' Lieblingsplatz in Stockholm gewesen. Als Kind war sie oft mit ihrem Vater dort gewesen, und sie freute sich darüber, dass

Fredrik diesen Ort in den letzten Jahren zusammen mit Emil besucht hatte.

Es war zu kalt, um zu Fuß zu gehen, deshalb fuhren sie auch diesmal wieder mit der Tunnelbana. Von Mariatorget, einem kleinen Park im Stadtteil Södermalm, aus mussten sie fünf Minuten zu Fuß gehen und über eine Treppe nach oben steigen. Der unbefestigte Weg war rutschig, aber die Aussicht entschädigte für alle Mühen beim Aufstieg.

Kurz darauf stand Anne-Lis neben Emil an der höchsten Stelle des Weges und genoss den Blick über das Wasser bis hinüber nach Gamla Stan. »Ich habe ganz vergessen, wie schön es hier ist«, sagte sie andächtig.

»Deshalb habe ich es dir ja gezeigt.« Emil lehnte seinen Kopf an ihren Arm.

Ein Schiff tuckerte über den Riddarfjärden. Auf der anderen Seite der Bucht war das Rathaus zu sehen, weiter östlich die Kirche Riddarholmskyrkan.

»Hier würde ich gerne die Rakete mit Opas Asche in den Himmel schießen«, sagte Emil und fügte traurig hinzu: »Aber Mama und Oma werden das nie erlauben.«

Emil hatte recht: Wenn Fredrik sich wirklich gewünscht hatte, mit einer Rakete in den Himmel geschossen zu werden, dann war das hier der richtige Ort dafür.

»Es müsste dunkel sein«, fuhr Emil fort. »Es wäre so schön, wenn sich die Lichter der Rakete im Riddarfjärden spiegeln würden, bevor sie verglühen.«

Anne-Lis umfasste erneut die Schultern des Jungen. Lange standen sie schweigend da und ließen sich von der Aussicht gefangen nehmen. Sie fragte sich, was gerade in Emil vorgehen mochte. Dachte er an die Raketenbestattung, die nie stattfinden würde?

Als hätte er ihre Gedanken erraten, sagte Emil in diesem Moment: »Schade, dass wir Opa nicht mehr fragen können. Wenn er Oma und Mama sagen würde, wie er seine Beerdigung haben will, könnten die beiden nichts mehr dagegen einwenden.«

Anne-Lis nickte, obwohl sie da anderer Meinung war. Sie hatte schon mitbekommen, dass vor allem ihre Schwester ganz klare Vorstellungen hatte, und sie traute ihr sogar zu, dass sie sich über die Wünsche ihres Vaters hinwegsetzen würde.

Der bleigraue Himmel verhieß nichts Gutes. Die Kälte kroch selbst durch die dicke Jacke ihres Vaters, und Anne-Lis ahnte, dass Emil ebenso fror wie sie selbst. Sie wollte gerade vorschlagen zu gehen, als Emil einen Zettel aus seiner Tasche zog und sagte: »Ich habe heute Morgen noch einen Brief für Opa geschrieben. Darf ich ihn dir vorlesen?«

»Natürlich.« Anne-Lis lächelte.

Emil faltete den Zettel sorgfältig auseinander und begann zu lesen.

Lieber Opa!

Da bin ich schon wieder! Ich hoffe, du freust dich über meine Briefe, aber ich habe auch Angst, dass du sie nicht lesen kannst und überhaupt nicht mehr mitkriegst, was bei uns so passiert. Ich habe so viele Fragen, die mir keiner beantworten kann. Jedenfalls keiner, der noch lebt.

Gibt es wirklich einen Himmel, wo die ganzen Toten sind? Und wie sieht es dort aus?

Oma Gunilla sagt, dass im Himmel ein ganz schönes Gedränge herrschen müsste, weil doch schon viel mehr Menschen gestorben sind als noch auf der Erde leben. Und erst die ganzen toten Tiere. Viele von denen hätten viel eher das Recht, im Himmel zu sein, als manche Menschen.

Oma Gunilla sagt auch, dass in der Hölle noch viel mehr Gedränge sein müsste, weil es viel mehr schlechte als gute Menschen gibt.

Ich weiß nicht, ob das alles stimmt, was Oma Gunilla sagt. Sie behauptet zwar, dass so alte Menschen wie sie das wissen müssen, weil sie ja auch bald in den Himmel kommt, aber so richtig glaube ich ihr trotzdem nicht. Keiner kann wissen, was nach dem Sterben passiert, und dich kann ich nicht mehr fragen.

Lieber Opa, ich weine ganz viel, weil du nicht mehr da bist. Und ich weine noch mehr, weil das mit der Rakete nicht klappt und alle sagen, ich würde nur Unsinn reden. Nur Anne-Lis sagt das nicht, aber vielleicht denkt sie ganz für sich das Gleiche wie die anderen Erwachsenen und will mir das nur nicht sagen, damit ich nicht noch trauriger werde.

Ich würde ganz fest darum kämpfen, dass deine Asche in eine Rakete kommt, wenn du mir nur ein winzigkleines Zeichen geben könntest. Etwas, das mir zeigt, dass du noch da bist, auch wenn ich dich nicht mehr sehen kann. Ich weiß, ich habe das schon gestern in meinem Brief geschrieben. Aber bitte, bitte, lieber Opa, wenn du kannst, dann zeig mir doch, dass du irgendwo bist und es dir gut geht.

Ich hab dich lieb!

Dein Emil

— 6 —

Anne-Lis liefen Tränen über die Wangen. Sie wollte dem Jungen gerade sagen, dass er keineswegs Unsinn redete, als etwas passierte, womit sie nicht gerechnet hatte. Und Emil ganz bestimmt auch nicht.

Die grauen Wolken rissen auf, ein schmaler Sonnenstrahl zog eine glänzende Spur auf dem Riddarfjärden und tauchte ihn in goldenes Licht. Dann war es auch schon wieder vorbei. Die Lücke in den Wolken schloss sich, und der Himmel war so grau wie zuvor.

»Opa«, sagte Emil andächtig.

»Ja«, erwiderte Anne-Lis und legte eine Hand auf Emils Schulter. Es war die Magie dieses ganz besonderen Moments, die sie sagen ließ: »Ich kann dir nicht versprechen, dass es klappt, Emil, aber ich will versuchen, dir dabei zu helfen, Opas letzten Wunsch zu erfüllen.«

Als sie nach Hause kamen, begrüßte Leif sie schwanzwedelnd an der Tür. Sonst war niemand zu sehen, aber aus dem Wohnzimmer waren Stimmen zu hören.

Am liebsten hätte Anne-Lis sich erst einmal in die Stille ihres Zimmers zurückgezogen, aber als sie beide die Jacken ausgezogen und an die Garderobe gehängt hatten, griff Emil nach ihrer Hand. »Du hast es mir versprochen!«

Es klang, als wollte er sich noch einmal vergewissern,

dass sie ihr Versprechen auf dem Heimweg nicht vergessen hatte.

»Ich werde alles tun, um dir dabei zu helfen, Opas letzten Wunsch zu erfüllen«, wiederholte Anne-Lis. »Aber du weißt, ich kann dir nicht versprechen, dass es auch klappt.«

Emil nickte, auch wenn seine Miene die hohen Erwartungen verriet, die er mit diesem Versprechen verknüpfte.

Ein kurzer Sonnenstrahl hatte Anne-Lis dazu bewogen, ein voreiliges Versprechen abzugeben. Dabei konnte es nicht mehr gewesen sein als eine flüchtige Wetterkapriole. Es war schön, dass dieser Sonnenstrahl Emil Hoffnung gegeben hatte und seine Trauer ein wenig minderte, aber sie selbst war zu alt für so etwas und sollte eigentlich wissen, dass Tote sich nicht aus dem Jenseits meldeten.

Vertrauensvoll schaute Emil sie an. »Gehen wir zu den anderen und sagen ihnen, dass wir Opa gesehen haben?«

Anne-Lis drückte seine Hand ganz fest und räusperte sich. »Emil«, begann sie vorsichtig. »Wir haben nicht Opa gesehen, sondern einen Sonnenstrahl.«

»Ja, aber der kam genau zur richtigen Zeit! Nachdem ich meinen Brief an Opa laut vorgelesen und ihn um ein Zeichen gebeten habe«, sagte Emil eifrig.

Anne-Lis atmete tief durch. Das, was sie dem Jungen jetzt sagen musste, tat ihr selbst weh. »Es könnte auch Zufall gewesen sein.«

Emil riss seine Hand aus der ihren und trat einen Schritt zurück. Alles Vertrauen war aus seinem Gesicht verschwunden, Tränen schimmerten in seinen Augen. »Du bist auch nicht besser als die anderen Erwachsenen!«, rief er aufgebracht. »Du kannst sagen, was du willst, aber ich weiß, dass es Opa war.«

»Emil, ich ...«

Sie wurde unterbrochen, weil die Tür zum Wohnzimmer aufging und Hedvig in den Flur kam. Sie war nicht allein.

Als Anne-Lis sah, wer neben ihrer Schwester stand, setzte ihr Herzschlag einen Moment lang aus, und sie vergaß sogar den aufgebrachten Emil. »Was hast du hier zu suchen?«, fuhr sie Birger an.

Birger starrte sie sekundenlang an. Es sah ganz so aus, als hätte er gerade gehen wollen und nicht mit ihrem Erscheinen gerechnet. Dann fasste er sich und lächelte unverbindlich. »Keine Sorge, ich bin gleich wieder weg. Ich wollte deiner Familie nur mein Beileid aussprechen.« Er machte eine kurze Pause, bevor er hinzufügte: »Und dir natürlich auch.«

»Auf dein Beileid kann ich verzichten«, sagte sie grob. »Halte dich einfach von mir fern, solange ich in Stockholm bin.«

Birger hob beschwichtigend beide Hände, bevor er sich Hedvig zuwandte. »Ich bin dann mal weg. Wenn ihr irgendwie Hilfe braucht ...«

»Nicht von dir!«, fiel Anne-Lis ihm ins Wort. Sie ging zur Haustür, öffnete sie weit und schaute ihn herausfordernd an.

Ein spöttisches Lächeln umspielte Birgers Lippen, als er ihren Blick erwiderte, dann verließ er ohne ein weiteres Wort das Haus.

»Er wollte nur nett sein«, sagte Hedvig, nachdem Anne-Lis die Tür hinter ihm geschlossen hatte.

Anne-Lis war ziemlich stolz auf sich, weil es ihr gelungen war, die Tür nicht lautstark zuzuschlagen. Stattdessen wandte sich ihre Wut jetzt gegen ihre Schwester. »War ja klar, dass du mich nicht verstehst«, sagte sie sauer. »Aber das ist mir egal. Ich will ihn nicht sehen, und damit basta!«

»Und natürlich richtet sich die ganze Familie nach deinen Launen«, erwiderte Hedvig verärgert. »Es dreht sich mal wieder alles nur um die arme kleine Anne-Lis, der das Schicksal so übel mitgespielt hat.«

»Du bist einfach nur …« Anne-Lis brach ab, als ihr Blick auf Emil fiel. Das Gesicht des Jungen war schneeweiß, während er abwechselnd sie und seine Mutter anschaute. »Es tut mir leid«, murmelte sie in Hedvigs Richtung, ohne es wirklich zu meinen. Jedenfalls tat ihr nicht Hedvig leid, sondern allenfalls Emil.

»Mir auch«, erwiderte Hedvig ebenso wenig überzeugend und ganz offensichtlich auch nur Emil zuliebe.

Emil nahm es ihnen beiden nicht ab. Er stolzierte an ihnen vorbei zur Treppe.

»Es gibt gleich Abendessen«, rief Hedvig ihm nach.

Er drehte sich nicht um. »Kein Hunger«, sagte er mürrisch.

Hedvig wandte sich wieder Anne-Lis zu. »Wahrscheinlich hast du ihn mit allerhand Süßkram vollgestopft.«

Anne-Lis holte tief Luft, schluckte dann aber runter, was ihr auf der Zunge lag, und fragte ganz ruhig: »Sag mal, was ist eigentlich los mit dir? Seit ich zu Hause bin, lässt du keine Gelegenheit aus, mich anzugreifen.«

»Das ist Unsinn«, erwiderte Hedvig und drehte sich einfach um. »Kommst du bitte, das Abendessen ist fertig.«

Ich habe es versucht, dachte Anne-Lis. Ich habe wirklich versucht, mit ihr zu reden, aber wenn sie nicht will, dann kann sie mich mal.

Obwohl sie wusste, wie kindisch das war, benutzte sie die gleichen Worte wie Emil gerade eben: »Kein Hunger«.

Hedvig zuckte mit den Schultern. »Dann eben nicht«, sagte sie kurz angebunden und verschwand im Esszimmer.

»Ich habe mich nämlich auch mit Süßkram vollgestopft«, rief Anne-Lis ihr wütend nach.

»Süßkram?« Gunilla war aus ihrem Zimmer gekommen. »Du hast Süßkram?« Die Augen hinter den Brillengläsern glänzten.

Gunilla schaute sie an wie ein Kind. Ein Kind mit einem alten Gesicht, das versuchte, das Beste aus seinem Leben zu machen.

Anne-Lis wurde erschreckend klar, dass auch die Lebenszeit ihrer Großmutter stark begrenzt war. Noch nie hatte sie sich so viele Gedanken über den Tod gemacht. Was möglicherweise daran lag, dass sie noch nie so direkt davon betroffen gewesen war.

»Ich bringe dir gleich ein paar Süßigkeiten«, versprach sie. »Aber erst nach dem Abendessen.« Erst jetzt fiel ihr auf, dass sie mit ihrer Großmutter auch sprach wie mit einem Kind. Sie schämte sich deswegen und fragte sich, ob sie sich nicht sogar respektlos verhielt.

Gunilla nickte mit strahlenden Augen und fühlte sich offensichtlich kein bisschen in ihrer Würde verletzt.

Anne-Lis legte einen Zeigefinger an die Lippen und sagte verschwörerisch: »Aber kein Wort zu den anderen.«

Auch Gunilla ahmte ihre Geste nach und sagte: »Du warst schon immer mein Liebling.«

Anne-Lis wusste genau, dass diese Aussage in erster Linie der Aussicht auf Süßigkeiten zu verdanken war. Gunilla hätte das zu jedem gesagt, der ihr Leckereien versprach. Aber Hedvig, die in diesem Moment zurück in den Flur kam, bekam nur den letzten Satz ihrer Großmutter mit. Anne-Lis sah, wie sich das Gesicht ihrer Schwester verhärtete. Sie ignorierte Anne-Lis völlig.

»Kommst du jetzt endlich«, sagte Hedvig laut zu Gunilla. »Ich habe es satt, euch immer alle einzeln zum Essen holen zu müssen.«

Gunilla zog ängstlich den Kopf zwischen die Schultern und sah so noch mehr wie ein altes Kind aus.

Anne-Lis tätschelte liebevoll die Schulter ihrer Großmutter. »Wir sehen uns später«, sagte sie und zwinkerte ihr zu.

Gunilla lächelte bereits wieder und folgte Hedvig, die sich abrupt abgewandt hatte, ins Esszimmer.

Anne-Lis klopfte leise an Emils Tür. Drinnen blieb alles still.

»Emil«, sagte Anne-Lis. »Können wir reden?«

»Nein!«

Das klang hart und eindeutig, trotzdem drückte Anne-Lis die Klinke hinunter und öffnete die Tür einen Spaltbreit. Emil saß auf seinem Bett und sah sie trotzig an, dann wandte er den Kopf ab und schaute demonstrativ aus dem Fenster.

»Darf ich reinkommen?«, fragte Anne-Lis.

Keine Antwort.

»Ich weiß, ich war eben ziemlich doof«, sagte sie. »Es liegt vor allem daran, dass ich im Moment ziemlich durcheinander bin. Und traurig. Und ...«

»Wieso kannst du Birger nicht leiden?«, unterbrach Emil sie. Zumindest sah er sie jetzt wieder an.

»Das ist eine lange Geschichte.«

»Klar, und ich bin mal wieder zu jung, um das zu verstehen.«

»Er hat mir einmal sehr wehgetan«, sagte Anne-Lis leise. »Sei mir nicht böse, Emil, aber ich kann nicht darüber reden. Nicht, weil du es nicht verstehst, sondern weil es für mich so schlimm war. Reicht dir das als Antwort?«

»Nein!«, sagte Emil. »Ich kann nämlich nicht glauben, dass Birger etwas Schlimmes getan hat. Und keiner sagt mir, was das gewesen sein soll. Du auch nicht! Aber Birger ist mein Freund, und ich lasse mir von euch nicht verbieten, zu ihm zu gehen oder mit ihm zu reden. Er versteht mich nämlich. Und er will auch, dass Opa mit einer Rakete in den Himmel geschossen wird.«

»Das will ich doch auch«, wandte Anne-Lis ein, während es ihr gleichzeitig schwer zu schaffen machte, dass Emil Birger als seinen Freund bezeichnete. War das der Freund, von dem die Zwillinge gesprochen hatten? Der, den Emil nicht besuchen durfte?

»Nein, du sagst das nur«, fuhr Emil sie an. »Aber du meinst das nicht ernst!«

Die Wut des Jungen erinnerte Anne-Lis an ihre eigene Kindheit. Sie spürte, dass Emil sich alleingelassen fühlte. »Doch, ich meine das ernst«, widersprach sie ihm. »Ich finde die Idee mit der Rakete super, und ich glaube dir auch, dass Opa sich das gewünscht hat.«

»Aber du glaubst nicht, dass das eben am Riddarfjärden Opa gewesen ist.«

Anne-Lis befand sich in einem entsetzlichen Zwiespalt. Der Junge hatte recht, sie glaubte es nicht. Aber hatte sie das Recht, ihm den Glauben an etwas zu nehmen, was ihm Hoffnung und Trost gab? Und konnte sie sich wirklich sicher sein, dass es reiner Zufall gewesen war?

Sie schloss die Augen und ließ den Moment am Riddarfjärden noch einmal Revue passieren. »Du hast recht, Emil«, sagte sie schließlich. »Ich glaube nicht, dass es wirklich Opa war, aber es war ein Zeichen.«

Emils Blick war voller Misstrauen.

»Vielleicht muss jeder dieses Zeichen für sich deuten. Für mich bedeutet es, dass es immer wieder einen Sonnenstrahl gibt, auch wenn alles noch so grau scheint. Und ich verspreche dir noch einmal, Emil, dass ich auf deiner Seite stehe. Aber ich will dich nicht belügen, ich glaube nämlich nicht, dass wir beide uns mit der Raketenbestattung durchsetzen können.«

»Birger hat gesagt, dass man kämpfen muss, wenn man etwas wirklich will. Vor allem muss man aber selbst daran glauben. Wenn du nicht daran glaubst, dass es klappt, dann kannst du mir auch nicht helfen.«

Dieser verdammte Birger! Warum musste er sich in alles einmischen und dem Jungen Dinge einreden, die letztendlich nur dazu führen konnten, dass er erneut enttäuscht wurde?

Die Wut entstand in ihrer Magengrube und breitete sich in Wellen in ihrem ganzen Körper aus. Aber sie musste vorsichtig sein und durfte ihre Wut nicht zeigen, weil Birger es irgendwie geschafft hatte, Emils Vertrauen zu gewinnen, während sie dabei war, es endgültig zu verspielen.

»Wenn du eine Idee hast, wie wir die anderen überzeugen können, helfe ich dir, Emil. Aber im Moment fühle ich mich einfach nur schrecklich hilflos, traurig und müde.« Anne-Lis schluckte schwer, weil sie nicht vor dem Jungen in Tränen ausbrechen und es ihm damit noch schwerer machen wollte. »Ich bin für dich da, Emil. Immer!«

»Was ist denn hier los?« Bertil kam ins Zimmer und schaute fragend zwischen ihr und Emil hin und her. »Gibt es ein Problem?«

»Ja, gibt es!«, sagte Anne-Lis. »Du weißt doch sicher, was Emil meinem Vater versprochen hat?«

Bertil stöhnte und wandte sich seinem Stiefsohn zu.

»Nicht das schon wieder, Emil! Unser aller Leben ist im Moment anstrengend genug, auch ohne dass du uns ständig mit diesem Unsinn nervst.«

Endlich bekam Anne-Lis die Chance, ihrem Neffen zu beweisen, dass sie es ernst meinte. »Er hat es meinem Vater versprochen«, sagte sie eindringlich. »Und ich finde es bewundernswert, wie er sich dafür einsetzt, sein Versprechen einzuhalten. Sollten wir Emil dabei nicht alle unterstützen? Und meinst du nicht auch, dass wir den letzten Wunsch meines Vaters respektieren sollten?«

Bertil starrte sie sekundenlang fassungslos an. »Du willst nicht ernsthaft Fredriks Asche mit einer Silvesterrakete in die Luft jagen!«

»Wenn er sich das so gewünscht hat, dann will ich das«, erklärte Anne-Lis entschlossen. »Und zwar auf dem Monteliusvägen.«

Bertils Blick wanderte erneut zwischen ihr und Emil hin und her, bis er schließlich feststellte: »Ihr spinnt doch beide!«

»Du weißt, wie sehr mein Vater dich geschätzt hat«, sagte Anne-Lis leise. »Gerade von dir hätte ich erwartet, dass du dich seinem letzten Wunsch nicht widersetzt.«

Sie spürte, dass ihre Worte etwas in Bertil bewegten. Er schüttelte immer wieder den Kopf und murmelte schließlich hilflos: »Selbst wenn Fredrik jemals so etwas gesagt haben sollte, dann hat er es ganz bestimmt nicht ernst gemeint.«

»Doch, hat er!«, rief Emil. »Du warst nicht dabei, aber er hat es zu mir gesagt, und ich habe es ihm versprochen.« Tränen liefen über sein Gesicht, und das ließ Bertil offensichtlich weich werden.

»Was erwartet ihr beide von mir?«, fragte er. »Wenn Hedvig und Inga sich erst einmal geeinigt haben, wird die Beerdigung so stattfinden, wie …« Er brach ab.

»… wie Hedvig es will«, schloss Anne-Lis. »Eine pompöse Beerdigung auf dem Skogskyrkogården. Glaubst du wirklich, dass Papa so etwas gewollt hätte?«

Bertil schüttelte den Kopf. »Nein, das passt überhaupt nicht zu ihm.« Er starrte nachdenklich vor sich hin und begann schließlich zu grinsen. »Diese komische Idee mit der Silvesterrakete wäre schon eher nach seinem Geschmack.«

»Du hilfst uns also?«, vergewisserte sich Anne-Lis.

»Lasst mich in Ruhe darüber nachdenken«, bat Bertil und verzog sich wieder.

»Der hilft uns nicht«, sagte Emil mutlos. »Der hat viel zu viel Angst vor Mama.«

»Das kann ich verstehen«, entgegnete Anne-Lis trocken.

Die beiden schauten sich an und mussten plötzlich lachen.

»Alles wieder gut zwischen uns?«, fragte Anne-Lis.

Emil nickte. »Uns fällt schon was ein«, sagte er, es klang aber nicht wirklich optimistisch.

»Ganz bestimmt«, versicherte sie und versuchte, dabei etwas zuversichtlicher zu klingen. So ganz gelang ihr das aber auch nicht.

Als Anne-Lis ihr Zimmer betrat, fand sie zu ihrer Überraschung Gunilla vor, die in ihrer Reisetasche herumwühlte.

»Oma, was machst du da?«, rief sie.

Gunilla richtete sich auf und sagte ohne ersichtliches Schuldbewusstsein: »Ich suche nach den Süßigkeiten, die du mir versprochen hast.«

Anne-Lis öffnete ihre Handtasche, nahm die Tüte mit den

Leckereien heraus, die sie für Gunilla in der Markthalle gekauft hatte, und reichte sie ihr.

Gunilla griff danach, schaute aber nur auf die beiden anderen Tüten in Anne-Lis' Handtasche. »Und was ist damit?«, fragte sie und wollte danach greifen.

Doch Anne-Lis zog die Tasche weg. »Das ist für die Zwillinge.«

»Die bekommen genug Süßes von ihren Eltern«, sagte Gunilla verdrießlich.

Anne-Lis wusste, dass das nicht stimmte. Hedvig legte Wert auf eine gesunde Ernährung ihrer Kinder. Abgesehen davon, dass sich bisher ohnehin noch keine Gelegenheit dazu ergeben hatte, den Mädchen die Tüten zu geben, hatte Anne-Lis vor, sie Hedvig zu überlassen. Sie wollte nicht schon wieder einen Streit mit ihrer Schwester heraufbeschwören. Besser, Hedvig hatte die Kontrolle darüber, wie viele Süßigkeiten die beiden aßen.

»Oma, du weißt doch, dass du auf deinen Zuckerspiegel achtgeben sollst. Das ist genug.« Sie wies auf die Tüte in Gunillas Hand. »Und eigentlich sollte ich dir das auch nicht alles auf einmal geben.«

Gunilla warf ihr einen finsteren Blick zu und umklammerte die Tüte ganz fest mit beiden Händen. »Du hast mir das geschenkt, du kannst mir das jetzt nicht mehr wegnehmen.«

»Ich will dir nichts wegnehmen«, sagte Anne-Lis. Sie streichelte ihrer Oma über die faltige Wange und fragte sich, wie viel Gunilla von den Vorgängen um sie herum überhaupt noch mitbekam. Fredrik war ihr Schwiegersohn gewesen, mit dem sie sich vor ihrer Demenz sehr gut verstanden hatte. Sie war ihm sehr dankbar dafür gewesen, dass er sie nach dem Tod ihres Mannes in seinem Haus aufgenommen hatte. Wenn sie jetzt von ihm sprach, dann immer so, als würde er noch leben. Sie schien nicht wahrhaben zu wollen oder immer wieder zu vergessen, dass er gestorben war.

»Ich komme die Treppe nicht alleine runter«, sagte Gunilla kläglich.

Anne-Lis unterdrückte ein Lächeln. »Wie bist du denn raufgekommen?«, fragte sie.

»Rauf geht noch«, sagte Gunilla.

Anne-Lis begleitete ihre Großmutter nach unten. Es war recht mühsam, der alten Frau beim Treppensteigen zu helfen, weil Gunilla sich mit einer Hand am Treppengeländer festklammerte und in der anderen die Tüte mit den Süßigkeiten hielt. Als Anne-Lis sie ihr abnehmen wollte, um ihr die Hand zu geben, stieß Gunilla einen empörten Schrei aus.

»Die hast du mir geschenkt!«

»Ich will sie dir doch nur nach unten tragen«, sagte Anne-Lis beruhigend.

Gunilla schüttelte heftig den Kopf. »Das mache ich schon selbst. Pass du lieber auf, dass ich nicht falle.«

Anne-Lis griff nach dem Unterarm ihrer Großmutter und stützte sie, so gut es ging. Unten angekommen brachte sie sie in ihr Zimmer. Auch hier hatte sich nichts verändert.

»Ich habe auch was für dich«, sagte Gunilla strahlend. Sie griff in das Regal neben ihrem Nachtschränkchen und zog einen Roman heraus. *Das Hotel am Siljansee* stand auf dem Cover. »Das ist so schön!«, schwärmte Gunilla.

»Danke, Oma«, sagte Anne-Lis gerührt und nahm das Buch an sich, auch wenn solche Romane nicht unbedingt zu der von ihr bevorzugten Lektüre gehörten. Sie küsste Gunilla auf die Wange und wünschte ihr eine gute Nacht.

Sie wollte direkt wieder nach oben gehen, als ihr Blick

durch die geöffnete Wohnzimmertür fiel. Ihre Mutter stand allein vor dem Regal mit den Familienfotos. Sie hatte eines der Bilder herausgenommen und betrachtete es. Anne-Lis musste nicht näher kommen, um zu wissen, dass es ein Foto ihres Vaters war.

Als Inga sie bemerkte, stellte sie das Bild zurück ins Regal und wandte sich ihr lächelnd zu. »Ich habe dich beim Abendessen vermisst.«

»Wir haben unterwegs so viel gegessen, dass ich einfach keinen Hunger hatte«, behauptete Anne-Lis.

Diese kleinen Schwindeleien, diese Unehrlichkeiten, hatte es immer schon in ihrer Familie gegeben. Sie alle waren nicht wirklich ehrlich miteinander.

Anne-Lis wusste nicht, ob ihre Mutter von der letzten Auseinandersetzung mit Hedvig wusste.

Inga ließ sich jedenfalls nichts anmerken und fragte: »Magst du mir ein wenig Gesellschaft leisten? Seit du hier bist, haben wir nicht einmal in Ruhe miteinander reden können.«

Anne-Lis setzte sich zu ihrer Mutter aufs Sofa und betrachtete sie nachdenklich. Wie schaffte sie es, diese Haltung zu bewahren? Wie sehr trauerte sie tief im Inneren, und warum zeigte sie das nicht?

Sie traute sich nicht, danach zu fragen. Sie hatte nicht einmal den Mut, ihre Mutter zu fragen, wie es ihr wirklich ging. Warum eigentlich nicht? Wieso war ihre Familie eigentlich ... so?

»Können wir miteinander reden?«, fragte Inga, und Anne-Lis spürte sofort Unbehagen. Es war in ihrer Familie nicht üblich, über Gefühle zu reden, und auch wenn sie sich fragte, wie es ihrer Mutter wirklich ging, mit ihr darüber reden wollte sie nicht. Ebenso wenig wie über ihre eigenen Gefühle.

»Es geht um die Beerdigung«, sagte ihre Mutter mit einer Stimme, die so emotionslos klang, als hätte die Bestattung nichts mit ihr oder ihrem Leben zu tun. »Wie du weißt, möchte Hedvig eine Beisetzung auf dem Skogskyrkogården und ist der Meinung, dass wir dazu Papas Geschäftsfreunde einladen sollten.«

»Du weißt, was Papa sich gewünscht hat. Emil ...«

Inga unterbrach sie und wischte diesen Einwand mit einer Handbewegung beiseite. »Emil ist ein lieber Junge, aber manchmal geht die Fantasie mit ihm durch, und ich möchte über diese völlig indiskutable Idee nun wirklich nicht mehr reden.«

»Aber Papa hat es sich doch gewünscht«, wandte Anne-Lis dennoch ein. »Emil hat das bestimmt nicht erfunden. Ich glaube ihm.«

»Bitte, Anne-Lis!«, sagte Inga hörbar genervt und fuhr sich mit beiden Händen durchs Gesicht. »Papa hat bestimmt einen Witz gemacht – du weißt doch, wie er war. Und Emil konstruiert daraus seine eigene Geschichte. Selbst wenn Papa so etwas gesagt haben sollte, hat er es ganz bestimmt nicht ernst gemeint.«

Anne-Lis dachte an ihr Versprechen Emil gegenüber. Das hier wäre der richtige Moment, um hartnäckig zu bleiben, aber zum ersten Mal, seit sie zu Hause war, wirkte ihre Mutter nicht mehr so makellos und unberührt. Sie tat ihr leid. »Und wenn doch?«, fragte sie daher sanft. »Würdest du nicht auch wollen, dass Papa die Bestattung bekommt, die er sich gewünscht hat?«

Inga sprang auf und entfernte sich ein paar Schritte vom Sofa, als wolle sie flüchten. Sie eilte aber nicht aus dem Zimmer, sondern trat ans Fenster. Dahinter lag der Garten in tiefer Dunkelheit.

Anne-Lis sagte nichts mehr, ließ ihre Mutter völlig in Ruhe. Es dauerte lange, bis Inga endlich eine Antwort auf ihre Frage fand. »Wenn Fredrik eine Verfügung für seine Beerdigung hinterlassen hätte, würde ich mich selbstverständlich daran halten.«

Anne-Lis bemerkte, dass ihre Mutter diesmal nicht *Papa* sagte, sondern ihn bei seinem Namen nannte. Vielleicht sah sie den Verstorbenen gerade nicht als Familienvater, sondern ausschließlich als ihren Ehemann. Als den Mann, den sie geliebt hatte und der für immer gegangen war.

Inga wandte sich vom Fenster ab, war wieder ganz Dame, als sie ruhig hinzufügte: »Aber es gibt keine Verfügung, und deshalb müssen wir uns für die beste aller Lösungen entscheiden.« Sie hob die Hand, als Anne-Lis etwas sagen wollte. »Es wird auf keinen Fall diese Raketenbestattung sein«, sagte sie. »Das wäre selbst dann nicht möglich, wenn er es sich ausdrücklich gewünscht hätte. Bei der Entscheidung, die wir letztendlich treffen, haben wir uns an die schwedischen Bestattungsgesetze zu halten.«

Inga hielt inne, holte tief Luft, und Anne-Lis setzte zu einer Erwiderung an. Ihre Mutter war schneller, ließ sie nicht zu Wort kommen.

»Ich wollte dich bitten, Hedvig bei den Vorbereitungen zu unterstützen«, sagte sie. »Ich ...« Sie stockte und schien kurz Schwierigkeiten zu haben, ihre Beherrschung nicht zu verlieren, aber dann war dieser Moment auch schon wieder vorbei. »Ich wäre dir jedenfalls sehr dankbar«, schloss sie.

Das klang wieder unbeteiligt, als würde Inga über den Dingen schweben.

Es würde ihr guttun, endlich zu weinen, dachte Anne-Lis. Aber einmal mehr war sie nicht in der Lage, ihren Gedanken laut auszusprechen.

»Hilfst du Hedvig?«, wollte ihre Mutter wissen.

Wenn sie Hedvig bei deren Plänen unterstützte, würde sie Emil in den Rücken fallen. Das wurde Anne-Lis siedend heiß bewusst. In Gedanken suchte sie nach einer unverbindlichen Antwort, aber dann sah sie Emil vor sich. Wie er zusammen mit ihrem Vater vor dem Fernseher saß und ein Versprechen ablegte. Auch wenn Anne-Lis nicht dabei gewesen war, hatte sie die Szene deutlich vor Augen. Und sie sah sich wieder zusammen mit dem Jungen am Riddarfjärden stehen, spürte noch einmal diese besondere Magie des Augenblicks, in dem sich die Sonne durch die grauen Wolken gekämpft hatte.

Anne-Lis schüttelte den Kopf. »Das kann ich nicht«, sagte sie.

Inga zeigte auch jetzt nicht, was sie fühlte oder dachte. Mit dem für sie so typischen unverbindlichen Lächeln sagte sie: »Dann weiß ich Bescheid. Gute Nacht, Anne-Lis.« Dann ging sie hinaus.

Anne-Lis verschränkte die Arme vor der Brust und zog die Schultern hoch, als sie ihrer Mutter nachschaute. Offen ausgesprochene Missbilligung hätte sie besser ertragen können als diese aufgesetzte Freundlichkeit. Es war schlimmer als jede ehrliche Auseinandersetzung.

Aber ich habe Emil nicht verraten, dachte Anne-Lis. Ich habe ganz deutlich gezeigt, dass ich auf seiner Seite bin.

Seufzend stand Anne-Lis auf, verließ ebenfalls das Zimmer und schaltete an der Tür das Licht aus. Der Flur war leer, ihre Mutter hatte sich längst in ihr Schlafzimmer zurückgezogen, das sie bis vor zwei Tagen mit Fredrik geteilt hatte.

Die Stille im Haus war ebenso bedrückend wie die Schatten in den Winkeln des Treppenhauses, die das Licht der schwachen Lampe nicht erreichte. Oben angekommen schaltete Anne-Lis auch dieses Licht aus, und vollkommene Dunkelheit umgab sie. Sie flüchtete in ihr Zimmer, machte Licht, trat ans Fenster und riss es weit auf. Sie brauchte dringend frische Luft.

Aus einem der Fenster des Nachbarhauses fiel ebenfalls Licht. Automatisch sah sie dorthin und erkannte Birger im Lichtschein. Als würde er ihren Blick spüren, schaute er zur gleichen Zeit zu ihr herüber. Ihre Blicke trafen sich, und für wenige Sekunden war es, als würde die Zeit zwischen damals und jetzt verwischen, als hätte es all das Schlimme, was zwischen ihnen passiert war, nie gegeben. Anne-Lis glaubte ihren Herzschlag nicht nur zu spüren, sondern auch zu hören.

Dann war es vorbei. Birger wandte sich ab, das Licht auf der gegenüberliegenden Seite erlosch, und die Gegenwart holte sie wieder ein.

— 7 —

Der nächste Tag im Haus Dahlander begann wie der vorherige: mit lautem Geschrei und Hedvigs strenger Stimme, die versuchte, ihre Kinder zur Ordnung zu rufen.

Sie ist streng, schreit die Kinder ständig an und schafft es trotzdem nicht, sich durchzusetzen, dachte Anne-Lis. Sie fand, dass ihre Schwester ziemlich kompliziert war, und wusste einfach nicht, was sie von deren Stimmungsschwankungen zu halten hatte. War Hedvig eigentlich immer so gewesen?

Kurz darauf klopfte es wie am Vortag an ihrer Tür, und sie rechnete damit, dass die Zwillinge wieder zu ihr kamen. Aber es war Emil, der die Tür einen Spaltbreit öffnete und den Kopf ins Zimmer steckte.

»Hej«, sagte er.

Anne-Lis setzte sich auf. »Hej«, erwiderte sie. Sie freute sich, ihn zu sehen, und hoffte, dass er wirklich nicht mehr böse auf sie war. Sie wollte sein Vertrauen nicht verspielen.

»Ich glaube, Oma ist sauer auf dich«, sagte er.

»Ja, das glaube ich auch«, erwiderte sie, »aber woher weißt du das?«

Emil schaute hinter sich, als wolle er sich vergewissern, dass da niemand war, bevor er zu ihr ins Zimmer kam und die Tür leise hinter sich schloss. »Oma und Mama sind beide sauer auf dich«, sagte er. »Ich habe gehört, wie sie eben über die Beerdigung gesprochen haben und darüber, dass du Mama dabei nicht unterstützen willst.«

»Aha!« Anne-Lis wusste nicht, wie sie darauf reagieren sollte. Ihr war klar gewesen, dass ihre Mutter und Hedvig über das Gespräch am Vorabend reden würden, aber sie selbst wollte das lieber nicht kommentieren. Vor allem wollte sie Emil nicht gegen seine Mutter oder seine Oma aufbringen. Der Junge war schon so verwirrt genug.

»Oma hat zu Mama gesagt: ›Anne-Lis will den Jungen auch noch in seinem Unsinn unterstützen.‹« Bei den letzten Worten versuchte er Ingas Tonfall und Gesichtsausdruck zu imitieren, und das gelang ihm so gut, dass Anne-Lis lachen musste.

Emil setzte sich zu ihr auf die Bettkante. »Du hast Wort gehalten«, sagte er, und Anne-Lis begriff, wie wichtig ihm das war. Sie hätte ihn gerne gewarnt und ihm gesagt, dass sie es trotzdem nicht schaffen würden, aber genau so hatte ihre Auseinandersetzung gestern begonnen, und deshalb schwieg sie lieber.

Anne-Lis Dahlander, schoss es ihr durch den Kopf, du bist ein elender Feigling! Aber war sie das wirklich? Nur weil sie einen zwölfjährigen Jungen nicht enttäuschen wollte?

»Und was machen wir jetzt?« Emil schaute sie hoffnungsvoll an.

Anne-Lis zuckte mit den Schultern. »Ich habe keine Ahnung.«

»Wir haben ja noch Zeit«, sagte Emil tröstend. Anne-Lis fand das rührend. »Mama hat nämlich auch zu Oma gesagt, dass es dauert, bis Opa im Kermatorium verbrannt werden kann.«

»Krematorium«, verbesserte Anne-Lis automatisch.

»Ist doch egal!« Emil winkte ab, und seine Augen leuchteten. »Vielleicht können wir Opas Asche einfach klauen.«

Anne-Lis hatte keine Ahnung, was mit der Asche eines Verstorbenen passierte, aber sie war sich ganz sicher, dass sie nicht einfach so geklaut werden konnte.

»Woran denkst du?«, wollte Emil wissen.

»Ich überlege, wie wir an die Asche kommen.«

Für Emil schien das kein Problem zu sein. »Wir gehen einfach in das Kerma ... Kera...«

»Krematorium«, half Anne-Lis nach.

»Genau!« Emil nickte. »Da gehen wir hin und nehmen die Asche mit.«

»Ich weiß nicht, ob das so einfach ist«, sagte Anne-Lis. »Ich habe aber auch keine Ahnung, wie ich das in Erfahrung bringen kann.«

»Aber ich!« Emil strahlte. »Ich weiß, wen ich da fragen kann.«

Bevor Anne-Lis nachhaken konnte, war er schon aufgestanden und lief aus dem Zimmer. An der Tür drehte er sich noch einmal um. »Ich sag dir Bescheid, wenn ich es weiß«, flüsterte er und sah dabei wieder hinter sich, als wolle er sich vergewissern, dass sie niemand belauschte.

Bis auf Bertil saßen alle am Frühstückstisch, als Anne-Lis nach unten kam. Hedvig grüßte kurz angebunden, ihre Mutter lächelte ihr zu, sagte aber kein Wort, und Gunilla würdigte sie kaum eines Blickes, weil sie den Brotkorb im Auge behalten musste, den Kerstin gerade zu sich heranzog.

Anne-Lis war stolz darauf, dass sie die beiden Mädchen inzwischen unterscheiden konnte. Emil hatte ihr verraten, dass Kerstin einen winzigen Leberfleck am Hals hatte, der bei Frida fehlte.

Leif begrüßte sie mit einem kurzen Schwanzwedeln, hielt aber seinerseits Gunilla im Auge, offensichtlich in der Hoffnung, dass etwas von ihrem Frühstück für ihn abfiel.

»Lass mir auch noch was übrig«, sagte Gunilla mit zusammengezogenen Brauen, als Kerstin sich eine Scheibe Brot nahm.

»Du hast doch noch ganz viel Brot auf deinem Teller«, erwiderte das Mädchen und nahm sich grinsend eine zweite Scheibe.

Anne-Lis setzte sich auf ihren Platz und fragte nach Bertil.

Hedvigs ohnehin schon schlechtgelaunte Miene verdüsterte sich noch mehr. »Mit Leif Gassi«, sagte sie knapp.

Anne-Lis sah zu Leif, der erfreut mit dem Schwanz wedelte, als er seinen Namen hörte. Anne-Lis bedauerte den armen Bertil insgeheim. Er hatte mal wieder den Hund vergessen, und Hedvigs Gesichtsausdruck verhieß nichts Gutes.

»Mama hat gesagt, Papa ist ein blöder Hund«, berichtete Frida mit vollem Mund.

Kerstin kicherte. »Sie hat gesagt: ›Der blöde Hund hat schon wieder den blöden Hund vergessen!‹«, führte sie aus.

Hedvig lief rot an. »Ihr haltet jetzt den Mund und esst euer Frühstück!«, ordnete sie an.

Den Zwillingen schien es nicht viel auszumachen, dass Hedvig in diesem Ton mit ihnen sprach. Die beiden plapperten weiter munter vor sich hin, während Gunilla die Gunst der Stunde nutzte und sich den Brotkorb schnappte.

Anne-Lis fühlte sich einmal mehr wie ein Fremdkörper in dieser Runde, bis ihr Blick auf Emil fiel. Er lächelte ihr zu, und sie wusste, dass sie einen Verbündeten hatte. Sie erwiderte sein Lächeln.

Kurz darauf erschien Bertil mit puterrotem Gesicht im Esszimmer.

»Du hast …«, begann Hedvig unfreundlich, aber Bertil ließ sie nicht ausreden.

»Das weiß ich selbst«, knurrte er, legte Leif die Leine an und zog daran.

Leif blieb auf seinen Hinterbeinen sitzen und knurrte leise. Auf keinen Fall war er bereit, den Esstisch zu verlassen.

»Blöder Hund!«, schimpfte Bertil, was die Zwillinge zu kreischendem Gelächter veranlasste.

»Der blöde Hund zieht an dem blöden Hund«, sagte Kerstin.

Anne-Lis registrierte erstaunt, dass Hedvig das respektlose Verhalten ihrer Tochter nicht rügte.

Als Bertil erneut an der Leine zerrte, wandte Leif den Kopf und zeigte ihm die Zähne.

»Leif lacht Papa aus«, sagte Frida.

Inga und Hedvig lachten über diese Bemerkung, die Anne-Lis kein bisschen witzig fand. Leifs Drohung war unmissverständlich. Dieser Hund war genauso schlecht erzogen wie die Zwillinge.

»Lass ihn doch, wenn er nicht will«, sagte Inga. »Er wird sich schon melden, wenn er rausmuss.«

»Aber dann bin ich vielleicht nicht mehr da«, sagte Bertil geknickt. »Ich muss nachher noch in die Firma.«

»Kann ich mitkommen?«, rief Anne-Lis aufgeregt aus. Ihr Vater und die Firma, das war eins gewesen, und sie hoffte, seine Anwesenheit dort stärker zu spüren als hier.

»Was willst du denn da?«, fuhr Hedvig sie an. »Du hast dich doch nie für die Firma interessiert.«

Anne-Lis fiel keine passende Antwort darauf ein. Es lag

nicht nur an dem unfreundlichen Ton ihrer Schwester, sie hätte auch so nicht erklären können, was sie dazu bewog, den Ort aufzusuchen, an dem ihr Vater sich die meiste Zeit seines Lebens aufgehalten hatte. Selbst nach seiner Erkrankung war er immer noch zur Arbeit gegangen, bis es ihm in den letzten Wochen nicht mehr möglich gewesen war.

»Ich glaube nicht, dass ich das vor dir rechtfertigen muss«, sagte Anne-Lis brüsk.

Hedvigs Augen verengten sich zu schmalen Schlitzen. »Vielleicht solltest du warten, bis Papa unter der Erde ist, bevor du dich mit einem möglichen Erbe befasst.«

Anne-Lis verschlug es für einen Moment die Sprache. Das war richtig gemein gewesen, und selbst die Zwillinge schienen zu spüren, dass die Spannung, die sowieso schon die ganze Zeit in der Luft lag, jetzt mit Händen zu greifen war. Die beiden waren plötzlich ganz still, ihre Blicke wanderten zwischen Hedvig und Anne-Lis hin und her.

Auch Emil wirkte angespannt. Nur Gunilla ließ sich nicht stören, und ihr lautes Schmatzen durchbrach die angespannte Stille.

Bertil hörte auf, an der Leine zu ziehen, und ließ sie einfach fallen. Freundlich sagte er zu Anne-Lis: »Natürlich kannst du mitkommen. Ich freue mich über Begleitung.«

Wahrscheinlich wollte er so einfach nur die Spannung abbauen, aber Hedvig sprang abrupt auf und verließ das Zimmer.

Inga sah ihren Schwiegersohn missbilligend an. »Musste das sein?«

Erneut spürte Anne-Lis diesen Kloß im Hals, aber diesmal hielt sie sich nicht zurück. »Was soll das, Mama? Wieso bist du jetzt sauer auf Bertil, anstatt Hedvig zurechtzuweisen? Oder glaubst du auch, dass ich an irgendeinem Erbe interessiert bin? Ich kann nicht fassen, dass Hedvig mir so etwas unterstellt.«

»Das hat Hedvig bestimmt nicht so gemeint«, erwiderte ihre Mutter.

»Doch, sie hat es genau so gemeint.« Anne-Lis stand jetzt ebenfalls auf, obwohl sie noch keinen Bissen gegessen hatte. Sorgsam schob sie ihren Stuhl unter den Tisch und schaute ihrer Mutter fest in die Augen. »Ich frage mich schon die ganze Zeit, ob es richtig war, nach Stockholm zu kommen.«

Inga senkte den Blick, sagte aber kein Wort.

Anne-Lis wandte sich um und ging hinaus. Sie bewahrte die Fassung, bis sie in ihrem Zimmer war. Dort brachen sich Tränen der Wut und der Fassungslosigkeit Bahn.

Hedvigs Unterstellung war ebenso verletzend wie die Reaktion ihrer Mutter. Wenigstens jetzt hätte Inga sich einmal auf ihre Seite stellen müssen. Ihre Mutter konnte doch nicht wirklich glauben, dass sie so berechnend war!

Zum ersten Mal spielte Anne-Lis ernsthaft mit dem Gedanken, nach Malmö zurückzufahren. Trotz Folke. Ihn täglich zu sehen, sich mit ihm auseinanderzusetzen erschien ihr weniger anstrengend, als ihre Familie noch länger zu ertragen.

Noch hatte sie ihren Job beim *STS*, und wenn sie ihn behalten wollte, musste sie sich in irgendeiner Form melden. Von Folke hatte sie seit der letzten SMS nichts mehr gehört. Wahrscheinlich wartete er darauf, dass sie irgendein Lebenszeichen von sich gab.

Ich könnte einfach zurückfahren und in mein altes Leben zurückkehren, dachte sie. Morgens gehe ich zur Arbeit und abends zurück in meine Wohnung. Zur Beerdigung muss ich noch einmal kurz nach Stockholm, aber ich kann noch am selben Tag wieder zurück nach Malmö.

Und Folke?

Anne-Lis schüttelte den Kopf. Im Moment war Folke ganz weit weg, und das lag nicht nur an der räumlichen Entfernung. Sie konnte kaum glauben, dass erst zwei Tage vergangen waren, seit sie ihn mit Carina Sandström erwischt hatte.

Sie war sich nicht sicher, ob sie Folke verzeihen konnte, aber dennoch erschien ihr der Gedanke an Malmö äußerst verlockend. Dort müsste sie sich weder mit der Beerdigung ihres Vaters noch mit Birger herumschlagen. Und erst recht nicht mit dem unmöglichen Verhalten von Hedvig. Alles war besser als das hier, selbst ein Zusammentreffen mit Folke.

Anne-Lis stand auf und ging zum Kleiderschrank. Sie zog die Reisetasche heraus, öffnete sie und stellte sie aufs Bett. Sie hatte gerade das erste Kleidungsstück aus dem Schrank genommen, als sie von draußen Emils Stimme vernahm.

Anne-Lis ging ans Fenster und schaute hinaus, wo ihr Neffe und Bertil mit Leif spielten. Emil warf einen Ball, dem Leif hinterherjagte, und lachte jedes Mal laut auf, wenn der Hund in seinem Eifer über den Ball stolperte, ihn dann mit dem Maul packte und zu ihm zurückbrachte, damit er ihn erneut warf.

Das Spiel schien dem Jungen gutzutun. Plötzlich hob er den Kopf und sah zu ihr hinauf. Übermütig winkte er ihr zu.

Anne-Lis winkte zurück, dann drehte sie sich um und stellte ihre Reisetasche wieder in den Schrank.

Egal, was Hedvig von ihr dachte! Es spielte auch keine Rolle, dass ihre Mutter nicht zu ihr hielt. Emil war ihr Verbündeter! Sie durfte den Jungen jetzt nicht im Stich lassen.

— 8 —

Es hat sich nichts verändert«, stellte Anne-Lis fest. Ein unausgesprochenes *Aber* schwang in ihrer Stimme mit.

»Ich weiß, was du meinst.« Bertil seufzte. »Es sieht alles aus wie immer, und trotzdem ist alles anders.«

»Ja, das habe ich auch zu Hause schon so empfunden.«

Bertil sah sie von der Seite an. »Ich glaube nicht, dass Hedvig das wirklich so gemeint hat«, sagte er in Anspielung auf die morgendliche Auseinandersetzung.

»Ihre Worte waren ziemlich eindeutig.« Anne-Lis zuckte mit den Schultern. »Aber mir ist egal, was sie denkt.«

»Wirklich?« Bertil lächelte. »Ich glaube nicht, dass Hedvigs Bemerkungen irgendeinen Menschen kaltlassen. Sie hat so eine Art ...« Er brach ab, als hätte er bereits zu viel gesagt.

»Wie hältst du das nur aus?«, fragte Anne-Lis.

»Ich liebe sie!« Bertils Stimme klang unglücklich, als er das sagte.

Anne-Lis fragte ihn nicht, ob er glaubte, dass Hedvig seine Liebe erwiderte. Nichts an Hedvigs Verhalten ließ darauf schließen, aber was wusste sie – Anne-Lis, deren Freund sich mit einer Vorgesetzten vergnügte – schon von Liebe?

Anne-Lis war Bertil durch die Eingangshalle des Bürogebäudes gefolgt. Rechts neben der Eingangstür war der Empfang. Durch ein Schiebefenster konnten die Eintretenden gesehen und begrüßt werden. Direkt daneben waren die

Büros von Fredrik und Bertil. Gegenüber ging es in den Konstruktionsbereich, der mit der Produktionshalle verbunden war. Die hier konstruierten und gebauten Spezialmaschinen für die Papierverarbeitung wurden weltweit verkauft.

Alles war hell und freundlich, aber nicht besonders groß, obwohl das Unternehmen international erfolgreich war. Heute, am Sonntag, war es ganz still in den Räumen. Außer Anne-Lis und Bertil war niemand da.

Bertil war vor der Bürotür ihres Vaters stehen geblieben. »Möchtest du reingehen?«, vergewisserte er sich, bevor er die Tür öffnete.

Anne-Lis nickte mit angespannter Miene, unfähig, etwas zu sagen.

Bertil öffnete die Tür und trat zur Seite, damit sie erst einmal alleine ins Büro gehen konnte.

Der Raum sah genau so aus, wie sie ihn in Erinnerung hatte. Dabei war es Jahre her, seit sie zuletzt hier gewesen war. Bei ihren kurzen Besuchen in Stockholm hatte sich nie eine Gelegenheit ergeben, in der Firma vorbeizuschauen.

Eine breite Fensterfront, die die gesamte Außenwand einnahm, ließ viel Licht ins Büro. Links war eine Sitzgruppe mit einem runden Tisch, der groß genug war, um bei geschäftlichen Besprechungen die Konstruktionszeichnungen darauf auszubreiten. Die rechte Wand wurde komplett von einem Wandschrank eingenommen, und in der Ecke gegenüber der Tür stand der Schreibtisch ihres Vaters.

Anne-Lis sah ihn dort sitzen, den Kopf heben und ihr zulächeln. Ganz deutlich glaubte sie seine Stimme zu vernehmen: *Wie schön, dass du mich hier besuchst, meine Kleine.*

Tränen schossen ihr in die Augen. Verdammt, warum hatte sie ihn nicht öfter besucht? Warum war sie nie mit ihm in die Firma gefahren, wenn sie in Stockholm war? Sie hatte doch immer gewusst, dass dieses Unternehmen neben seiner Familie sein Lebensinhalt gewesen war.

»Alles okay?« Bertil war neben sie getreten.

Anne-Lis nickte und ging zum Schreibtisch. Er sah aus, als hätte ihr Vater eben noch dahinter gesessen und gearbeitet. Sie sah die gerahmten Familienfotos, die er dort aufgestellt hatte. Einen ganz besonderen Platz nahmen die Bilder von Emil ein. Von links nach rechts wurde er immer älter, vom Babyalter bis zur Gegenwart. Das letzte Foto war aufgenommen worden, kurz bevor ihr Vater erkrankt war.

Auf dem Schreibtisch lag ein Notizblock, daneben der Kugelschreiber, den sie ihrem Vater zu seinem letzten Geburtstag geschenkt hatte.

Anne-Lis trat näher heran und las, was er geschrieben hatte: *Abnahme Stanzanlage in vier Monaten*, *Getriebe bestellen*, *Fotograf für die neuen Prospekte suchen* – und ganz unten auf dem Zettel – *Anne-Lis besuchen!*

Sie drehte sich zu Bertil um und tippte auf den Zettel. »Papa wollte mich besuchen«, sagte sie mit tränenerstickter Stimme.

»Er wollte sogar ein ganzes Wochenende nach Malmö fahren«, bestätigte Bertil. »Einen Tag, nachdem er diesen Zettel geschrieben hat, bekam er die neue Chemotherapie. Danach ging es ihm so schlecht, dass er nicht mehr ins Büro kommen konnte, und auch das Wochenende in Malmö war ihm nicht mehr möglich.«

Anne-Lis schaute auf. »Ab sofort wirst du wohl in diesem Büro sitzen.«

Bertil schüttelte den Kopf. »Das kann ich nicht«, sagte er. »Ich habe hier nichts zu suchen.«

»Du bist der Geschäftsführer, du hast die Firma alleine geleitet, seit Papa dazu nicht mehr in der Lage war«, erwiderte Anne-Lis. »Wenn also einer hierhin gehört, dann du.«

Sie hatte das Gefühl, dass Bertil seine Antwort sorgfältig abwägte. »Mein Büro ist nach wie vor nebenan«, sagte er schließlich. »Und ich habe nicht die Absicht, das zu ändern.«

Bertil musste noch arbeiten, deshalb ging Anne-Lis alleine zurück.

Die Firma war nur wenige Gehminuten von ihrem Elternhaus entfernt. Sie wollte gerade in die Straße einbiegen, als ihr Blick auf das Hinweisschild zum Skogskyrkogården fiel. Ohne lange darüber nachzudenken, ging sie geradeaus weiter.

Anne-Lis war schon mehrmals auf dem Friedhof gewesen, aber heute sah sie ihn mit anderen Augen. Hinter den Steinmauern begann eine andere Welt, die alles Laute und Hektische ausschloss.

Sie passierte den Eingang mit dem Krematorium und den drei kleinen Kapellen mit den schönen Namen *Trons kapell*, *Hoppets kapell* und *Heliga korsets kapell* – Glaube, Hoffnung und Heiliges Kreuz – und stand gleich darauf mitten im Grünen.

Der Skogskyrkogården trug seinen Namen zu Recht. Es war ein richtiger Waldfriedhof mit hohen, alten Bäumen. Langsam schlenderte Anne-Lis über die Wege zwischen den hohen Ulmen. Es war schön hier, und wenn Emils Versprechen nicht gewesen wäre und Hedvig nicht auf einer pompösen Bestattung bestanden hätte, könnte sie sich diesen Ort gut als letzte Ruhestätte für ihren Vater vorstellen.

Das Laub raschelte unter ihren Füßen. Die Grabsteine zwischen den Bäumen waren durchgehend schmucklos. Es gab keine monumentalen Grabmäler, obwohl sogar berühmte Persönlichkeiten wie Greta Garbo oder Gunnar Asplund, der Architekt des Skogskyrkogården, hier ihre letzte Ruhe gefunden hatten.

Anne-Lis überlegte, ob es für die Beerdigung nicht doch eine Kompromisslösung geben konnte, mit der alle zufrieden sein konnten. Vor allem natürlich Emil.

Sie blieb stehen, dachte fieberhaft nach und schüttelte schließlich leicht den Kopf. Emil wäre mit keinem Kompromiss einverstanden, weil er sich an sein Versprechen gebunden fühlte.

Sie steckte die kalten Hände in die Jackentaschen und ging langsam weiter. Von rechts sah sie einen Mann kommen, die Hände ebenfalls tief in den Taschen seines Parkas vergraben, den Kopf gesenkt. Er schien es eilig zu haben, und auch wenn sie sein Gesicht nicht sehen konnte, kam ihr seine Haltung bekannt vor.

Als sie ihn erkannte, war es bereits zu spät, ihm noch auszuweichen. Er hatte sie schon fast erreicht. Erst jetzt nahm auch er sie wahr und blieb stehen.

Automatisch blieb Anne-Lis ebenfalls stehen. Finster starrte sie ihn an.

Er lächelte plötzlich. Ein ironisch arrogantes Lächeln, das seine Augen nicht erreichte. »Ein netter Platz für ein Date, nicht wahr?«

Anne-Lis spürte heiße Wut in sich aufsteigen. »Du und ich, wir haben kein Date«, sagte sie. »Nicht eine einzige Minute würde ich freiwillig in deiner Gegenwart verbringen. Was hast du überhaupt hier zu suchen?«

Er zog eine Augenbraue in die Höhe, was den Ausdruck der Arroganz noch verstärkte. »Soll ich demnächst mit dir abstimmen, wann ich mich wo aufhalte, damit es zu keinen weiteren Begegnungen kommt?«

Natürlich wollte er sie provozieren, was ihm leider auch gelang. Und natürlich entging ihm ihr Ärger nicht, was sie nur noch mehr aufregte. Trotz allem fiel ihr auf, dass er ihre Frage nicht beantwortet hatte. Sie wusste, dass seine Eltern beide nicht hier beerdigt waren. Was hatte er also auf dem Skogskyrkogården zu suchen? Aber sie hätte sich eher die Zunge abgebissen, als das Gespräch mit ihm unnötig in die Länge zu ziehen. »Lass mich einfach in Ruhe!«, sagte sie giftig.

»Ich lasse dich doch in Ruhe«, sagte er mit diesem verabscheuungswürdigen Grinsen. »Du bist es doch, die mir hierhin nachgelaufen ist!«

Anne-Lis schnappte nach Luft, was ihn wiederum zu amüsieren schien. »Ich bin dir nirgendwohin nachgelaufen«, sagte sie. »Ich ... ich ...« Sie wusste nicht weiter und stieß schließlich das Erstbeste hervor, was ihr durch den Kopf schoss: »Ich finde dich einfach nur widerlich, Birger!«

Diesmal verzichtete er auf eine Antwort. Er zuckte einfach mit den Schultern und ging weiter.

Anne-Lis konnte nicht anders, sie musste sich umdrehen und ihm nachsehen, aber er wandte nicht einmal den Kopf, strebte zielstrebig auf den Ausgang zu, als hätte er ihre Begegnung schon wieder vergessen.

Ausgerechnet Hedvig musste ihr als Erste über den Weg laufen, als sie nach Hause kam. Ausnahmsweise schien sie jedoch gute Laune zu haben. Ihre Wangen waren gerötet, ihre Augen glänzten, und sie lächelte sogar. »Mama hat dein Lieblingsessen gekocht. Später will sie mit uns allen reden«, verkündete sie.

Es roch gut, und Anne-Lis, die seit gestern nichts mehr gegessen hatte, verspürte ein leises Grummeln im Magen. »Ich komme sofort«, sagte sie. »Ich gehe nur kurz nach oben und mache mich ein wenig frisch.«

Hedvig nickte und ging vor ihr die Treppe hinauf. Dabei verströmte sie einen Geruch, den Anne-Lis nicht einordnen konnte. Im nächsten Moment hatte sie ihn auch schon wieder vergessen, weil sie immer noch an die Begegnung mit Birger dachte.

Sie ging ins Badezimmer und starrte in den Spiegel über dem Waschbecken. »Ach, Papa«, seufzte sie leise. »Seit du weg bist, bin ich ganz allein.« Am schlimmsten war, dass ihr das gerade in ihrem Elternhaus, umgeben von ihrer Familie, besonders bewusst war. Die vertrauten Menschen um sie herum waren ihr gleichzeitig so fremd.

Obwohl der Hunger immer stärker wurde, wäre sie am liebsten oben geblieben. Sie hatte keine Lust, nach unten zu gehen. Sie ahnte, dass Inga wegen der Beerdigung mit ihnen reden wollte. Eine erneute Auseinandersetzung war jetzt schon vorprogrammiert.

Anne-Lis stöhnte leise auf. Die Begegnung mit Birger reichte ihr für heute vollkommen. Als sie an ihn dachte, sah sie im Spiegel, wie sich ihre Gesichtszüge verhärteten.

Anne-Lis ärgerte sich aber nicht nur über Birger, sondern vor allem über sich selbst. Dieser Mann hatte es nicht verdient, dass sie auch nur einen Gedanken an ihn verschwendete, und eigentlich hätte er nichts als Gleichgültigkeit in ihr auslösen sollen. Aber da war weitaus mehr. Sie erkannte in ihren eigenen Augen immer noch den Schmerz, den er ihr zugefügt hatte, auch wenn dieses Gefühl gerade durch ihre Wut überlagert wurde.

Anne-Lis wandte sich ab und ging nach unten. Gunilla saß bereits am Tisch, als sie das Esszimmer betrat. Ihre Mutter und Karin brachten gerade gefüllte Schüsseln aus der Küche.

Hedvig versuchte, die Zwillinge dazu zu bringen, sich auf ihre Plätze zu setzen, hatte aber wie gewöhnlich keinen Erfolg. Die beiden spielten Fangen um den Tisch herum und beachteten ihre Mutter überhaupt nicht. Gunilla behielt derweil die Schüsseln im Auge.

»Ich habe dein Lieblingsessen gekocht«, sagte Inga zu Anne-Lis. »Elchgulasch.«

Anne-Lis mochte Elchgulasch, aber nicht das war ihr Lieblingsessen, sondern Fisch in allen Variationen. Das war schon als Kind so gewesen. Sie sagte jedoch nichts, lächelte nur schwach. Es war albern, sich über so etwas zu ärgern, aber es verstärkte das Gefühl, in der eigenen Familie fremd zu sein.

Bertil kam zusammen mit Emil ins Zimmer, Inga brachte die Zwillinge mit einem Machtwort zur Ruhe, und endlich war die ganze Familie um den Tisch versammelt.

Wer immer den Tisch gedeckt hatte, hatte diesmal auch ein Gedeck für Fredrik hingestellt. Niemand sagte etwas dazu, für alle schien es selbstverständlich zu sein, aber Anne-Lis sah, wie Emil nach einem Blick auf Fredriks Platz dankbar seine Mutter anlächelte und Hedvig sein Lächeln erwiderte.

Hedvig wandte sich ihr zu. Ihre Stimme klang kühl, fast schon abweisend, als sie fragte: »Hast du dich in der Firma gut umgesehen?«

Wollte ihre Schwester nur Konversation betreiben, oder steckte mehr dahinter? Und warum war ihr Tonfall schon wieder so abweisend? Es war eine knappe halbe Stunde her, dass sie Hedvig bei ihrer Heimkehr begegnet war, und da hatte sich ihre Schwester ganz anders verhalten. Und auch ganz anders ausgesehen. Jetzt waren ihre Wangen wieder blass, der seltsame Glanz aus ihren Augen verschwunden.

»Ich war in Papas Büro«, sagte Anne-Lis. »Da hat sich nichts verändert.«

»Warum sollte es auch?« Jetzt lag eindeutig wieder Angriffslust in Hedvigs Stimme. Herausfordernd schaute sie Anne-Lis an. Verdammt, was war mit ihrer Schwester los?

Vielleicht wäre es wieder zum Streit gekommen, wenn Frida nicht auf Emil gezeigt und gesagt hätte: »Der Emil, der war heute wieder im Haus nebenan. Obwohl der das nicht darf.«

»Doofe Petze!«, erwiderte Emil prompt und streckte seiner Schwester die Zunge raus.

»Stimmt das, Emil?«, fragte Hedvig streng.

Emil nickte und senkte den Kopf.

»Wie oft soll ich dir noch sagen, dass du da nichts zu suchen hast?« Hedvigs Stimme war wieder laut und aufgeregt. »Du hast Hausarrest für die ganze nächste Woche!«

»Mir egal«, sagte Emil mürrisch.

Schon wieder ging es um Birger. Dieser Typ brachte allen nur Ärger und Kummer!

Bei diesem Gedanken schlug Anne-Lis hart mit der Gabel auf den Teller. Die Soße spritzte, und einer der Kartoffelklöße flog im hohen Bogen über den Tisch, genau auf Gunillas Teller.

Gunilla zuckte zusammen, starrte sekundenlang auf den

Kloß und begann hastig, ihn aufzuessen. Sie hatte wahrscheinlich Angst, dass er ihr wieder weggenommen würde.

Die Zwillinge lachten, und Bertil wischte mit der Serviette über sein Hemd, das einige Soßenspritzer abbekommen hatte.

Inga fragte mit gerunzelter Stirn: »Was ist? Schmeckt es dir nicht?«

Anne-Lis atmete tief durch und beantwortete die Frage ihrer Mutter mit einer Gegenfrage: »Seit wann ist er wieder da?« Sie musste seinen Namen nicht aussprechen, alle wussten auch so, wen sie meinte.

Bertil hörte auf, an den Soßenflecken zu reiben. Er legte die Serviette neben seinen Teller und erwiderte: »So genau wissen wir das auch nicht. Vor ein paar Monaten habe ich ihn das erste Mal gesehen. Wann genau er zurückgekommen ist, kann ich dir nicht sagen.«

Anne-Lis nickte und, ohne es zu wollen, stellte sie gleich die nächste Frage: »Und was ist mit ... ihr?« Auch diesmal musste sie keinen Namen nennen.

»Keine Ahnung!« Bertil zuckte mit den Schultern. »Wir haben sie nicht gesehen.«

»Wen meint ihr?«, fragte Emil, erhielt aber keine Antwort. »Birger wohnt ganz allein in seinem Haus«, erklärte er.

Hedvig hob mahnend den Finger. »Und du wirst nie wieder nach nebenan gehen, hast du verstanden?«

Emil schaute seine Mutter trotzig an, sagte kein Wort mehr. Es war ihm anzusehen, dass er nicht die Absicht hatte, diesem ausdrücklichen Befehl zu gehorchen.

»Jetzt sag du doch auch mal was!«, forderte Hedvig Bertil auf.

»Du machst, was deine Mutter dir sagt!«, parierte Bertil sofort.

Emil sprang auf. »Du hast mir gar nichts zu sagen, du bist nicht mein Vater!«

»Emil, es reicht!«, schrie Hedvig.

Eben noch hatte Anne-Lis das Gefühl gehabt, dass Mutter und Sohn sich ganz nahe wären, aber jetzt änderte sich das Bild wieder. Hedvig bebte vor Zorn. Emil war vor allem trotzig und lief aus dem Esszimmer.

»Emil! Komm sofort zurück!«, schrie Hedvigs, aber Emil hörte nicht auf sie.

Wieder lag diese unsägliche Spannung in der Luft. Die Zwillinge verdrückten sich in die Küche und hörten ebenfalls nicht, als Hedvig sie aufforderte, sofort zurück an den Tisch zu kommen. Karin folgte den beiden mit einem gemurmelten Vorwand in die Küche.

Nur Gunilla ließ sich durch nichts stören, aß mit Genuss, stopfte sich Klöße und Gulasch abwechselnd mit Messer und Gabel in den Mund. Aber irgendwann schien selbst sie zu spüren, dass etwas nicht stimmte. Ihr Kopf fuhr hoch, und sie schaute fragend in die Runde. »Schmeckt es euch nicht?«

Gunilla wartete nicht auf eine Antwort, sondern griff nach der Schüssel mit den Klößen und zog sie zu sich heran. »Schmeckt doch ausgezeichnet«, sagte sie und strahlte in die Runde.

»Mutter, du hast jetzt genug.« Inga wollte ihr die Schüssel wegnehmen, aber das ließ Gunilla nicht zu.

Sie schlug mit der Gabel auf Ingas Hand. »Ich bin zwar alt«, sagte sie finster, »aber ich entscheide immer noch selbst, wann ich genug gegessen habe.«

Inga zog die Hand schnell weg, mahnte aber sanft: »Jetzt

lass den anderen doch auch etwas übrig. Schau mal, Anne-Lis hat kaum etwas auf dem Teller, dabei haben wir heute extra ihr Lieblingsessen gekocht.«

»Das ist nicht mein Lieblingsessen«, sagte Anne-Lis.

Warum nur hatte sie nicht den Mund halten können? Kaum dass sie die Worte ausgesprochen hatte, bereute sie sie. Ihre Mutter wirkte verletzt, während Hedvigs Ärger sich wieder ganz auf sie richtete.

»Natürlich, Madame hat mal wieder etwas auszusetzen! Können wir es dir überhaupt irgendwie recht machen?«

»Wenn du aufhören würdest, mich ständig anzugreifen, wäre mir das schon sehr recht.« Anne-Lis versuchte, ruhig zu bleiben. Sie schaute ihre Mutter an. »Es tut mir leid, Mama! Ich wollte dich nicht verletzen. Das Essen ist wirklich ausgezeichnet.«

»Ich dachte wirklich, Elchgulasch wäre dein Lieblingsessen«, sagte Inga leise.

Es geht doch überhaupt nicht um das Essen!, hätte Anne-Lis gerne gesagt, aber sie sprach diese Worte nicht laut aus.

Es ist alles so schwierig, dachte sie, erst recht seit Papas Tod.

Wahrscheinlich war es das auch vorher schon gewesen, aber er hatte die Familie immer zusammengehalten. Jetzt schienen alle auseinanderzudriften, und jedes unbedachte Wort beschleunigte diesen Vorgang.

»Vergesst einfach, was ich gesagt habe.« Anne-Lis lächelte und spürte selbst, dass es kein überzeugendes Lächeln war.

Niemand ging darauf ein, die anderen schauten sie nicht einmal mehr an. Gunilla war ohnehin ausschließlich mit dem Essen beschäftigt.

Hedvig öffnete den Mund, aber bevor sie etwas sagen

konnte, legte Inga eine Hand auf ihren Arm. »Lass es gut sein«, bat sie.

Hedvig schloss den Mund wieder, sah aber sehr unzufrieden aus.

Inga ließ ein paar Sekunden verstreichen, bevor sie sagte: »Ich möchte noch einmal mit euch über die Beerdigung reden. Wir müssen eine Entscheidung treffen.«

»Wo ist Papa eigentlich?«, fragte Anne-Lis. »Also, ich meine seine ...?« Sie brachte das Wort *Leiche* nicht über die Lippen, nicht in Zusammenhang mit ihrem Vater.

»Im Kühlhaus des Krematoriums auf dem Skogskyrkogården«, sagte Bertil.

»Es bot sich an.« Hedvig schaute sie mit schmalen Augen an. »Da Papa dort sowieso beerdigt wird.«

»Warum müssen wir noch darüber reden, wenn das für euch sowieso feststeht?«, fragte Anne-Lis.

»Weil wir uns überlegen müssen, in welchem Rahmen die Beerdigung stattfinden soll«, sagte Inga so betont sachlich, dass Anne-Lis sich einmal mehr über ihre Mutter wunderte. Wie schaffte sie es nur, den Tod des Mannes, den sie geliebt und mit dem sie fast ihr ganzes Leben verbracht hatte, nicht an sich heranzulassen?

Hedvig riss das Gespräch an sich. »Ich weiß wirklich nicht, was es da noch zu überlegen gibt«, sagte sie. »Wir müssen selbstverständlich Papas Geschäftsfreunde einladen, seine Kunden, seine ...«

Rüde fiel Anne-Lis ihrer Schwester ins Wort. »Was wünschst du dir denn, Mama?«

Inga stand auf und trat ans Fenster. Schweigend schaute sie hinaus in den Garten.

Es dauerte lange, bis sie antwortete. Diesmal glaubte

Anne-Lis sogar, Wehmut in der Stimme ihrer Mutter zu hören. »Am liebsten würde ich Fredriks Asche im Garten verstreuen, da hinten unter der Ulme. Das war sein Lieblingsplatz.«

Anne-Lis sah den bitterbösen Blick, den Hedvig ihr zuwarf. »Warum stellst du solche Fragen?«, zischte ihre Schwester, bevor sie aufstand und sich neben Inga stellte. Liebevoll legte sie einen Arm um die Schultern der Mutter. »Du weißt, dass das nicht geht, Mama«, sagte sie.

»Warum eigentlich nicht?«

Alle fuhren herum. Birger stand in der Tür und lächelte entschuldigend. »Tut mir leid, wenn ich störe«, sagte er, »aber ich habe mitbekommen, was ihr gesagt habt.«

»Verschwinde!«, fauchte Anne-Lis ihn an. »Niemand will dich hier haben.«

Birger ignorierte sie einfach. »Entschuldigung, dass ich einfach so hier hereinplatze«, sagte er und schaute dabei Inga an. »Ich wollte nur Emil zurückbringen. Er ist gerade ziemlich aufgelöst bei mir aufgetaucht ...« Jetzt schaute er zu Hedvig. »Ja, ich weiß, dass du ihm das verboten hast«, sagte er schnell. »Aber sei bitte nicht böse auf den Jungen. Er war so verzweifelt.«

»Schon gut«, sagte Hedvig leise.

Nichts ist gut, dachte Anne-Lis. Die Wut in ihr loderte, weil dieser Mann es wagte, in ihre Privatsphäre einzudringen. Nicht einmal hier in ihrem Elternhaus, im Kreis ihrer Familie, war sie sicher vor ihm. Er hatte hier nichts zu suchen, hatte schon vor Jahren jedes Recht verwirkt, sich hier blicken zu lassen. »Ich will, dass er verschwindet!«, sagte sie hart, stand auf und ging zur Tür. Sie öffnete sie weit und schaute ihn herausfordernd an, als er sich zu ihr umwandte.

»Keine Sorge, ich bin gleich wieder weg«, sagte er und zeigte erneut dieses Lächeln, mit dem er sie ganz offensichtlich verhöhnen wollte.

Anne-Lis verspürte den Drang, zu ihm zu gehen, ihm mitten ins Gesicht zu schlagen, bis ihm dieses überhebliche Grinsen verging.

»Ich kenne den Leiter eines Krematoriums in Östhammar. Wenn ihr euch dazu entschließt, Fredrik dort einäschern zu lassen, werde ich dafür sorgen, dass euch die Urne mit der Asche persönlich ausgehändigt wird und nicht an einen Bestatter geht, so wie es eigentlich vorgeschrieben ist.«

»Und was haben wir davon?«, wollte Bertil wissen.

Birger hob beide Hände und ließ sie wieder sinken. »Wer fragt schon danach, welche Urne auf dem Skogskyrkogården beerdigt wird – und was darin ist. Und niemand wird sich daran stören, wenn ihr Asche unter der Ulme verstreut.« Birgers Blick wanderte kurz zum Fenster, bevor er Inga wieder ansah. »So bekommt jeder die Beerdigung, die er sich wünscht.«

»Alle außer Emil und Papa!«

Erst als alle sie anschauten, wurde Anne-Lis bewusst, dass sie diese Worte laut ausgesprochen hatte. »Hast du nicht gesagt, Emil wäre ziemlich verzweifelt zu dir gekommen?«, fragte sie an Birger gewandt. »Dann müsstest du eigentlich wissen, was er meinem Vater versprochen hat.«

»Natürlich weiß ich das.« Das war alles. Er bestätigte es nur, kommentierte es nicht.

»Weißt du auch, dass Emil dich als seinen Freund bezeichnet?«, fuhr Anne-Lis wütend fort.

»Ja.« Er nickte, mehr nicht.

»Du bist so widerlich!«

»Das sagtest du heute bereits.«

Ein peinliches Schweigen entstand, dann wandte Birger sich wieder an Inga. »Sag mir bitte Bescheid, wenn du möchtest, dass ich mich mit dem Leiter des Krematoriums in Verbindung setze.«

»Das mache ich, danke«, sagte Inga unverbindlich.

»Einen schönen Tag noch!«, sagte Birger und winkte ab, als Bertil ihn zur Tür bringen wollte. »Ich kenne den Weg.«

Er musste an Anne-Lis vorbei, kam direkt auf sie zu und schaute ihr dabei in die Augen. Er war einen ganzen Kopf größer als sie, und Anne-Lis musste zu ihm aufsehen. Sie hielt seinem Blick stand, spürte den Schlag ihres Herzens. Sie wich ihm nicht aus, als er näher kam. Anstatt durch die Tür zu gehen, die sie immer noch offen hielt, blieb er direkt vor ihr stehen. So nah, dass sie ihn spüren, ihn riechen konnte. Jeder Nerv ihres Körpers war zum Zerreißen gespannt.

»Wir sehen uns«, sagte er und sah ihr direkt in die Augen.

Sie hielt seinem Blick noch immer stand und schüttelte leicht den Kopf. »Nicht, wenn ich es verhindern kann«, erwiderte sie.

Dann war er weg, aber etwas von ihm war im Raum geblieben. Eine süße Erinnerung an alte Versprechen und Träume ...

... und der bittere Nachgeschmack von Zerstörung, Kummer und Leid.

Lieber Opa!

Ich habe das Zeichen gesehen, das du mir geschickt hast. Das war ein wunderschöner Sonnenstrahl auf dem Riddarfjärden. Du weißt bestimmt, dass ich an unserem Lieblingsplatz auf dem Monteliusvägen stand und ihn gesehen habe.

Tante Anne-Lis hat ihn auch gesehen, aber sie glaubt wohl nicht so richtig daran, dass du das warst. Ich habe das Gefühl, die Erwachsenen können überhaupt nicht mehr richtig an etwas glauben, und das finde ich sehr schade. Das Leben ist doch ganz traurig, wenn man an nichts mehr glauben kann! Wenn das immer so ist, wenn man erwachsen wird, dann will ich nicht erwachsen werden.

Im Moment ist es ganz schlimm hier und nicht nur, weil du nicht mehr da bist. Aber das ist natürlich das Allerallerschlimmste!

Alle zanken sich, vor allem Mama und Anne-Lis.

Ich weiß, ich zanke mich auch immer viel mit Frida und Kerstin, aber das ist trotzdem was ganz anderes. Weil eigentlich, und das sage ich nur dir, habe ich Frida und Kerstin schon lieb. Auch wenn die beiden oft ganz schön doof sind! Aber sie sind doch meine Schwestern.

Und Mama ist Anne-Lis' Schwester, und Anne-Lis ist Mamas Schwester, aber ich glaube, die beiden haben sich überhaupt nicht lieb. Kein bisschen!

Und beide merken nicht, wie traurig Oma Inga ist. Sie sagt das nicht, und sie weint auch nicht, aber ich weiß es trotzdem. Aber ich sage nichts, weil mir ja doch keiner glaubt.

Nur Birger glaubt mir, aber den darf ich nicht besuchen. Ist mir aber egal, ich gehe trotzdem zu ihm. Birger ist nämlich mein einziger Freund.

Okay, Anne-Lis versucht, auch meine Freundin zu sein, aber sie kann nicht glauben, genau wie die anderen Erwachsenen. Und das finde ich schlimm. Und traurig.

Ich hab dich so lieb, Opa! Ich würde alles tun, damit du wieder zurückkommen kannst.

Dein Emil

— 9 —

Anne-Lis schlug die Augen auf. Montagmorgen! Eigentlich sollte sie jetzt im Büro des *STS* sitzen und Reisen für andere Menschen planen. Zwischendurch ein Schwätzchen mit Kollegen, ein verstohlenes Lächeln in Folkes Richtung oder auch ein schneller Kuss, wenn niemand hinsah …

Folke schien im gleichen Moment an sie zu denken. Er schickte ihr wieder eine SMS: *Mit dir kann ich heute wohl nicht rechnen?*

Mit mir kannst du nie wieder rechnen, hätte sie noch am Freitag geantwortet, aber inzwischen war so viel passiert. Sie sehnte sich nach ihrem Leben in Malmö zurück. Gleichzeitig war sie nicht bereit für eine Konfrontation mit Folke. Sie beschloss, sich erst einmal Zeit zu verschaffen. .

Ebenfalls per SMS antwortete sie: *Ich werde hier gebraucht. Ich will meinen ganzen Jahresurlaub!*

Die Antwort kam schnell. *Okay*, schrieb er. *Ist genehmigt.*

Kein Protest, keine Androhung einer Kündigung, wenn sie nicht sofort zurückkam. Wahrscheinlich war er erleichtert, dass sie überhaupt geantwortet hatte. Er erinnerte sie auch nicht daran, dass sie den Jahresurlaub eigentlich gemeinsam verbringen wollten.

»Soll er doch mit Carina Sandström verreisen«, murmelte Anne-Lis vor sich hin. Sie legte das Handy zurück auf den Nachttisch und stand auf.

Heute Morgen war es erstaunlich ruhig im Haus, was zweifellos daran lag, dass Emil bereits in der Schule und die Zwillinge im Kindergarten waren. Bertil war wahrscheinlich schon in der Firma.

Anne-Lis hatte gestern Abend wieder stundenlang wach gelegen, dafür aber heute Morgen verschlafen. Draußen war es schon hell.

Nach einem kurzen Abstecher ins Bad ging sie hinunter. Auch hier war es sehr still, nur aus der Küche vernahm sie Geräusche.

Karin war allein und begrüßte sie freundlich. »Hej«, sagte sie. »Ich habe noch Kaffee. Setz dich doch ins Esszimmer, dann bringe ich ihn dir und dazu frische Brötchen und Aufschnitt.«

Anne-Lis schüttelte den Kopf. »Ich frühstücke bei dir«, sagte sie, »und du musst mich nicht bedienen. Magst du dich nicht zu mir setzen und einen Kaffee mit mir trinken?«

Karin kam dieser Aufforderung gerne nach. Während Anne-Lis ein Brötchen mit Käse belegte, nippte sie an ihrem Kaffee.

»Wo sind Mama und Hedvig?«, fragte Anne-Lis.

»Auf dem Skogskyrkogården. Sie wollen sich nach einer passenden Stelle für das Begräbnis umschauen.«

Anne-Lis spürte Bitterkeit in sich aufsteigen. Die beiden hätten sie doch mitnehmen können! Einmal mehr fühlte sie sich ausgeschlossen.

Karin schien ihre Gedanken zu erraten. »Sie wollen sich heute nur informieren, welche Stellen überhaupt zur Verfügung stehen«, sagte sie sanft. »Die letzte Entscheidung sollen dann alle zusammen treffen.«

»Aber es steht jetzt fest, dass Papa auf dem Skogskyrkogården beerdigt wird?«, fragte sie.

»Eigentlich ist es doch naheliegend«, sagte Karin. »Der Friedhof ist nicht nur wunderschön, er ist direkt um die Ecke.«

Anne-Lis sagte nichts dazu. Eigentlich gab es nichts dagegen einzuwenden. Alles klang so vernünftig. Aber musste man immer vernünftig sein?

»Ich weiß, dass du inzwischen auch für Emils Idee plädierst«, sagte Karin und fügte lächelnd hinzu: »Es hätte zu deinem Vater gepasst.«

»Ich finde auch Mamas Idee ganz hübsch«, sagte Anne-Lis. »Im Garten hat sich Papa immer wohlgefühlt.«

»Es spielt keine Rolle, wie und wo dein Vater begraben wird«, sagte Karin. »Wichtig ist doch nur, was von ihm bleibt. Und dass wir ihn nicht vergessen.«

»Du hast ihn sehr ge...« Anne-Lis brach gerade noch rechtzeitig ab, bevor sie das sagte, was ihr auf der Zunge lag. »... gemocht, nicht wahr?«, sagte sie hastig.

»Er war ein guter Mann«, sagte Karin ausweichend. »Und ich verdanke ihm eine ganze Menge.«

Sie stand auf und trug ihre noch halb volle Kaffeetasse zur Spüle. »Genug geplaudert«, sagte sie dabei. »Ich habe noch eine ganze Menge zu erledigen.« Sie nickte Anne-Lis freundlich zu. »Wir sehen uns beim Mittagessen.«

Karin ging hinaus, und Anne-Lis blieb allein mit ihren Gedanken zurück. Sie hatte keine Ahnung, was sie jetzt machen sollte. Alle hatten hier ihre Aufgabe, aber sie wusste nicht, wie sie sich die Zeit vertreiben sollte.

Sie überlegte, ob sie ihrer Mutter und Hedvig zum Skogskyrkogården folgen sollte.

Nein, das war keine gute Idee. Wahrscheinlich würde es nur wieder zu Auseinandersetzungen zwischen ihr und Hedvig kommen.

Vielleicht gab es im Haus etwas für sie zu tun, obschon sie ahnte, dass Karin sich nicht helfen lassen würde.

Nicht einmal Leif wollte mit ihr nach draußen gehen. Er lag im Wohnzimmer und hob nur müde ein Augenlid, als Anne-Lis versuchte, ihn mit der Leine zu locken. Höflichkeitshalber wedelte er kurz mit dem Schwanz, um gleich darauf wieder in Tiefschlaf zu versinken.

Anne-Lis ging in ihr Zimmer, schaute gelangweilt aus dem Fenster und sah schon wieder Birger. Er schnitt Äste von den Sträuchern, bevor er sie bündelte und auf einen Haufen legte. Er wirkte sehr vertieft in seine Arbeit, seine Miene war angespannt. Dann hob er plötzlich den Kopf.

Anne-Lis trat hastig einen Schritt zurück und hoffte, dass er sie nicht gesehen hatte. Sie wartete eine ganze Weile, bevor sie sich vorsichtig wieder dem Fenster näherte. Birger war nicht mehr zu sehen.

Sie ließ sich auf ihr Bett fallen, und dabei fiel ihr Blick auf den Roman, den Oma Gunilla ihr geschenkt hatte: *Das Hotel am Siljansee*.

Anne-Lis hatte vor einiger Zeit in einer Zeitung gelesen, dass diese Romanserie ziemlich erfolgreich war. Sie schlug die erste Seite auf und begann eher gelangweilt zu lesen.

Die Geschichte handelte von einem Ehepaar, das ein Hotel am wunderschönen Ufer des Siljansees, nicht weit von Mora entfernt, besaß. Das Ehepaar hatte zwei erwachsene Kinder, die es bei der Arbeit im Hotel unterstützten. Das alltägliche Leben der Familie mit all seinen Problemen und Schicksalsschlägen, aber auch mit vielen glücklichen Momenten zog sich wie ein roter Faden durch den Roman.

Anne-Lis bemerkte erst gar nicht, dass sie der Roman immer mehr fesselte. Sie konnte nicht mehr aufhören zu lesen und tauchte immer tiefer in die Geschichte ein. Die Konflikte und Probleme der Familie Olsson ließen sie für eine Weile ihre eigenen Sorgen – ja, sogar ihre eigene Familie – vergessen. Egal, was auch passierte, die Olssons hielten zusammen wie Pech und Schwefel. Es war genau dieser Zusammenhalt, den Anne-Lis in ihrer eigenen Familie so sehr vermisste.

Laute Stimmen auf dem Flur rissen Anne-Lis aus der Welt der Familie Olsson und holten sie zurück in den Alltag der Familie Dahlander. Es war inzwischen Mittag, Emil war nach Hause gekommen, und Anne-Lis hörte auch die Zwillinge aufgeregt durcheinanderreden. Irgendwo unten bellte Leif, und dann klopfte es an ihrer Tür.

Anne-Lis rechnete mit einem der Kinder, aber es war ihre Mutter, die zu ihr ins Zimmer kam. »Karin hat mir gesagt, dass du nach uns gefragt hast«, sagte sie mit einem entschuldigenden Lächeln. »Du bist hoffentlich nicht böse, weil wir dich nicht mit zum Friedhof genommen haben.«

Anne-Lis schüttelte den Kopf, gab dann aber zu: »Ich war ein bisschen enttäuscht, aber nach dem Streit gestern mit Hedvig kann ich verstehen, dass sie mich nicht dabeihaben wollte.«

Inga kam zu ihr und setzte sich neben sie aufs Bett. »Es ist für uns alle nicht leicht«, sagte sie leise.

Anne-Lis betrachtete aufmerksam das Gesicht ihrer Mutter, und so ganz aus der Nähe fiel ihr zum ersten Mal auf, dass es doch nicht so makellos war. Die feinen Fältchen um die Augen waren tiefer geworden, und unter dem sorgfältig aufgetragenen Make-up schimmerten dunkle Augenringe.

Anne-Lis hatte schon die ganze Zeit vermutet, dass Inga ihnen etwas vorspielte. Der Tod ihres Mannes konnte sie einfach nicht kaltlassen. Sie spielte die Starke, dabei litt sie wahrscheinlich Höllenqualen.

Anne-Lis spürte ein warmes Gefühl der Zuneigung in sich aufsteigen, legte liebevoll einen Arm um die Schulter ihrer Mutter und spürte, wie diese sich an sie lehnte. Sie fühlte den Trost, den sie ihrer Mutter spendete, und fand gleichzeitig selbst Trost in der Umarmung.

»Kommst du mit nach unten?«, fragte Inga nach einer Weile und fügte mit einem sanften Lächeln hinzu: »Heute gibt es Fisch.«

»Perfekt! Obwohl ich Elchgulasch auch gerne mag.« Anne-Lis lachte.

Zusammen gingen sie zur Tür. Dort blieb Inga noch einmal stehen und schaute sie bittend an. »Ich weiß, dass es mit Hedvig sehr schwierig sein kann, aber glaubst du, es wäre möglich, dass ihr beiden euch einmal nicht streitet?«

Eigentlich sollte Inga das nicht nur ihr, sondern auch Hedvig sagen. Doch Anne-Lis nickte. »Ich werde es versuchen«, versprach sie.

Die Kinder und Gunilla saßen bereits am gedeckten Tisch. Bertil war noch schnell eine Runde mit Leif gegangen und kam gerade zurück. Karin und Hedvig brachten Lachs, Kartoffeln und Gemüse aus der Küche ins Esszimmer und stellten sie außerhalb von Gunillas Reichweite auf den Tisch.

Der Streit vom Vortrag war noch nicht vergessen, und die Stimmung war angespannt.

Bertil wandte sich an Emil. »Wie war es in der Schule?«, fragte er, offensichtlich um ein unverfängliches Gesprächsthema bemüht.

Emil zuckte nur mit den Schultern. »Wie immer«, sagte er.

Anne-Lis bemerkte den traurigen Zug um Bertils Mund. Er bemühte sich wirklich um Emil, aber einen richtigen Zugang zu dem Jungen fand er nicht. Emil war zu sehr auf seinen Großvater fixiert, dabei könnte Bertil ihm wirklich der Vater sein, den er so sehr brauchte.

Anne-Lis wusste, dass Emils leiblicher Vater Dag sich nie wieder gemeldet hatte, nachdem Bertil den Jungen adoptiert hatte. Dag war sogar erleichtert gewesen, weil ihm dadurch die Unterhaltszahlungen erspart blieben.

Emil war damals noch zu klein gewesen, um das alles zu verstehen, und wahrscheinlich konnte er sich kaum noch an Dag erinnern. Aber vielleicht ahnte er insgeheim, dass sein richtiger Vater ihn nicht gewollt hatte. Oder er hatte aus den Gesprächen der Erwachsenen einiges aufgeschnappt, was nicht für seine Ohren bestimmt war.

Aus diesen Gedanken heraus sagte Anne-Lis spontan zu Emil: »Sollen wir heute noch einmal zusammen losziehen?«

Die Augen des Jungen strahlten auf, aber Hedvig mischte sich sogleich ein. »Emil hat Hausarrest.«

Das Strahlen auf dem Gesicht des Jungen erlosch. Mürrisch stocherte er auf seinem Teller herum.

Anne-Lis spürte die altbekannte Wut auf Hedvig, sie bemerkte den herausfordernden Blick ihrer Schwester und erinnerte sich gerade noch rechtzeitig an das Versprechen, das sie ihrer Mutter gegeben hatte. Sie schluckte ihre spitze Bemerkung mit dem nächsten Bissen Lachs hinunter.

»Okay«, sagte sie zu Emil. »Dann müssen wir wohl warten, bis der Hausarrest aufgehoben ist.«

Emil nickte.

Eine Weile war es ganz still, nur Gunillas Schmatzen war zu hören, bis Frida plötzlich aufschaute, auf das Gedeck wies, das auch heute auf Fredriks Platz stand, und fragte: »Wann kommt Opa eigentlich wieder?«

»Bist du blöd?«, fuhr Emil seine Schwester an. »Opa ist tot!«

Frida verzog das Gesicht zu einer weinerlichen Grimasse. »Ich will doch nur wissen, wie lange er noch tot ist!«

Für Sekunden herrschte fassungsloses Schweigen, dann war es wieder Emil, der antwortete: »Tot, das ist für immer. Wer einmal tot ist, der kommt nie mehr zurück.« Er machte ein ernstes Gesicht.

»Das habe ich nicht gewusst.« Frida begann zu weinen.

Hedvig sprang auf. »Ich muss mal eben ...« Weiter kam sie nicht. Es war, als würde ihr die Stimme versagen, und sie lief aus dem Raum, während Bertil sich bemühte, seine Tochter zu trösten.

»Papa, ich will aber, dass Opa zurückkommt!« Jetzt begann auch Kerstin zu weinen.

Wie sollen zwei Fünfjährige die Endgültigkeit des Todes begreifen, wenn wir Erwachsenen schon Schwierigkeiten damit haben?, dachte Anne-Lis. Sie erinnerte sich nur schwach an die Zeit, als ihr eigener Großvater gestorben war. Sie war damals kaum älter als die Zwillinge heute und hatte auch geglaubt, dass der Opa irgendwann zurückkommen würde.

Die Zwillinge würden darüber hinwegkommen, so wie sie damals auch. Als Oma Gunilla dann zu ihnen ins Haus zog, war das eine neue, aufregende Erfahrung gewesen, der viele andere folgten.

Für Emil war es bedeutend schwerer. Er hatte eine ganz andere Beziehung zu Fredrik gehabt als die Mädchen.

Anne-Lis sah wieder zu ihrem Neffen. Er war ganz blass und stocherte immer noch lustlos in seinem Essen herum. Sie hatte das Bedürfnis, ihn zu trösten. »Alles wird gut«, sagte sie leise zu ihm.

Emil schaute sie ernst an und schüttelte den Kopf. »Nichts wird wieder gut«, sagte er, und dann begann er ebenfalls zu weinen.

Nachmittags kehrte etwas Ruhe ein. Als ein Schulfreund von Emil anrief und sich mit ihm zum Spielen treffen wollte, setzte Bertil sich einfach über Hedvigs Verbot hinweg und erlaubte dem Jungen, das Haus zu verlassen. Danach ging er selbst wieder in die Firma.

Inga ging mit den Zwillingen zum Spielplatz. Anne-Lis zog sich in ihr Zimmer zurück, aber nach einer Weile hielt sie die Stille nicht mehr aus. Sie beschloss, noch einmal zum Skogskyrkogården zu gehen. Um frische Luft zu schnappen, um sich überhaupt irgendwie zu beschäftigen und weil sie hoffte, sich so besser mit der letzten Ruhestätte ihres Vaters vertraut zu machen.

Am Ende der Straße war der Spielplatz. Schon von Weitem vernahm sie die Stimmen der Zwillinge. Eines der Mädchen beschwerte sich lautstark, das andere lachte, und dann hörte Anne-Lis auch die Stimme ihrer Mutter: »Kerstin, hör endlich auf, deine Schwester mit Sand zu bewerfen!«

»Sie hat angefangen«, antwortete Kerstin.

Anne-Lis beschloss, einen Umweg über den Spielplatz zu machen, und änderte ihre Route.

»Tante Anne-Lis!«, schrie Kerstin begeistert.

Oder war das Frida? Anne-Lis war noch zu weit weg, um den winzigen Leberfleck erkennen zu können. Das Mädchen bückte sich, nahm eine Handvoll Sand aus dem Sandkasten, in dem es gerade stand, und warf damit nach seiner Schwester.

»Schluss jetzt, Kerstin!«, rief Inga verärgert aus, als das Mädchen sich erneut bückte und in den Sand griff. »Wenn du jetzt nicht aufhörst, werde ich Tacheles mit dir reden!«

Kerstin richtete sich langsam auf und ließ den Sand aus ihrer Hand rieseln. Überrascht schaute sie ihre Großmutter an und sagte dann kleinlaut: »Ich kann aber nur Schwedisch.«

Anne-Lis presste die Lippen aufeinander, um nicht laut aufzulachen, und sie sah, dass auch ihre Mutter Schwierigkeiten hatte, ernst zu bleiben. Gleichzeitig sah sie aber auch, wie erschöpft Inga wirkte.

»Soll ich dir die Zwillinge abnehmen?«, fragte sie leise.

Inga schüttelte den Kopf. »Schon gut«, sagte sie. »Ich hatte ohnehin vor, mit den beiden nach Hause zu gehen. Kommst du mit?«

Zurück ins Haus, wo ihr die Decke auf den Kopf fiel? Anne-Lis schüttelte den Kopf.

»Dann sehen wir uns später«, sagte Inga und rief die beiden Mädchen zu sich.

Anne-Lis ging in die andere Richtung und erreichte den Friedhof nach wenigen Minuten. Wie beim letzten Mal schlenderte sie langsam zwischen den Grabreihen entlang und überlegte, wo es ihrem Vater wohl besonders gut gefallen hätte. Und dann sah sie ausgerechnet ihn wieder.

Birger kam ihr direkt entgegen, und diesmal hatte er sie auch gesehen.

Einfach nicht beachten!, nahm Anne-Lis sich ganz fest vor, aber als er auf ihrer Höhe war und stehen blieb, hielt auch sie automatisch inne. Wie einem inneren Zwang folgend, obwohl sie die Begegnungen mit ihm hasste.

»Du schon wieder«, sagte er provokant lächelnd.

»Ich habe allen Grund, hier zu sein«, erwiderte sie. »Im Gegensatz zu dir.«

Er zog eine Augenbraue in die Höhe. Seine dunkelblauen Augen musterten sie. Sie hatte das Gefühl, dass er sich insgeheim über sie lustig machte, und das verstärkte ihren Zorn noch mehr. Heiße Wut tobte in ihr. Noch konnte sie sich unter Kontrolle halten, aber sie wartete nur auf eine Gelegenheit, ihn so zu verletzen, wie er sie einst verletzt hatte.

»Woher willst du das wissen?«, fragte er mit süffisanter Miene.

Anne-Lis wusste nicht, was sie darauf antworten sollte. Es war nicht nur die Frage, die sie aus dem Konzept brachte. Auch sein Gesicht und seine Stimmlage verwirrten sie.

»Ich will gar nichts wissen«, sagte sie. »Zumindest nicht, wenn es dich betrifft.«

»Natürlich nicht.« Sein Lächeln zeigte, dass sie ihm ebenfalls völlig egal war. »Ich wünsche dir noch einen schönen Tag!«, sagte er.

Dann ging er weiter und drehte sich auch diesmal nicht um, als er dem Ausgang zustrebte, während Anne-Lis sich über sich selbst ärgerte, weil sie nicht so souverän war wie er – und weil sie sich umdrehte und ihm nachschaute.

Sie richtete den Blick wieder nach vorn und sah den Weg entlang, den sie gehen wollte, schielte aber noch ein letztes Mal über die Schulter. Birger war weg. Endlich!

Langsam ging sie weiter, aber auf den Friedhof konnte sie sich nicht mehr konzentrieren. Auch wenn sie sich noch so sehr dagegen wehrte, sie dachte ausschließlich an Birger. An die wenigen Sätze, die sie miteinander gewechselt hatten.

Zwei Mal war sie jetzt auf dem Skogskyrkogården gewesen,

und jedes Mal war sie ihm begegnet. Es musste einen Grund geben, dass er hierherkam. Vielleicht war er sogar täglich hier – und er wohnte alleine in seinem Haus.

Anne-Lis blieb stehen, so sehr schockierte sie die Erkenntnis, weshalb er zurückgekommen war, warum er alleine in dem Haus wohnte und was ihn auf den Skogskyrkogården zog. Ob er wirklich jeden Tag herkam?

Und wenn schon! Alles, was Birger betraf, ging sie nichts mehr an.

Niemand begegnete ihr, als sie nach Hause kam. Anne-Lis ging direkt hinauf in ihr Zimmer – und ertappte sich dabei, wie sie sofort ans Fenster trat und zum Nachbarhaus hinüberschaute.

Ihr Handy klingelte. Auf dem Display stand Folkes Name. Diesmal keine SMS, er rief sie direkt an.

Anne-Lis wollte das Gespräch wegdrücken, überlegte es sich dann aber anders. Sie war selbst gespannt, was sie fühlte, wenn sie Folkes Stimme hörte.

»Was ist?« Sie versucht erst gar nicht, freundlich zu klingen.

»Ich bin es«, sagte er. Wahrscheinlich hatte er nicht damit gerechnet, dass sie das Gespräch wirklich annahm. Seine Stimme klang unsicher.

Sie schwieg und wartete darauf, dass er weitersprach.

Folke räusperte sich. »Wie geht es dir?«

»Mein Vater ist gestorben, während mein Freund mich mit einer anderen betrogen hat. Wie soll es mir da schon gehen?«

»Können wir reden?«, fragte er.

»Nicht jetzt«, sagte sie. »Nicht am Handy.«

»Ich habe dir doch gesagt, dass das mit Carina und mir nichts zu bedeuten hat. Es wird auch nie wieder vorkommen.« Seine Stimme klang aufgewühlt, ein bisschen verärgert und so, als müsse er sich zusammenreißen, um sie seinen Ärger nicht spüren zu lassen.

»Und du glaubst, damit hast du alles wieder aus der Welt geschafft?« Ahnte er überhaupt, wie sehr er sie verletzt hatte?

»Ich liebe dich«, sagte er, und jetzt schwang Verzweiflung in seiner Stimme mit. »Es tut mir so leid, Anne-Lis, aber erst jetzt, da du weg bist, wird mir bewusst, was du mir bedeutest.«

Zu spät?

Es war für so viele Dinge zu spät. Es war zu spät, ihrem Vater zu zeigen, wie sehr sie ihn geliebt hatte. Es war zu spät, es ihm zu sagen. Zu spät, noch einmal die Orte mit ihm zu besuchen, die sie beide geliebt hatten.

Und manchmal war es eben nicht nur der Tod, der etwas ein für alle Mal beendete.

War es zu spät für Folkes Liebesbekenntnis? Zu spät, um ihre Beziehung zu retten?

Anne-Lis wusste es nicht, und sie wollte jetzt auch nicht darüber nachdenken. Warum akzeptierte Folke denn nicht, dass sie gerade nicht darüber reden wollte? Nicht darüber reden konnte!

»Ich weiß, dass du ziemlich sauer auf mich bist, und ich kann das auch verstehen«, fuhr Folke fort. »Ich bin wütend auf mich selbst, und ich verspreche dir noch einmal, dass so etwas nie wieder vorkommen wird.«

»Lass uns bitte darüber reden, wenn ich wieder in Malmö bin«, sagte sie.

Folke wollte sich damit offensichtlich immer noch nicht zufriedengeben. Seine Stimme klang gehetzt. »Bitte, Anne-Lis, gib mir noch eine Chance! Du bist verwirrt und traurig. Kein Wunder, nachdem gerade erst dein Vater gestorben ist. Und du bist sauer, aber ich verspreche dir, dass alles wieder gut wird.«

Ein leichtfertiges Versprechen, das er nicht würde halten können. Nichts von dem, was in den letzten Tagen passiert war, konnte er ungeschehen machen. Wie sollte jemals alles gut werden? Ihr Vater war tot – für immer! Birger war plötzlich wieder da! Und Folkes Betrug ließ sich auch nicht einfach aus der Welt schaffen. Sie war sich nicht sicher, ob er nicht immer zwischen ihnen stehen würde.

»Ich weiß nicht, ob ich dir je wieder vertrauen kann«, sagte sie ehrlich. »Aber ich will jetzt auch nicht länger darüber reden, und ich möchte dich bitten, wenigstens das zu akzeptieren.«

»Schon gut«, sagte Folke geknickt. »Ich warte hier auf dich, und ich verspreche dir, du wirst mir wieder vertrauen können.«

War dieses Versprechen ebenso leichtfertig und unbedacht wie das vorherige?

»Bleib so lange in Stockholm, wie du willst«, fügte Folke hinzu. »Ich werde das hier schon irgendwie regeln, damit wir über Weihnachten doch noch zusammen nach Hawaii fliegen können. Schließlich bin ich ja der Chef hier.« Er lachte, aber Anne-Lis spürte, dass er immer noch tief verunsichert war, und plötzlich hatte sie fast Mitleid mit ihm.

Du bist verrückt!, schalt sie sich selbst. Er hat dich betrogen, und du hast Mitleid mit ihm?

»Sobald du zurück bist, sehen wir weiter«, sagte er. Und

dann, nach einer kleinen Pause: »Du kommst doch zurück?«

»Ja«, sagte sie, hörte, wie er erleichtert aufatmete, und fügte dann ein »Vielleicht« hinzu.

Stille am anderen Ende.

»Ich kann im Moment einfach keinen klaren Gedanken fassen«, versuchte sie, ihr eigenes widersprüchliches Verhalten zu erklären. »Bitte, Folke, bedräng mich nicht so! Lass mich in Ruhe nachdenken! Es ist gerade einfach nicht der richtige Zeitpunkt für solche Gespräche.«

Und außerdem bist du gerade viel zu weit entfernt, und das nicht nur räumlich, um mich mit dir auseinanderzusetzen, fügte sie in Gedanken hinzu. Sie sagte es bewusst nicht, weil sie diese Diskussion endlich beenden wollte, sondern verabschiedete sich rasch von ihm.

Als sie ihr Handy in die Handtasche stecken wollte, sah sie die beiden Tüten, die sie für die Zwillinge gekauft hatte. In der aufgeladenen Stimmung zwischen Hedvig und ihr hatte sich bisher keine Gelegenheit ergeben, ihrer Schwester die Süßigkeiten für die Mädchen zu geben.

Vielleicht war jetzt ein guter Moment. Sie wollte wenigstens versuchen, auf Hedvig zuzugehen, um die Spannung zwischen ihnen abzubauen.

Als Anne-Lis ihr Zimmer verließ und den Flur betrat, vernahm sie ein lautes Schnarchen. War das Leif?

Sie ging ein paar Schritte weiter und kam an Hedvigs und Bertils Zimmer vorbei. Die Tür war nur angelehnt, das Schnarchen kaum eindeutig aus dem Raum dahinter.

Anne-Lis schob die Tür ein Stück weiter auf, und dann sah sie ihre Schwester. Hedvig lag angezogen auf dem Bett, die Augen geschlossen, den Mund leicht geöffnet. Ein Speichelfaden lief aus ihrem rechten Mundwinkel. Sie war es, die so laut schnarchte.

Hedvig lag nachmittags auf dem Bett und schlief? Wo waren die Kinder? Wer kümmerte sich um die Zwillinge?

Plötzlich war Emil da, stellte sich ihr in den Weg und schob sie aus dem Zimmer. Leise schloss er die Tür.

»Mama schläft«, sagte er überflüssigerweise.

»Warum?«, fragte Anne-Lis. »Geht es ihr nicht gut?«

Emil zuckte mit gespielter Ahnungslosigkeit die Schultern, aber in seinen Augen lag eine Wachsamkeit, die Anne-Lis zeigte, dass er etwas vor ihr verbarg. Liebevoll umfasste sie seine Schultern.

»Was ist mit deiner Mutter, Emil?«

»Mama ist nur müde«, behauptete Emil und fragte in fast schon aggressivem Ton: »Was hast du überhaupt hier zu suchen?«

»Ich wollte deiner Mutter die Süßigkeiten für Frida und Kerstin geben.« Anne-Lis hob die Hand mit den beiden Tüten.

Emil winkte ab. Er stand noch immer wie ein Wärter vor der Schlafzimmertür seiner Eltern. »Mama hat ganz viele Süßigkeiten im Schrank«, sagte er und zeigte auf die Tüten in ihrer Hand. »Die kannst du Oma Gunilla geben, die freut sich darüber.«

Emil wollte sie loswerden, das spürte Anne-Lis ganz deutlich. Er verschränkte die Arme vor der Brust, sichtlich entschlossen, keinen Schritt zu weichen.

»Du musst Mama jetzt schlafen lassen!«, sagte er sehr bestimmt.

Wortlos wandte sie sich um und ging, und obwohl Emil sie weggeschickt hatte, blieb in ihr das Gefühl zurück, ihn im Stich gelassen zu haben.

Lieber Opa!

Das war ganz schön knapp heute!

Anne-Lis wollte zu Mama und hat gesehen, dass sie mitten am Tag schläft. Jetzt muss ich auch noch aufpassen, dass Anne-Lis nicht rauskriegt, was mit Mama los ist. Das weiß sie nämlich nicht, und keiner redet darüber.

Bisher war Anne-Lis nur einmal bei uns in der Wohnung, als ich böse auf sie war, aber jetzt ist ja wieder alles gut zwischen uns. Oder vielleicht doch nicht.

Ich weiß, dass Anne-Lis mir helfen will, damit ich wegen dir nicht mehr so traurig bin. Ich glaube auch, sie meint es wirklich so, wenn sie sagt, sie will mir dabei helfen, deine Asche mit einer Rakete in den Himmel zu schicken. Aber dann sagt sie immer direkt hinterher, dass wir das wahrscheinlich nicht schaffen werden.

Wenn ich in der Schule eine Arbeit schreibe und sage, ich hätte mich wirklich angestrengt, dann stimmt das meistens nicht. Ich weiß nicht, ob das bei Anne-Lis auch so ist. Vielleicht strengt sie sich ja an, und ich merke es nur nicht.

Lieber Opa, ich habe gerade so viel Angst. Ich habe Angst, was mit dir passiert. Ich habe Angst davor, dass Anne-Lis herausfindet, was mit Mama los ist. Ich kann ja nicht immer aufpassen, weil ich zur Schule muss.

Vielleicht kann Birger mir helfen, aber dem kann ich auch nicht alles sagen, jedenfalls nicht das mit Mama.

Alles war viel einfacher, als du noch da warst. Da war das mit Mama nicht so schlimm, weil ich mit dir darüber sprechen konnte. Und keiner war hier, bei dem wir aufpassen mussten, dass er nichts merkt.

Vielleicht wäre es besser, wenn Anne-Lis wieder nach Malmö fährt. Aber wenn sie wegfahren würde, dann wäre ich auch sehr einsam und traurig.

Ich weiß nicht, was ich machen soll. Ich hab dich lieb, Opa, und du fehlst mir sooooo sehr!

Dein Emil

— 10 —

Könntest du vielleicht mit Leif rausgehen?«, bat Hedvig beim Frühstück. An diesem Morgen war sie wieder so betont freundlich, dass Anne-Lis sie zuerst nur sprachlos anstarrte. Wie konnte ihre Stimmung nur so schnell umschlagen?

Hedvigs Miene zeigte bereits wieder erste Anzeichen von Ungeduld, weil Anne-Lis noch nichts gesagt hatte.

»Klar!«, antwortete sie hastig. »Ich bin froh, wenn ich etwas tun kann.«

»Emil hat übrigens gesagt, dass du gestern zu mir wolltest.« Hedvig streifte sie nur mit einem kurzen Blick, bevor sie wieder auf das Frühstücksbrot schaute, das sie gerade für Frida belegte. »Ich war ziemlich müde«, fügte sie hinzu. »Die letzten Tage sind auch an mir nicht spurlos vorübergegangen.«

»Das verstehe ich«, sagte Anne-Lis.

»Normalerweise schlafe ich nachmittags nicht.« Hedvig schaute sie nicht an, sondern schien sehr beschäftigt mit den Frühstücksbroten für ihre Töchter. »Also, eigentlich schlafe ich tagsüber nie. Normalerweise.«

»Ja, klar«, erwiderte Anne-Lis und wunderte sich darüber, dass ihre Schwester das Thema so sehr beschäftigte und sie das Gefühl hatte, sich rechtfertigen zu müssen.

Hedvig war noch nicht fertig. »Ich habe die letzten Nächte nicht besonders gut geschlafen. Wahrscheinlich wir alle nicht.« Sie schaute kurz auf, zeigte ein gezwungenes Lächeln und widmete sich dann wieder den Broten. »Nicht, dass du jetzt denkst, ich würde mich tagsüber immer ins Bett legen.«

»Nein, das denke ich nicht«, erwiderte Anne-Lis.

Hedvig hob erneut kurz den Kopf und schaute sie an, als wolle sie sich vergewissern, dass sie die Wahrheit sagte, dann verfiel sie in Schweigen und wirkte in sich gekehrt.

Niemand am Tisch schien sich über diese seltsame Unterhaltung zu wundern. Alle gingen ihrer gewohnten Routine nach, so wie wahrscheinlich an jedem ganz normalen Morgen.

Anne-Lis kam sich wieder einmal vor wie ein Eindringling, aber die Verbitterung, die sie sonst dabei empfand, blieb aus. Sie war zu lange weg gewesen, sie hatte sich von dieser Familie entfernt, und das lag nicht an den anderen. Sie hatte es selbst so gewollt. Wahrscheinlich war gegenseitiges Vertrauen erforderlich, damit sie wieder fester Bestandteil dieser Familie werden konnte. Und sie war sich nicht einmal sicher, ob sie das überhaupt wollte.

»Soll ich den Spaziergang mit Leif gleich damit verbinden, die Zwillinge in den Kindergarten zu bringen?«, fragte sie.

»Ja!«, riefen Kerstin und Frida gleichzeitig und sehr begeistert aus.

»Nein, danke. Das mache ich selbst«, lehnte Hedvig ab.

Inga sah auf. »Aber das ist doch eine gute Idee«, sagte sie, »und den Mädchen scheint es zu gefallen.«

»Ich mache das selbst!« Hedvigs Stimme klang sehr bestimmt, und der Blick, den sie ihrer Mutter dabei zuwarf, war alles andere als freundlich.

»Schon in Ordnung«, sagte Anne-Lis schnell. Es war so schade, dass Hedvigs Laune schon wieder umschlug. »Vielleicht ist es wirklich besser, wenn Hedvig die Mädchen in den Kindergarten bringt. Ich habe wahrscheinlich genug mit Leif zu tun.«

Die Mädchen waren enttäuscht, Frida begann sogar zu weinen. »Tante Anne-Lis soll uns aber bringen«, schluchzte sie.

Hedvigs ganzer Ärger richtete sich jetzt auf Anne-Lis. Wütend schaute sie ihre Schwester an. »Da siehst du, was du jetzt wieder angerichtet hast!«, schleuderte sie ihr entgegen.

Anne-Lis war zu erstaunt, um wütend zu sein. Für einen Moment wusste sie nicht, wie sie darauf reagieren sollte. Dann kroch der Ärger in ihr hoch, aber bevor sie etwas sagen konnte, fing sie einen Blick ihrer Mutter auf. Inga schüttelte leicht den Kopf.

Anne-Lis stand auf. Enttäuscht, ohne wirklich zu begreifen, was da gerade wieder passiert war. »Ich gehe dann mal mit Leif raus.«

Sie hatte beschlossen, Leif den Weg bestimmen zu lassen und ihm mit der Leine zu folgen. Ihr war es nur recht, wenn es ein langer Spaziergang wurde, sie hatte ja sonst nichts vor.

Ihr Vorsatz geriet bereits ins Wanken, als der Hund prompt nach rechts strebte, direkt auf Birgers Haus zu. Sie wäre lieber in die andere Richtung gegangen, gab dann aber nach. Sie wusste nicht, wie lange sie noch in Stockholm bleiben würde, und sie konnte nicht die ganze Zeit so tun, als wäre rechts von ihrem Elternhaus Niemandsland.

Das war ja klar! Ausgerechnet jetzt musste Birger im Garten sein. Er schnitt wieder Äste von den verwilderten Sträuchern, die seine Auffahrt säumten, und hob den Kopf, als sie mit Leif vorbeikam.

Warum hatte sie nicht aus dem Fenster gesehen, bevor sie losgegangen war? Wenn sie gewusst hätte, dass er draußen war, hätte sie sich nicht von Leif in diese Richtung ziehen lassen.

Du wirst ganz cool und gelassen bleiben, nahm sie sich fest vor. Er ist ein Nachbar, ob es dir nun passt oder nicht, und du wirst ganz souverän mit der Situation umgehen.

Kühl nickte sie ihm zu.

»Kann es sein, dass du mich stalkst?«, fragte er in seinem üblichen gelassenen Tonfall.

Anne-Lis schnappte lautstark nach Luft, was das unverschämte Grinsen auf seinem Gesicht noch verstärkte.

»Was fällt dir ein?«, fuhr sie ihn an. Ihre ganze Coolness war dahin.

»Mir fällt nichts ein, sondern eher auf«, sagte er. »Nämlich dass du neuerdings immer da auftauchst, wo ich gerade bin.«

Anne-Lis hatte das Bedürfnis, etwas ganz und gar Ungeheuerliches zu tun. Ihm die Zunge rauszustrecken, zum Beispiel. Oder noch besser, ihm den ausgestreckten Mittelfinger zu zeigen.

Du wolltest souverän bleiben, ermahnte sie sich selbst.

»Glaub doch, was du willst«, sagte sie und schaffte es sogar, dabei kühl und vor allem überlegen zu lächeln.

Sie wollte weiter, aber leider machte ihr Leif einen Strich durch die Rechnung. Offenbar hatte er an einer der beiden Birken, die neben der Einfahrt standen, eine interessante Spur entdeckt. Leif musste diese Spur erst gründlich beschnüffeln und war nicht bereit, sich vom Fleck zu bewegen.

Natürlich entging das auch Birger nicht, und Anne-Lis rechnete schon wieder mit einer provozierenden Bemerkung, aber diesmal wirkte er eher verärgert als amüsiert. »Wenn der verdammte Köter hier sein Bein hebt …«

Als wäre das sein Stichwort, machte Leif genau das in genau diesem Moment.

»Braver Hund!« Anne-Lis tätschelte ihm den Kopf, warf Birger ein Lächeln zu, von dem sie hoffte, dass es genauso herausfordernd war wie sein Grinsen, und ging hoch erhobenen Hauptes weiter. In Gedanken versprach sie Leif eine leckere Belohnung.

Diesmal drehte sie sich nicht nach Birger um, aber sie spürte ganz deutlich, dass er ihr nachschaute.

Den Heimweg wählte sie so, dass sie nicht wieder an Birgers Haus vorbeimusste, und sie war froh, dass Leif damit offensichtlich einverstanden war. Dieser Hund hatte seinen eigenen Kopf, und er war so groß, dass Anne-Lis sich kaum dagegenstemmen konnte, wenn er einen bestimmten Weg gehen wollte.

Hedvig kam zur gleichen Zeit wie sie zu Hause an. Auf dem Rückweg vom Kindergarten hatte sie offenbar Besorgungen gemacht, denn sie trug eine Einkaufstüte in der Hand.

»Hej«, sagte Anne-Lis.

»Hej«, erwiderte Hedvig, mehr nicht. Sie wirkte wieder ziemlich angespannt, schloss die Haustür auf und ging mit der Tüte in der Hand und ohne ihren Mantel auszuziehen sofort nach oben.

Anne-Lis leinte Leif ab und zog ihre Jacke aus. Der Hund trottete ins Wohnzimmer, und sie folgte ihm. Ihre Mutter saß auf dem Sofa und las. Als sie das Buch beiseitelegte, sah Anne-Lis, dass es sich um eine Fortsetzung zu *Das Hotel am Siljansee* handelte.

Lächelnd wies Anne-Lis auf den Roman. »Du liest das auch? Oma hat mir den ersten Teil der Serie gegeben, und ich konnte nicht mehr aufhören zu lesen.« Sie setzte sich neben ihre Mutter.

»Du kannst heute Abend die Fortsetzung haben«, sagte Inga. »Ich habe nur noch ein paar Seiten. Ich hätte nicht gedacht, dass ich mich im Moment überhaupt aufs Lesen konzentrieren kann, aber es hat mir gutgetan, eine Weile abzuschalten.«

»Das war bei mir so ähnlich«, sagte Anne-Lis, »und ich hätte nicht gedacht, dass mich so etwas so fesseln könnte.«

»Ich glaube, es liegt daran, dass einem die Hauptpersonen so vertraut vorkommen«, sagte Inga mit nachdenklicher Miene. »Ich weiß auch nicht, warum das so ist. Jedenfalls scheint diese Britta Åberg damit bei ihren Lesern gut anzukommen. Ihre Romane sind ziemlich erfolgreich. Übrigens wird um die Autorin ein großes Geheimnis gemacht. Außer ihrem Namen ist über sie nichts bekannt.« Inga schaute sie von der Seite an und streichelte über ihre Hand. »Hattest du einen schönen Spaziergang?«, wechselte sie das Thema.

»Mal abgesehen davon, dass ich Birger schon wieder begegnet bin.« Anne-Lis zog eine Grimasse und versuchte, den Gedanken an diese Begegnung möglichst schnell zu verdrängen.

»Schon wieder?«, hakte Inga nach. »Ach ja, du hast ihn ja hier im Haus gesehen.«

»Nicht nur«, sagte Anne-Lis und erzählte von ihren beiden Begegnungen mit ihm auf dem Skogskyrkogården.

»Kann es sein ...«, fügte sie hinzu, hielt dann aber inne. Trotz allem, was Birger ihr angetan hatte, diese Vorstellung war einfach zu schrecklich. Das hatte selbst er nicht verdient.

Anne-Lis spürte, dass ihre Mutter ihre Hand sanft drückte,

und fuhr fort: »Kann es sein, dass Svea nicht mehr lebt und er deshalb zurückgekommen ist?«

Inga schüttelte den Kopf. »Ich weiß es nicht«, sagte sie leise. »Er war irgendwann einfach wieder da. Wann er nebenan eingezogen ist und wie lange er da schon wohnte, bis wir ihn das erste Mal gesehen haben, kann ich dir nicht sagen. Aber Svea haben wir nicht gesehen.«

Anne-Lis seufzte tief auf und starrte nachdenklich vor sich hin. Vielleicht hätte sie netter zu Birger sein sollen. Wenn er wirklich seine Frau verloren hatte ... Die Frau, die er mehr liebte als alles auf der Welt ...

Es arbeitete wieder in ihr. Der altbekannte Schmerz überkam sie, und in genau diesem Moment musste ihre Mutter auch noch fragen: »Du hast ihn nie vergessen, nicht wahr?«

Anne-Lis blieb äußerlich ganz ruhig. Sie wartete darauf, dass der Schmerz verebbte, bevor sie sich ihrer Mutter zuwandte und mit einem gequälten Lächeln fragte: »Ist es nicht bei jeder Frau so, dass sie die erste Liebe ihres Lebens nicht vergessen kann?«

»Aber wenn Svea wirklich gestorben ist, dann erfüllt es dich doch hoffentlich nicht mit Schadenfreude?«, fragte ihre Mutter erschrocken, ohne auf ihre Frage einzugehen.

»Mama!«, rief Anne-Lis geschockt aus. »Natürlich nicht! Wie kannst du so etwas von mir denken?«

»Natürlich denke ich das nicht, entschuldige bitte!«, sagte Inga. »Ich fürchte, wir sind durch Papas Tod so durcheinander, dass wir in den vergangenen Tagen alle ziemlich viel Unsinn geredet haben.«

Sollte das eine Art Entschuldigung sein, in der ihre Mutter Hedvig gleich miteinschloss? Sollte das eine Erklärung sein für die schlimmen Dinge, die gesagt worden waren?

»Darf ich dich noch etwas fragen?«, vernahm sie die Stimme ihrer Mutter. »Etwas sehr Persönliches?«

Anne-Lis nickte.

»Hoffst du vielleicht, dass Birger wieder zu haben ist?«

Anne-Lis schüttelte entschieden den Kopf. »Nein, das mit Birger ist vorbei. Ich bin immer noch wütend auf ihn, das gebe ich zu. Er hat mich einmal schrecklich enttäuscht, und ich könnte ihm nie verzeihen, was passiert ist. Für ihn und mich gibt es keinen Weg zurück. Niemals!«, bekräftigte sie.

»Ich bin froh, dass du Folke gefunden hast«, sagte Inga. »Er war ja nur einmal hier, aber er schien mir ein sehr netter und zielstrebiger junger Mann zu sein.«

»Zielstrebig? Oh ja, das ist er«, erwiderte Anne-Lis bitter. »Für seinen beruflichen Erfolg gibt er alles.« Sie hatte wieder das Bild von ihm und Carina Sandström vor Augen, aber das konnte ihre Mutter nicht wissen.

»Ja, so war dein Vater auch.« Inga lächelte. »Seine Firma war ihm heilig. Du musst aufpassen, dass dein Folke vor lauter Arbeit dich – und die Kinder, die ihr vielleicht mal habt – nicht vergisst.«

Sie hatte nie mit Folke über Kinder gesprochen. Wenn es um ihre Zukunftsplanung ging, sprachen sie meist über berufliche Pläne und die Reisen, die sie zusammen unternehmen wollten.

»Ich werde darauf achten, Mama«, sagte sie.

Ihre Mutter stand auf und ging zum Fenster. Sie sah eine Weile schweigend hinaus, ehe sie sich wieder umdrehte. »Ich habe über Birgers Vorschlag nachgedacht«, sagte sie. »Ich werde Fredrik in dem Krematorium einäschern lassen, das er vorgeschlagen hat.«

Schon wieder Birger!

»Ich weiß, wie du über ihn denkst«, sagte Inga. »Aber es ist mir wirklich wichtig. Ich möchte, dass Papas Asche im Garten verstreut wird.«

»Opa wollte das aber nicht!« Emil stand plötzlich in der Tür. Offensichtlich war er gerade aus der Schule gekommen. Trotzig schaute er Inga an. »Warum macht keiner von euch das, was Opa wollte?«

»Emil, jetzt fang doch bitte nicht damit wieder an!«, bat Inga.

»Ich höre nie damit auf«, sagte Emil. Sein Blick flog zwischen Inga und Anne-Lis hin und her.

Anne-Lis hatte das Gefühl, dass er Hilfe von ihr erwartete. »Was spricht denn dagegen?«, sagte sie sanft zu ihrer Mutter. »Ich finde, Emil hat recht. Wenn das wirklich Papas Wunsch war, sollten wir ihn erfüllen.«

Ihre Bitte prallte auf pures Unverständnis. »Wie kannst du den Jungen bei diesem Unsinn auch noch unterstützen?«, erwiderte Inga steif.

»Mama, ich ...«

»Schon gut«, sagte ihre Mutter barsch. Ihr Gesichtsausdruck verriet, dass es nichts mehr zu sagen gab. Sie stand auf und verließ das Zimmer.

Anne-Lis sah Emil an, dass er sich gerade ebenso unwohl fühlte wie sie selbst. »Wieso bist du schon wieder zu Hause?«, fragte sie ihn.

»Unser Lehrer ist krank, deshalb hatten wir nur die ersten beiden Stunden Unterricht.« Er sah sie unglücklich an. »Ich wollte nicht, dass du meinetwegen mit Oma Streit bekommst«, sagte er schuldbewusst.

Anne-Lis ging zu dem Jungen und nahm ihn in den Arm. »Das hat nichts mit dir zu tun, Emil.« Um ihn auf andere

Gedanken zu bringen, fragte sie: »Sollen wir heute Nachmittag was zusammen machen?«

Er schüttelte den Kopf. »Ich habe doch Hausarrest«, erinnerte er sie, aber Anne-Lis hatte das Gefühl, dass das nicht der einzige Grund war, weshalb er ablehnte.

»Okay«, sagte sie, weil sie es für besser hielt, ihn einfach in Ruhe zu lassen.

Eine halbe Stunde später sah sie Emil aus dem Fenster ihres Zimmers. Trotz seines Hausarrestes war er nach draußen gegangen, blickte sich an der Ecke vorsichtig um und schaute auch hinauf zu ihrem Zimmer.

Anne-Lis trat einen Schritt zurück. Sie sah gerade noch, wie Emil Birgers Grundstück betrat.

Was machte er schon wieder nebenan? Wieso gab ein erwachsener Mann wie Birger sich mit einem Zwölfjährigen ab? Und das, obwohl dessen Mutter es eindeutig verboten hatte?

Die Frage ließ sie nicht mehr los, während sie am Fenster stand und darauf wartete, dass Emil zurückkam. Aber er tauchte nicht auf. Nicht nach einer halben Stunde, nicht nach einer Stunde.

Als Hedvig zum Mittagessen rief, spielte Anne-Lis mit dem Gedanken, nach nebenan zu gehen und Emil zu warnen. Sie wollte Birger nicht sehen, und auf gar keinen Fall wollte sie sein Grundstück oder sogar sein Haus betreten. Aber wenn Hedvig mitbekam, wo er sich aufhielt, war der nächste Streit vorprogrammiert.

Sie eilte nach unten, und genau in diesem Augenblick betrat Emil das Haus. Vorsichtig schaute er sich nach allen

Seiten um, grinste verlegen, als er sie sah, und huschte ganz schnell ins Esszimmer. Anne-Lis folgte ihm, und auch die anderen trudelten nach und nach ein.

Inga betrat zusammen mit Gunilla das Esszimmer. Anne-Lis schaute ihre Mutter an, unsicher, wie sie sich ihr gegenüber verhalten sollte. Aber Inga ließ sich nichts anzumerken. Sie lächelte freundlich in die Runde, schien unangreifbar. Der Ärger von vorhin war offenbar vergessen.

Vielleicht sollte ich erleichtert sein, dachte Anne-Lis, aber tatsächlich erfüllte sie das Verhalten ihrer Mutter mit Unbehagen.

Lieber Opa!

Warum sind Erwachsene so komisch?
Warum weint Oma nie?
Warum ist Anne-Lis böse auf Birger?
Warum macht Mama das?
Warum müssen Menschen, die man lieb hat, sterben?
Ich verstehe das alles nicht! Und du kannst es mir nicht mehr erklären.

Ich hab dich sehr lieb!

Dein Emil

— 11 —

Lautes Gepolter weckte Anne-Lis mitten in der Nacht. Unten bellte Leif, oben, unmittelbar vor ihrer Zimmertür, vernahm sie Bertils beschwichtigende Stimme. »Bitte, Hedvig, hör auf damit!«

Anne-Lis setzte sich auf und schwang die Beine über die Bettkante. Sollte sie nachsehen, was los war?

»Lass mich in Ruhe!«, hörte sie Hedvig brüllen.

Anne-Lis sah auf ihren Wecker. Es war kurz nach Mitternacht.

»Bleib hier«, bat Bertil überraschend ruhig.

»Lass mich los!«, schrie Hedvig, und dann polterte wieder etwas. Es hörte sich an, als wäre jemand gestürzt.

Anne-Lis überlegte, ob sie rausgehen sollte, und hatte gleichzeitig Angst davor. Sie wollte sich nicht in Bertils und Hedvigs Ehestreit einmischen, aber was war, wenn einer von ihnen Hilfe benötigte?

»Geh weg!«

Anne-Lis zuckte zusammen, als sie ihre Schwester erneut brüllen hörte. Hatte sie denn keine Angst, die Kinder zu wecken?

»Mama!« Das war zweifellos Emils Stimme, und jetzt hielt Anne-Lis nichts mehr im Bett.

»Emil, geh in dein Zimmer!« Bertils Stimme klang noch immer ruhig, aber sehr bestimmt.

»Aber ich ...«

»Sofort, Emil! Ich kümmere mich um deine Mutter.«

Anne-Lis eilte zur Tür und öffnete sie. Sie sah ihre Schwester auf dem Boden liegen, sah Bertil, der sich über sie beugte.

Ob Bertil gehört hatte, wie sie die Türe öffnete? Ob er aus den Augenwinkeln die Bewegung wahrgenommen hatte? Jedenfalls drehte er sich um und schaute sie an. Noch nie zuvor hatte Anne-Lis so viel Verzweiflung im Gesicht eines Menschen gesehen.

»Was ist mit ihr?«, flüsterte sie und versuchte, an Bertil vorbei einen Blick auf das Gesicht ihrer Schwester zu werfen, aber Bertil verdeckte es mit seinem Körper.

»Es ist alles in Ordnung«, sagte er.

»Kann ich helfen? Soll ich ...«

»Nein!«, sagte er hart. »Tut mir leid, dass wir dich geweckt haben.«

Hedvig sagte kein Wort mehr, aber Anne-Lis sah, dass sie sich aus Bertils Griff zu befreien versuchte.

»Gute Nacht, Anne-Lis«, sagte Bertil und gab ihr damit zu verstehen, dass sie sich zurückziehen sollte.

»Gute Nacht«, sagte sie leise und schloss die Tür.

Am nächsten Morgen saß Hedvig allein am Frühstückstisch, als Anne-Lis ins Esszimmer kam. Bertil war schon wieder in der Firma, und die Kinder lagen noch im Bett.

»Geht es dir gut?«, fragte Anne-Lis.

Die Frage schien Hedvig zu überraschen. »Ja, wieso?«

»Wegen heute Nacht«, sagte Anne-Lis.

»Ich bin nur im Flur gestolpert«, sagte Hedvig. »Es ist nichts passiert.«

Ihre Worte waren wenig überzeugend. Sie wich Anne-Lis'

Blick aus, wirkte übernächtigt und war noch blasser als sonst. Anne-Lis entging nicht, wie nervös sie war. Ihre Hände zitterten, als sie sich Kaffee einschenkte, und es schien sie zu stören, dass Anne-Lis sie misstrauisch musterte.

»Was starrst du mich so an? Ist was?«, fragte sie unfreundlich.

»Nein«, sagte Anne-Lis schnell. Sie wollte nicht schon am frühen Morgen mit ihrer Schwester aneinandergeraten.

Hedvig stand auf. »Ich schaue mal nach, wo Emil bleibt«, murmelte sie.

Gleich darauf kam Emil ins Esszimmer. Seine Schultasche hatte er bereits dabei. Er stellte sie neben der Tür auf den Boden und setzte sich.

»Wo ist deine Mutter?«, fragte Anne-Lis.

»Keine Ahnung.« Er zuckte mit den Schultern und wich ihren Blicken ebenso aus wie eben Hedvig.

»Sie wollte nach oben, um dich zu holen«, ließ Anne-Lis nicht locker.

»Jetzt bin ich ja da«, sagte Emil und verdrückte hastig ein Käsebrot. Obwohl es noch früh war, stand er auf und behauptete, er müsse zur Schule.

Anne-Lis hatte das Gefühl, dass er vor allem ihren Fragen ausweichen wollte. »Du hast doch noch massenhaft Zeit«, sagte sie.

»Habe ich nicht.« Emil schüttelte den Kopf. »Ich will mich auf dem Schulhof mit ein paar Freunden treffen.«

Ein ungutes Gefühl beschlich Anne-Lis. Irgendetwas stimmte hier ganz und gar nicht.

Sobald Emil das Haus verlassen hatte, ging sie in die Küche und sah aus dem Fenster. Es war genau, wie sie vermutet hatte: Emil traf sich nicht mit Freunden in der Schule, er traf sich mit einem Erwachsenen, den er als seinen Freund bezeichnete. Durch die fast laubfreien Äste der Sträucher beobachtete sie, wie er Birgers Grundstück betrat und zum Eingang eilte. Dort blieb er stehen, schaute sich um und entdeckte sie hinter dem Küchenfenster.

Trotzig reckte er das Kinn nach oben und erwiderte ihren Blick. Als Birger die Tür öffnete, schlüpfte er an ihm vorbei ins Haus.

Anne-Lis stand noch immer am Fenster, als Karin in die Küche kam, um frischen Kaffee zu holen. »Was ist eigentlich mit Hedvig los?«, fragte Anne-Lis sie gerade heraus.

Auch Karin wich ihr aus. »Ich weiß nicht, was du meinst.«

»Doch, das weißt du ganz genau«, erwiderte Anne-Lis heftig. »Ich hatte nie ein besonders enges Verhältnis zu meiner Schwester, aber ich bin nicht blind. Ich weiß, dass hier etwas nicht stimmt. Warum sagst du mir nicht, was los ist?«

Jetzt schaute Karin ihr offen in die Augen. »Erstens bin ich nur eine Angestellte in diesem Haus.« Es war das erste Mal, dass sie ihre Stellung im Haus Dahlander auf diese Position reduzierte. »Und zweitens«, fuhr Karin fort, »warst du sehr lange weg.« Sie schaute an Anne-Lis vorbei aus dem Fenster und fügte leise hinzu: »Und vielleicht war das auch gut so.« Dann nahm sie die Kaffeekanne und ging zurück ins Esszimmer.

Anne-Lis folgte ihr. Hedvig saß wieder am Tisch und schmierte gerade ein Brot für Frida. Ihre Hände zitterten nicht mehr. Sie sah auf, lächelte, und in ihren Augen lag der Glanz, der Anne-Lis schon früher aufgefallen war.

Was war in den wenigen Minuten, seit Hedvig den Raum verlassen hatte, passiert? Warum war sie so verändert?

Nach dem Frühstück, das Anne-Lis schweigend eingenommen hatte, suchte sie ihren Schwager in der Firma auf. Hedvig verriet sie diesmal nicht, wo sie hinging.

Heute war es ganz anders als am Sonntag. Aus der Produktionshalle waren Maschinengeräusche zu hören, zwei Männer standen vor dem Konstruktionsbereich und waren in einen Plan vertieft. Beide wandten sich kurz um, als sie hereinkam, und grüßten höflich, bevor sie sich wieder auf ihre Arbeit konzentrierten.

Das Schiebefenster am Empfangsbüro stand offen. Anne-Lis kannte die junge Angestellte dahinter ebenso wenig wie die beiden Konstrukteure. Sie wusste, dass in den vergangenen Jahren einige Mitarbeiter, die sie noch persönlich gekannt hatte, in Rente gegangen waren.

»Hej«, begrüßte die Empfangsdame sie. »Kann ich Ihnen weiterhelfen?«

»Ich bin Anne-Lis Dahlander«, stellte sie sich vor. »Ich möchte zu meinem Schwager.«

»Oh«, die junge Dame machte eine betroffene Miene. »Mein herzliches Beileid!«

»Danke«, sagte Anne-Lis und sah, wie die Frau zum Telefon griff, um sie bei Bertil anzumelden.

»Nicht nötig«, sagte sie schnell. »Ich störe ihn auch nicht lange.« Sie ging zu Bertils Büro, klopfte an und öffnete die Tür.

Bertil saß hinter seinem Schreibtisch und stierte mit gerunzelter Stirn auf sein Notebook. Er wirkte überrascht, als er sie sah, klappte das Notebook zu und stand auf. »Was für eine nette Überraschung«, sagte er freundlich lächelnd.

»Können wir reden?«, fragte Anne-Lis.

»Worüber?« Er wirkte mit einem Mal wachsam.

»Über das, was letzte Nacht passiert ist. Über Hedvigs seltsames Verhalten.«

»Hedvig ist Hedvig«, erwiderte er. »Du kennst deine Schwester doch.«

»Nein.« Anne-Lis schüttelte den Kopf. »Sie ist mir völlig fremd, und ich weiß nicht, ob das immer schon so war, oder ob sie sich so sehr verändert hat. Was war heute Nacht mit ihr los?«

»Sie ist hingefallen, und ich habe ihr aufgeholfen.«

Obwohl er ihr direkt in die Augen schaute, erkannte Anne-Lis, dass er nicht die Wahrheit sagte. »Ihr habt euch gestritten«, sagte sie.

»Wie du inzwischen bemerkt haben solltest, kommt das bei uns öfter vor.« Er verzog den Mund zu einem freudlosen Lächeln.

Anne-Lis zögerte, bevor sie die nächste Frage stellte. Es war ein hässlicher Gedanke, aber er ließ sie nicht mehr los, seit sie gesehen hatte, wie ihre Schwester wehrlos am Boden lag und Bertil sich über sie beugte. Der Schrecken nahm zu, je mehr sie darüber nachdachte.

»Schlägst du sie?«

Ihre Worte standen zwischen ihnen wie eine unsichtbare Mauer. Sie konnte das Entsetzen sehen, das sich auf Bertils Gesicht abzeichnete. Die Fassungslosigkeit, dass sie ihm so etwas zutraute.

Er schüttelte den Kopf. »Ich habe noch nie eine Frau geschlagen, und ganz bestimmt nicht meine eigene«, sagte er.

»Es tut mir leid.«

»Es ist wohl besser, wenn du jetzt gehst.«

Anne-Lis wollte noch etwas sagen, aber Bertil hob die Hand. »Geh bitte!«, sagte er nachdrücklich und drehte ihr den Rücken zu.

»Wir wollen heute Abschied nehmen«, sagte Inga nach dem Mittagessen. Sie sah mit bedeutungsvollem Blick in die Runde. »Ich habe beschlossen, Birgers Angebot anzunehmen und Papa in Östhammar einäschern zu lassen«, erklärte sie. »Es gibt dann eine offizielle Beerdigung auf dem Skogskyrkogården, aber Papas richtige Asche wird draußen unter der Ulme verstreut.«

»Du hast mit Birger gesprochen?«, wollte Hedvig wissen.

»Heute Morgen«, bestätigte Inga. »Er wird alles in die Wege leiten. Wir können Papa heute noch einmal sehen.« Inga machte eine kurze Pause, sah sie alle nacheinander an. »Aber ich zwinge niemanden dazu. Ihr könnt selbst entscheiden, ob ihr mitkommen wollt.«

»Ich komme mit!«, sagte Emil sofort.

»Ich meinte die Erwachsenen.« Inga schüttelte den Kopf. »Natürlich nicht du, und auch nicht die Zwillinge.«

»Was die Zwillinge betrifft, stimme ich dir zu«, sagte Bertil. »Aber Emil hat Fredrik nach dessen Tod gesehen, und ich finde, es spricht nichts dagegen, wenn er jetzt noch einmal Abschied von ihm nimmt.«

Sie alle saßen um den Esstisch versammelt. Inga hatte sie um dieses Gespräch gebeten. Nur die Zwillinge, die noch zu klein dafür waren, hatte Karin nach dem Essen mit in die Küche genommen. Bertil hatte das ausgenutzt und sich diesmal nicht auf seinen Platz neben Anne-Lis gesetzt, sondern ihr gegenüber auf Fridas Platz.

Anne-Lis war klar, dass er sich ganz bewusst nicht neben sie gesetzt hatte, aber den anderen schien es nicht aufzufallen. Immer wieder suchte sie seinen Blick, aber er ignorierte sie vollkommen. Er war wütend und wahrscheinlich auch sehr verletzt. Anne-Lis verstand das nur zu gut, aber es blieben immer noch Zweifel in ihr. Es musste doch einen Grund für Hedvigs Stimmungsschwankungen geben, und sie hatte immer wieder das Bild vor Augen, wie ihre Schwester hilflos auf dem Boden gelegen hatte.

»Anne-Lis!«

Sie schreckte hoch und sah, dass alle Augen, bis auf Bertils, auf sie gerichtet waren. Offensichtlich hatte ihre Mutter sie angesprochen, und sie hatte es nicht bemerkt.

»Kommst du mit?«, wollte Inga wissen.

Anne-Lis fragte sich, ob sie ihren Vater tot sehen wollte, und wusste im gleichen Moment auch schon, dass es ihr wichtig war, endgültig von ihm Abschied zu nehmen. »Ich komme mit«, sagte sie entschieden.

»Und ich auch?« Offenbar wollte Emil sich vergewissern, dass das, was Bertil eben gesagt hatte, auch akzeptiert wurde.

Bertil nickte ihm zu. »Ja, du auch.« Diesmal streifte sein Blick kurz Anne-Lis' Gesicht, dann sah er wieder an ihr vorbei.

Anne-Lis fiel auf, dass niemand Karin gefragt hatte, ob sie mitkommen wollte. Für alle schien es selbstverständlich zu sein, dass sie zu Hause blieb und auf die Zwillinge aufpasste. »Vielleicht möchte Karin auch mit«, sagte sie vorsichtig, aber Inga schüttelte sofort den Kopf.

»Das ist eine Sache, die ausschließlich die Familie betrifft.«

Anne-Lis war froh, dass Karin das nicht gehört hatte.

Sie verabschiedeten sich rasch von ihr, den Zwillingen und Gunilla und machten sich auf den Weg zum Friedhof.

Anne-Lis hatte die schlimme Vorstellung eines Kühlfachs gehabt, aus dem eine nackte Leiche herausgezogen und ihnen präsentiert wurde. Wie in einem Kriminalfilm.

Doch Fredrik lag aufgebahrt in dem Sarg, in dem er am nächsten Tag nach Östhammar gebracht werden sollte. Er trug seinen besten Anzug, und sein Gesicht wirkte sanft und erlöst.

Anne-Lis spürte die Tränen, die über ihre Wangen liefen, und war gleichzeitig erleichtert. Ihr Vater sah so friedlich aus. Sie hätte es nicht ertragen, wenn in seinem Gesicht die Spuren eines langen und schweren Todeskampfes zu sehen gewesen wären.

»Er sieht aus, als würde er schlafen«, sagte Hedvig und schluchzte auf.

Emil war ganz nah an den Sarg herangetreten und strich liebevoll mit einem Finger über die Hand seines Großvaters. »Ich kann nichts dafür, Opa«, sagte er leise. »Die anderen erlauben nicht, dass du so beerdigt wirst, wie du es wolltest.«

»Emil!« Hedvig zitterte vor Wut. »Wenn ich gewusst hätte, dass du hier schon wieder mit diesem Unsinn anfängst, wärst du daheim geblieben!.«

»Streitet euch bitte nicht an seinem Sarg«, bat Inga mit gequälter Miene, aber selbst hier und jetzt vergoss sie keine Träne.

Die Zwillinge waren bei einer Freundin, als sie nach Hause kamen. Karin war allein im Wohnzimmer. Sie sah elend aus, und ihr Gesicht war gerötet, als hätte sie geweint. Anne-Lis gesellte sich zu ihr.

»Danke«, sagte Karin leise.

Überrascht schaute Anne-Lis sie an. Sie hatte keine Ahnung, wofür Karin sich bedankte.

»Ich habe gehört, was du zu deiner Mutter gesagt hast.«

Dann hatte sie wahrscheinlich auch die Antwort ihrer Mutter gehört. Kein Wunder, dass sie geweint hatte. Ingas Aussage, Karin gehöre nicht zur Familie, war herzlos gewesen.

»Sollen wir beide noch einmal zusammen zu Papa gehen?«, bot sie ihr an.

Karin schüttelte den Kopf. »Sei mir nicht böse, Anne-Lis, aber ich werde alleine zu ihm gehen und von ihm Abschied nehmen.«

Anne-Lis nahm sie in den Arm. »Es tut mir leid«, sagte sie. »Mama hat das bestimmt nicht so gemeint.«

»Manchmal ist es gut zu wissen, wo der eigene Platz ist«, sagte Karin. »Das macht es einem leichter, längst überfällige Entscheidungen zu treffen.«

Anne-Lis hätte sie gerne gefragt, wie sie das meinte, aber in diesem Moment kamen Hedvig und Inga herein. Kurz darauf folgten auch Bertil und Emil.

Emil stellte sich mitten in den Raum, stampfte mit dem Fuß auf und erklärte: »Von mir aus könnt ihr mich verprügeln oder mir lebenslang Hausarrest geben, aber ich will, dass Opa ...«

»Emil – es – reicht!« Hedvig betonte jedes Wort. Sie trat drohend auf ihren Sohn zu. »Ich will nie wieder etwas von dieser bescheuerten Idee mit der Rakete hören!«

Emil schaute seine Mutter mit blitzenden Augen an. »Und ich werde nie damit aufhören, egal, was du sagst!«

»Und wenn du uns noch so lange auf die Nerven gehst, Emil, die Asche kommt nicht in eine Rakete. Niemals!«

»Warum eigentlich nicht?«

Alle schauten Bertil an. Er fühlte sich ganz offensichtlich nicht wohl in seiner Haut, sprach aber unbeirrt weiter. »Als wir eben bei Fredrik waren, habe ich über die letzten Tage nachgedacht. Wir alle wissen, wie Fredrik war, und wir alle kennen Emil. Ich glaube, dass er die Wahrheit sagt und dass er seinem Opa dieses Versprechen wirklich gegeben hat. Wenn wir schon eine leere Urne beerdigen, ist es doch völlig egal, ob wir die Asche im Garten verstreuen oder ob wir sie mit einer Rakete in den Himmel schießen!«

Alle starrten ihn an. Anne-Lis wäre ihm am liebsten um den Hals gefallen, aber da stand immer noch die Frage von heute Morgen zwischen ihnen.

Emil schien seinen Adoptivvater auf einmal mit ganz anderen Augen zu sehen. Zuerst lag auf seinem Gesicht die gleiche Fassungslosigkeit wie bei den anderen, dann begann er zu strahlen.

»Das ist völlig indiskutabel!«, sagte Inga steif und ging hinaus.

Hedvig hatte bisher noch kein Wort gesagt. In ihrer Stimme lag unterdrückte Wut, als sie Emil befahl, sofort nach oben zu gehen. Der Junge gehorchte auf der Stelle.

»Und jetzt zu dir«, sagte Hedvig zu Bertil, der ängstlich zurückwich.

In diesem Moment wurde Anne-Lis klar, wie unrecht sie Bertil getan hatte. Eine Frau, die von ihrem Mann geschlagen wurde, hatte Angst. Hedvig aber hatte keine Angst vor Bertil. Sie überschüttete ihn mit Vorwürfen, und ihre Stimme wurde immer lauter. Bertil ließ ihr Geschrei stumm über sich ergehen und hatte ihr nichts entgegenzusetzen.

Die vielen Lichter auf den Gräbern zauberten eine magische Stimmung auf den Skogskyrkogården.

Warum sie schon wieder hierhergekommen war, wusste Anne-Lis selbst nicht so genau. Sie hatte es im Haus nicht mehr ausgehalten. Die ohnehin schon angespannte Stimmung hatte sich in der letzten Stunde in Aggressionen entladen. Und dann war es unerträglich still geworden, weil jeder sich in einen Winkel zurückgezogen hatte. Als Anne-Lis nach Emil sehen wollte, hatte er sich in seinem Zimmer eingeschlossen und die Tür auch nicht geöffnet, als sie seinen Namen rief.

Anne-Lis hatte keine Angst im Dunkeln ganz allein auf dem Friedhof. Sie stand im Schatten eines Baumes und ließ die Stille auf sich wirken, als sie bemerkte, dass sie nicht allein war.

Das Gesicht des Mannes, der sich ihr langsam näherte, konnte sie im Dunkeln nicht sehen, aber sein Gang und seine Haltung waren unverkennbar. Diesmal verließ er den Friedhof nicht, sondern schien gerade erst gekommen zu sein. Er ging an ihr vorbei, ohne den Kopf nach links zu wenden. Anne-Lis war sich sicher, dass er sie nicht bemerkt hatte.

Es konnte ihr völlig egal sein, was er hier zu suchen hatte. Sie wollte nichts mit ihm zu tun haben, doch die Neugier überwog.

Anne-Lis vermied die kiesbestreuten Wege, damit er sie nicht hörte, und lief stattdessen über die Grasflächen am Wegesrand. Immer wieder hielt sie inne, und einmal duckte sie sich hinter einen Grabstein, weil er sich umdrehte. Hatte er bemerkt, dass er verfolgt wurde?

Birger ging weiter, und Anne-Lis ließ ihm diesmal etwas Vorsprung. Als er endlich vor einem Grab stehen blieb, versteckte sie sich hinter einer Baumgruppe. Er zündete ein Grablicht an, das er mitgebracht hatte, und stellte es auf den Boden. Eine ganze Weile blieb er mit gesenktem Kopf und gefalteten Händen stehen, als hielte er stumme Zwiesprache.

Anne-Lis verhielt sich mucksmäuschenstill, bis er sich endlich zum Gehen wandte. Sie wartete noch einen Moment, wagte sich dann aus ihrem Versteck und näherte sich dem Grab. Ganz nah trat sie heran, aber in der Dunkelheit konnte sie die Inschrift auf dem Grabstein nicht entziffern.

Sie nahm das Licht in die Hand, das Birger gerade angezündet hatte, und trat damit an den Stein, als sie hinter sich seine Stimme vernahm.

»Er heißt Jonas Åkerlindh und hat nur wenige Stunden gelebt.«

Das Grablicht fiel ihr vor Schreck aus der Hand und erlosch, als es auf den Boden fiel.

Langsam drehte sie sich um. Das war so peinlich. Sie spürte, wie ihre Wangen hochrot anliefen, und es war kein Trost für sie, dass er das in der Dunkelheit nicht sehen konnte.

»Ich wollte nicht ... Ich meine ...«, stammelte sie. »Warum ...« Sie brach ab, wusste nicht, was sie sagen sollte.

»Ich habe gehört, dass mir jemand gefolgt ist«, sagte er.

Also doch! Warum hatte sie ihm nur nachspionieren müssen?

»Ich war neugierig«, gab sie ehrlich zu. »Ich dachte, Svea ...« Wieder brach sie ab, als ihr bewusst wurde, was sie da beinahe gesagt hätte.

»Svea erfreut sich bester Gesundheit«, sagte er mit ausdrucksloser Stimme und wies auf das Grab. »Das ist unser Sohn. Er wäre heute so alt wie Emil.«

»Emil erinnert dich an deinen Sohn«, flüsterte sie. Sie sprach mehr zu sich selbst als mit ihm.

»Emil erinnert mich daran, wie Jonas sein könnte«, sagte Birger.

Anne-Lis holte tief Luft. »Es tut mir leid«, sagte sie.

Er grinste wieder. »Was? Dass du mir hinterhergeschnüffelt hast?«

»Es tut mir leid, dass dein Sohn gestorben ist«, sagte sie ernst und stellte überrascht fest, dass sie sich diesmal weder über sein Grinsen noch über seinen ironischen Tonfall ärgerte.

Das Grinsen verschwand aus seinem Gesicht. Er schaute sie unverwandt an, als versuche er in ihrem Gesicht zu lesen. »Und mir tut es leid, dass dein Vater gestorben ist«, sagte er. »Fredrik war ein guter Mensch.«

»Das hat dich nicht davon abgehalten, auch ihn zu verlassen«, sagte sie und spürte wieder die alte Bitterkeit.

»Es wäre für uns alle keine günstige Konstellation gewesen, wenn ich in der Firma deines Vaters geblieben wäre«, sagte er.

Sie wollte nicht darüber nachdenken. Sie wollte auch nicht, dass sich etwas an ihren Gefühlen ihm gegenüber änderte. Vor allem wollte sie kein Mitleid für ihn empfinden und konnte es doch nicht verhindern, nachdem sie vom Tod seines Sohnes wusste. Von einer Sekunde zur nächsten erschien alles in einem anderen Licht, und doch hatte sich eigentlich nichts geändert. Was er ihr angetan hatte, ließ sich durch nichts auf der Welt ungeschehen machen.

Sie bückte sich und hob das Grablicht auf, damit er es erneut anzünden konnte.

»Ich muss jetzt gehen«, sagte sie dann und entfernte sich.

Nach ein paar Schritten war er plötzlich neben ihr. »Du

solltest hier nicht im Dunkeln alleine herumlaufen«, sagte er. »Ich bringe dich nach Hause.«

Anne-Lis blieb stehen. »Ich brauche keinen Geleitschutz«, sagte sie scharf. »Ich komme sehr gut alleine klar.«

Sie hörte ihn leise lachen. »Habe ich den Mitleidsbonus von eben verspielt? Oder warum fährst du jetzt wieder deine Krallen aus?«

»Das mit deinem Sohn tut mir wirklich leid«, erwiderte sie, »aber es ändert nichts zwischen uns.«

»Natürlich nicht«, sagte er überraschend friedfertig.

Oder schwang da doch ein Hauch Ironie in seiner Stimme mit? Anne-Lis war sich nicht sicher, und es war zu dunkel, um etwas in seinem Gesicht zu lesen.

»Darf ich dich trotzdem begleiten? Wir haben schließlich denselben Weg. Oder muss ich ein paar Schritte hinter dir gehen?«

Diesmal machte er sich zweifellos über sie lustig. Anne-Lis sagte nichts mehr, sondern ging einfach weiter. Er blieb neben ihr, sagte aber ebenfalls kein Wort.

Anne-Lis dachte fieberhaft nach. Tausend Fragen gingen ihr durch den Kopf. Vor allem eine Frage ließ sie nicht mehr los und platzte schließlich aus ihr heraus, ohne dass sie es wollte: »Was ist mit Svea?«

»Sie ist in Göteborg«, antwortete Birger. Mehr sagte er nicht, als würde das alles erklären, und eigentlich war es auch so. Es konnte ihr egal sein, wo seine Frau war und warum sie nicht mit ihm zusammenlebte.

Vielleicht war er auch nur vorübergehend hier, um alles in Ordnung zu bringen. Möglicherweise wollte er das Haus verkaufen, nachdem es so viele Jahre leer gestanden hatte.

Nein, sie würde keine weiteren Fragen stellen, aber

das musste sie auch nicht. Plötzlich sprach er ganz von selbst.

»Svea wollte keine Kinder«, sagte er. »Es war schwierig, als sie schwanger wurde, und es wurde noch problematischer zwischen uns, als Jonas gestorben war.«

Automatisch blieb Anne-Lis stehen und sah ihn erwartungsvoll an, aber Birger wollte offensichtlich nicht weiter über seine Ehe und Svea reden.

»Ich könnte verstehen, wenn du denkst, dass ich meine Eheprobleme verdient habe«, sagte er.

Anne-Lis schüttelte den Kopf. »Das denke ich nicht«, erwiderte sie und wunderte sich selbst, dass sie nicht die geringste Spur von Schadenfreude empfand. Hatte er das nicht verdient, nachdem er sie wegen Svea verlassen hatte? Immerhin war ihre Hochzeit nicht nur geplant gewesen, sondern auch schon alle Einladungen verschickt.

Sie kannte Birger seit Kindertagen. Er war der freche Nachbarsjunge gewesen, der sie in der Schulzeit geärgert und in den sie sich als Teenager verliebt hatte. Sie waren ein richtiges Traumpaar gewesen – hatte sie zumindest geglaubt!

Alles schien so perfekt zu sein. Birger hatte nach dem Studium in der Firma ihres Vaters angefangen und war zum leitenden Konstrukteur aufgestiegen. Sie wollten heiraten und in ein kleines Haus ganz in der Nähe ziehen.

Doch dann kam Svea. Sie war hübsch, frech und ziemlich leichtsinnig. Fredrik hatte sie als Empfangsdame eingestellt, und niemand hatte sich etwas dabei gedacht. Bis Anne-Lis eines Abends zur Firma ging, um Birger zu überraschen.

Und sie überraschte ihn tatsächlich – zusammen mit Svea in seinem Büro. Seit sie Folke vor ein paar Tagen mit Carina

Sandström erwischt hatte, hatte sie die Szene wieder deutlich vor Augen. Der gleiche Schmerz und die gleiche bittere Erkenntnis, dass es ihr offensichtlich nicht vergönnt war, dauerhaftes Glück zu finden.

»Woran denkst du?«, wollte Birger wissen und riss sie aus ihren Gedanken.

An vieles, aber das geht dich nichts an, dachte sie und schüttelte den Kopf. Langsam ging sie weiter und war froh, als sie ihr Elternhaus sah. Nur noch ein paar Schritte, dann wäre sie ihn los.

»Anne-Lis, du musst mir eines glauben«, sagte er. Er ging jetzt ganz dicht neben ihr, und sie spürte, wie er sie ansah. »Ich wollte dich nie verletzen.«

Anne-Lis lachte bitter auf. »Diese Einsicht kommt ein bisschen spät. Zwölf Jahre zu spät, um genau zu sein. Und ob du es wolltest oder nicht, du weißt genau, wie sehr du mich damals verletzt hast.«

»Aber ich …«

»Es ist vorbei«, sagte sie ganz ruhig. »Ich will nicht mehr darüber reden.« Sie hatten ihr Elternhaus inzwischen erreicht. »Gute Nacht, Birger!«

Sie ließ ihn einfach stehen und ging zum Haus. Sie glaubte, seine Blicke in ihrem Rücken zu spüren, doch als sie sich umwandte, war er bereits weitergegangen.

Erst als Anne-Lis das Haus fast erreicht hatte, registrierte sie das pinkfarbene Damenrad, das neben der Haustür lehnte. In einem Korb am Lenkrad lagen Unterwäsche, ein Handtuch und ein Föhn. Bevor Anne-Lis sich groß darüber wundern konnte, wurde die Haustür aufgerissen.

Hedvig torkelte nach draußen, das Gesicht aufgedunsen, in der Hand eine Flasche Rum. Ein penetranter Alkoholgeruch ging von ihr aus. Bertil folgte ihr und bemühte sich vergeblich, sie aufzuhalten.

Hedvig drehte sich zu ihm um, schien aber so betrunken zu sein, dass diese Bewegung sie bereits ins Taumeln brachte. »Fadamma Scheißgerl«, lallte sie. »Binnich bsoffe, du … du …«

Erst jetzt schien sie Anne-Lis zu bemerken und trat auf sie zu. »Undu? Spionierschmirnach? Midemda?« Ihre Arme schlackerten hin und her, sie schaffte es kaum, auf Bertil zu zeigen, und drohte jeden Moment umzukippen. Sie rülpste laut und blies Anne-Lis eine schnapsgeschwängerte Atemwolke ins Gesicht.

Anne-Lis wurde übel. Es lag nicht nur am Geruch, das Verhalten ihrer Schwester und die Erkenntnis, was mit ihr los war, verursachten ihr Übelkeit.

»Gemausmweg!«, zischte Hedvig sie an. »Willweg.«

»Hedvig, jetzt sei doch vernünftig«, bat Bertil hilflos, traute sich aber nicht näher an sie heran, weil sie drohend den Arm hob, in dem sie die Rumflasche hielt.

In ihrer momentanen Verfassung traute Anne-Lis es ihrer Schwester zu, tatsächlich zuzuschlagen. Auch sie wich einen Schritt zurück, als Hedvig auf sie zutorkelte.

Doch offensichtlich wollte Hedvig mit der erhobenen Flasche nicht zuschlagen, sondern setzte sie an den Mund. Erst jetzt bemerkte sie, dass sie verschlossen war.

»Scheißding«, murmelte sie und wollte den Verschluss aufschrauben, aber selbst dazu war sie zu betrunken. »Ebennich!« Sie machte einen Riesenbogen, um zum Fahrrad zu gelangen, legte die Flasche in den Korb zu den anderen Sachen und griff nach dem Lenker.

»Sie will doch nicht mit dem Fahrrad fahren!« Anne-Lis schaute Bertil erschrocken an.

»Sie kann uns alle nicht mehr ertragen und will nach Spanien fahren, um da Urlaub zu machen.«

»Mit dem Fahrrad?«

Bertil nickte.

»Wir können sie in diesem Zustand nicht mit dem Fahrrad fahren lassen!«, rief Anne-Lis erregt aus, und das schien sogar in Hedvigs Bewusstsein zu dringen.

»Lassmichinruh!«, schrie sie, als Anne-Lis einen Schritt auf sie zumachte. »Nodersohaisalleseeehscheiß!«

Hedvigs Worte waren nicht zu verstehen, aber der Griff nach dem Flaschenhals und die Drohung, die in ihrer Stimme lag, waren unmissverständlich.

Hedvig schien sich etwas zu beruhigen, als Anne-Lis und auch Bertil langsam zurückwichen, aber offensichtlich war sie immer noch fest entschlossen, mit dem Fahrrad nach Spanien zu fahren.

Sie schob das Rad vor sich her, und obwohl sie Probleme hatte, es festzuhalten, schwang sie sich auf den Sattel. Durch ihren eigenen Schwung schoss das Fahrrad im Zickzack nach vorn – und dann kippte es um. Hedvig blieb liegen und rührte sich nicht mehr.

Anne-Lis und Bertil liefen zu ihr.

»Nurfüffminudnausruhn«, murmelte Hedvig, und dann schlief sie tatsächlich ein. Mitten auf der Auffahrt, unter ihrem Fahrrad. Ihre Unterwäsche und das Handtuch lagen auf dem Boden, ebenso der Föhn. Die Rumflasche war zerbrochen, und um Hedvig herum breitete sich langsam eine Alkoholpfütze aus.

Anne-Lis hob das Fahrrad auf und schob es zur Seite. Gemeinsam mit Bertil versuchte sie, Hedvig hochzuheben, aber sie schafften es nicht.

Dann war plötzlich Birger da. Er fragte nicht lange, sondern packte mit an. Mit vereinten Kräften schafften die beiden Männer Hedvig ins Haus, während Anne-Lis ihre Sachen und die Scherben der Flasche einsammelte. Sie packte alles in den Fahrradkorb und ließ das Rad einfach stehen.

Als sie nach oben kam, verabschiedete Bertil sich gerade von Birger. Dabei versuchte er, das Verhalten seiner Frau zu erklären. Es war ihm sichtlich peinlich.

Birger winkte ab. »Du musst mir nichts erklären, ich weiß Bescheid«, sagte er und überraschte damit nicht nur den völlig verblüfft dreinschauenden Bertil, sondern auch Anne-Lis.

Birger nickte Anne-Lis kurz zu, als er an ihr vorbei zur Treppe ging.

»Woher weiß er das?«, flüsterte Bertil.

»Wahrscheinlich von Emil.« Es war sicher unsinnig, aber Anne-Lis fühlte sich verletzt, weil ihr Neffe Birger mehr zu vertrauen schien als ihr. Warum hatte der Junge ihr nichts gesagt? Warum hatte ihr überhaupt niemand etwas gesagt?

»Seit wann geht das schon so?«, fragte Anne-Lis.

Bertil zuckte müde mit den Schultern.

Zum Glück hatte keiner im Haus etwas mitbekommen. Jedenfalls ließ sich niemand blicken, und das war Anne-Lis sehr recht. So konnte sie in Ruhe mit Bertil reden.

Sie waren zusammen ins Wohnzimmer gegangen. Bis auf das spärliche Licht einer Stehlampe und das Feuer im Kamin war alles dunkel. Ein Raum voller Schatten und Geheimnisse, die jetzt hoffentlich gelüftet wurden.

Anne-Lis setzte sich in einen Sessel, während Bertil offensichtlich noch zu aufgeregt war, um sich hinzusetzen. Unruhig lief er hin und her.

»Ich möchte mich noch einmal bei dir entschuldigen«, sagte Anne-Lis. »Ich hätte wissen müssen, dass du Hedvig nicht schlägst. Aber ich konnte mir diese komische Situation letzte Nacht nicht erklären. Überhaupt ihr seltsames Verhalten …« Sie brach ab.

»Schon gut.« Bertil kam näher und nahm ihr gegenüber auf dem Sofa Platz. »Ich bin dir nicht böse«, versicherte er. »Vielleicht hätten wir dir schon längst sagen sollen, was hier los ist. Es war ja nicht nur die Krankheit deines Vaters, auch Hedvig ist krank.«

Er bedeckte sein Gesicht mit beiden Händen, schien eine Pause zu brauchen, um sich zu sammeln, bevor er weitersprach. »Ich gebe zu, es fällt mir oft schwer, Hedvigs Trinkerei als Krankheit zu sehen. Wann genau das angefangen hat, weiß niemand von uns, wahrscheinlich nicht einmal sie selbst. In letzter Zeit hat Fredriks Krankheit uns alle sehr beansprucht, und bei ihr hat die Sorge um ihn wahrscheinlich dazu geführt, dass sie noch mehr trank als in den Jahren zuvor.«

Wieder hielt er kurz inne. Anne-Lis hatte den Eindruck, dass er sich sammeln musste und es ihm schwerfiel, diese schwierige Zeit Revue passieren zu lassen.

»Ich glaube, Hedvig ist sehr unzufrieden«, fuhr er schließlich fort. »Mit ihrem Leben, mit ihrem Alltag … und vor allem mit mir.« Er senkte den Kopf und starrte auf seine ineinander verschlungenen Finger.

Dann hob er plötzlich den Kopf und schaute Anne-Lis direkt ins Gesicht. »Ich werde Hedvig verlassen.«

Anne-Lis war erschrocken und konnte ihn gleichzeitig verstehen.

»Ich liebe sie«, sagte er. »Ich werde sie wahrscheinlich immer lieben, aber das Zusammenleben mit einem Menschen, der deine Gefühle nicht erwidert und dir das auch deutlich zeigt, wird irgendwann zur Qual.«

»Bist du sicher, dass sie dich nicht liebt?«, wandte Anne-Lis ein. »Vielleicht kommt es dir auch nur so vor, weil sie es nicht zeigt. Durch den ganzen Alkohol ist sie nicht mehr sie selbst.«

Bertil schüttelte den Kopf. »Das Problem sitzt viel tiefer. Ich kann ihr nichts recht machen. Nicht hier, und nicht in der Firma. Außerdem bin ich mit diesem Leben selbst nicht glücklich. Ich kann nicht mehr mit einer Frau zusammenleben, die mir täglich ihre Verachtung zeigt. Und ich kann nicht mehr in einem Job ausharren, der mich noch nie erfüllt hat. Ich werde also nicht nur Hedvig verlassen, sondern auch die Firma.«

Anne-Lis lehnte sich zurück, erschlagen von dem, was Bertil ihr anvertraut hatte.

»Es hat gutgetan, sich einmal alles von der Seele zu reden.« Bertil lächelte sie dankbar an. »Auch wenn es mir leidtut, dass ich dich jetzt damit belastet habe.«

»Schon gut«, sagte sie. »Ich wollte ja wissen, was los ist.«

»Und, bist du jetzt froh, dass du es weißt?« Fragend schaute er sie an.

»Keine Ahnung«, gab Anne-Lis ehrlich zu. Sie konnte noch nicht einordnen, ob das Wissen um die Alkoholkrankheit ihrer Schwester und Bertils Absicht, sich aus der Familie und der Firma zurückzuziehen, nicht noch bedrückender war als die Ungewissheit.

»Dieses Gespräch bleibt unter uns.« Bittend schaute er sie an. »Also zumindest, was meine Pläne betrifft. Über Hedvigs Trinkerei wissen alle Bescheid.«

Alle wussten Bescheid, nur Anne-Lis hatte keine Ahnung gehabt. Sie war enttäuscht, weil die Familie dieses Geheimnis vor ihr verborgen hatte, und fühlte sich gleichzeitig schuldig, weil sie sich in den vergangenen Jahren so wenig gekümmert hatte. Sie hatte sich so sehr von ihrer Familie entfernt, dass sie keine Ahnung hatte, wie das tägliche Leben im Hause Dahlander aussah.

Sie versprach Bertil, nichts zu verraten, und dann saßen sie sich eine Weile schweigend gegenüber. Es gab nichts mehr zu sagen.

Ein Geräusch vor der Tür ließ sie zusammenfahren. Bertil sprang auf und riss die Tür weit auf. Niemand war zu sehen.

»Wahrscheinlich war es einer der brennenden Holzscheite.« Anne-Lis wies auf den Kamin.

Bertil gab sich damit zufrieden. »Wir sollten schlafen gehen«, sagte er leise. »Gute Nacht, Anne-Lis!«

»Gute Nacht«, erwiderte sie und wusste, dass es keine gute Nacht war. Nicht für sie, nicht für Bertil – für niemanden in diesem Haus!

Lieber Opa!

Mama hat es wieder getan, und jetzt weiß auch Anne-Lis Bescheid.

Vielleicht ist es ja gut, dass sie es weiß. Ich habe ihr nichts verraten, weil du immer gesagt hast, Anne-Lis hätte so viel Kummer gehabt, dass es für ein ganzes Leben reicht, und wir dürften ihr nicht noch mehr Kummer machen.

Ich verstehe schon, warum du und Oma ihr nichts gesagt habt. Sie ist für euch die Kleine, und Mama ist die Große. So ist es bei uns ja auch. Ich bin der Große und weiß viel mehr als die Zwillinge, aber das ist nicht immer schön. Manchmal wünschte ich mir, ich wäre so sorglos wie die Kleinen. Die kapieren das mit Mama gar nicht, und dass du tot bist und nie wiederkommst, verstehen sie auch nicht.

Mama und Bertil hatten heute einen schlimmen Streit. Viel schlimmer als sonst. Mama hat nämlich heute noch mehr getrunken als sonst, und dabei hat sie mir heute Morgen noch versprochen, dass sie nie, nie, nie mehr etwas trinken würde. Natürlich wusste ich, dass sie ihr Versprechen auch diesmal nicht hält. Es ist also ziemlich dumm von mir, dass ich deshalb trotzdem traurig bin.

Bertil hat Anne-Lis eben alles erzählt. Ich stand vor der Tür vom Wohnzimmer und habe heimlich gelauscht. Ich weiß, das gehört sich nicht, aber ich muss doch wissen, was Bertil Anne-Lis erzählt, damit ich weiß, was ich sagen darf und was nicht.

Und dann habe ich was ganz Schlimmes gehört: Bertil geht weg von uns!

Eigentlich ist Bertil ja nicht mein Vater, sondern nur der von Frida und Kerstin. Und eigentlich war mir auch immer egal, ob er da ist oder nicht. Jedenfalls habe ich das geglaubt. Aber jetzt bin ich ganz traurig, weil er uns verlassen will, und ich habe Angst, dass dann alles noch viel schlimmer wird.

Opa, ich weiß nicht, was ich tun soll. Ich glaube, ich kann heute Nacht überhaupt nicht schlafen.

Ich hab dich lieb!

Dein Emil

— 12 —

Ich bin froh, dass du jetzt Bescheid weißt«, sagte Emil leise, als Anne-Lis ihm am nächsten Morgen auf dem Flur begegnete. Dem Jungen war anzusehen, dass er am vergangenen Abend mehr mitbekommen hatte, als gut für ihn war.

Anne-Lis war gerade auf dem Weg ins Bad und hatte noch keinen Blick in den Spiegel geworfen. Aber sie wusste auch so, dass die Ereignisse der letzten Nacht auch auf ihrem Gesicht deutliche Spuren hinterlassen hatten.

Warum hast du dich mir nicht anvertraut?, hätte sie Emil gerne gefragt. Aber sie stellte diese Frage nicht, und sie fragte auch nicht, wieso Birger Bescheid wusste.

»Du kannst immer zu mir kommen, Emil, wenn dich etwas bedrückt«, sagte sie stattdessen.

»Ja, ich weiß.« Er nickte, schaute sie aber nicht an.

Anne-Lis spürte, dass ihn noch etwas quälte. »Emil, was ist los?«

»Ich war gestern unten, als du mit Bertil gesprochen hast.«

Anne-Lis fiel nicht zum ersten Mal auf, dass Emil seinen Adoptivvater beim Vornamen nannte.

»Du warst das.« Sie erinnerte sich an das Geräusch hinter der Tür.

»Ich habe alles gehört«, sagte Emil. »Bertil will weggehen.«

»Und, wäre das schlimm für dich?« Anne-Lis hätte gerne gewusst, wie Emil zu Bertil stand.

»Er war immer da«, sagte Emil und gab dann zu: »Ja, ich würde ihn vermissen.«

»Ich bin sicher, dass er sich weiter um euch Kinder kümmern wird«, sagte Anne-Lis.

»Um die Zwillinge«, erwiderte Emil. »Er ist ihr Vater.«

»Er ist auch dein Vater. Nicht dein biologischer, aber er hat dich großgezogen. Ich bin ganz sicher, dass er dich genauso lieb hat wie deine Schwestern.«

Emil sagte nichts mehr, aber sein Blick blieb skeptisch.

Anne-Lis wollte ihn gerade fragen, seit wann Birger von Hedvigs Problem wusste, als ihre Schwester dazukam.

»Morgen«, knurrte Hedvig und ging an ihnen vorbei nach unten.

»Guten Morgen«, erwiderte Anne-Lis, war sich aber nicht sicher, ob ihre Schwester das überhaupt mitbekam.

Die halbe Nacht hatte sie die Frage gequält, wie das erste Zusammentreffen mit ihrer Schwester sein würde, jetzt, da sie Bescheid wusste. Sie hatte damit gerechnet, dass Hedvig verlegen wäre, dass sie selbst vor Befangenheit nicht wüsste, was sie sagen sollte. Sollte sie ihre Schwester auf das Thema ansprechen, oder wäre es besser, sie anfangen zu lassen?

Hedvig war nicht verlegen, und sie hatte ganz offensichtlich nicht die Absicht, mit ihr zu reden. Sie war einfach nur schlecht gelaunt, ihre Hände zitterten wieder, und wenn sie sich überhaupt an den Vorfall der vergangenen Nacht erinnerte, dann war er ihr offenbar völlig egal.

Vor allem Bertil hatte heute Morgen unter der miesen Stimmung seiner Frau zu leiden. Es war das erste Mal, seit Anne-Lis zu Hause war, dass er wochentags mit am Frühstückstisch saß.

»Wieso steht das Fahrrad noch da draußen?«, fuhr Hedvig ihren Mann an.

Anne-Lis verschluckte sich an ihrem Kaffee und musste husten. Hedvig warf ihr nur einen kurzen Blick zu. Herausfordernd, ohne die geringste Spur von Verlegenheit. Es war eine unausgesprochene Drohung, jetzt nur nichts zu sagen.

Anne-Lis öffnete trotzdem den Mund, aber dann spürte sie, wie Bertil sie unter dem Tisch leicht mit dem Fuß anstieß. Als sie ihn anschaute, schüttelte er kaum merklich den Kopf. Also schwieg sie, wenn auch widerstrebend.

Inga sah sehr blass aus an diesem Morgen. Anne-Lis vermutete, dass auch ihre Mutter etwas von den Vorgängen der letzten Nacht mitbekommen hatte, aber Inga schien etwas anderes zu beschäftigen.

»Die Einäscherung findet am Freitag statt«, sagte sie. »Vorher gibt es eine kleine Zeremonie. Ich fände es schön, wenn wir alle zusammen nach Östhammar fahren könnten.«

Sie planten die Fahrt, und auch diesmal wurde bestimmt, dass Karin mit den Zwillingen und Gunilla zu Hause bleiben sollte.

Anne-Lis gefiel das gar nicht, aber Karins Miene war nicht anzusehen, wie sie darüber dachte. Sie nickte und nahm die Entscheidung schweigend hin, zog sich aber zurück, sobald das Frühstück auf dem Tisch stand.

Die Stimmung am Frühstückstisch blieb angespannt. Bertil kaute lustlos auf einem Brot herum, das er schließlich zur Hälfte auf dem Teller liegen ließ. »Ich muss in die Firma«, murmelte er beim Aufstehen.

Hedvig beachtete ihn überhaupt nicht mehr. Sie aß nichts, trank dafür eine Tasse Kaffee nach der anderen. Das Zittern ihrer Hände wurde immer stärker.

Auch wenn Anne-Lis es nicht wollte, sie konnte nicht anders, als auf die Hände ihrer Schwester zu sehen, bis Hedvig sie anblaffte: »Kannst du endlich aufhören, mich anzustarren? Du machst mich ganz nervös!«

Emils Augen flehten sie an. *Keinen Streit, bitte keinen Streit!*, schien er sagen zu wollen.

Anne-Lis verkniff sich einen Kommentar und wandte den Blick ab.

Der Vormittag verging wie im Flug – dank Britta Åberg und der Fortsetzung zu *Das Hotel am Siljansee*. Inga hatte Anne-Lis den Roman in die Hand gedrückt und gemeint, sie könne sicher ein bisschen Ablenkung gebrauchen. Nach den ganzen Ereignissen hatte Anne-Lis keine Lust zum Lesen gehabt, dennoch hatte sie die erste Seite aufgeschlagen, die ersten Zeilen gelesen und war einmal mehr überrascht, wie sehr die Geschichte sie gefangen nahm. Gelegentlich blickte sie auf und sah geistesabwesend aus dem Fenster, um gleich darauf wieder in den Roman einzutauchen.

Gegen Mittag sah sie zufällig, wie Emil im Nachbarhaus verschwand. Er hatte seinen Schulranzen noch auf dem Rücken und sah sich mehrfach um, als hätte er Angst, erwischt zu werden.

Obwohl Anne-Lis immer wieder aus dem Fenster schaute, sah sie nicht, wann er nach Hause kam. Aber irgendwann musste er Birgers Haus wieder verlassen haben, denn zum Mittagessen saß er am Tisch, und niemandem schien aufgefallen zu sein, dass er nicht gleich nach der Schule nach Hause gekommen war.

Hedvig schien wie ausgewechselt, aber ihre gute Laune war

aufgesetzt, und der Glanz ihrer Augen verriet, womit sie ihre Stimmung aufgelockert hatte. Jetzt, wo Anne-Lis Bescheid wusste, hätte sie eine schlecht gelaunte, aber nüchterne Hedvig bevorzugt.

Hedvigs Laune schlug um, als Bertil nach Hause kam, sich an den Tisch setzte und verkündete: »Anders Sjölin hört Ende des Jahres auf. Er hat ein Angebot aus New York bekommen und möchte das unbedingt annehmen.«

»Wer ist Anders Sjölin?«, fragte Anne-Lis.

Hedvig übernahm die Antwort für Bertil. »Unser Chefkonstrukteur, der wichtigste Mann in der ganzen Firma«, sagte sie und starrte Bertil dabei wütend an. »Verdammt, kannst du denn überhaupt nichts richtig machen?«

Anne-Lis hörte, wie ihr Schwager tief Luft holte. Es fiel ihm sichtlich schwer, ruhig zu antworten. »Es ist nicht meine Schuld, wenn ein Mitarbeiter den Entschluss fasst, eine neue berufliche Herausforderung zu suchen.«

»Nein, es ist nie deine Schuld«, gab Hedvig aggressiv zurück. »Warum hast du ihm kein besseres Angebot gemacht?«

»Weil sein Entschluss feststeht!« Auch Bertils Stimme wurde lauter.

»Papa hätte dir nie die Leitung des Unternehmens überlassen dürfen«, sagte Hedvig.

Selbst Inga, die sich sonst nie einmischte, mahnte leise: »Hedvig, es reicht!«

Die Zwillinge waren völlig verstummt, sie blickten erschrocken zwischen Hedvig und Bertil hin und her. Emil hatte den Kopf tief über seinen Teller gebeugt. Er aß aber nichts, schob nur mit der Gabel das Gemüse über den Teller.

Niemand beachtete die Kinder. Bertil und Hedvig waren zu sehr mit sich selbst beschäftigt. Anne-Lis und Inga beobachteten sie wortlos. Karin war in der Küche. Außer Anne-Lis schien niemandem aufzufallen, dass sie nicht mehr an den gemeinsamen Mahlzeiten teilnahm.

Gunilla nutzte die Gunst der Stunde. Ihr Blick flog über den Tisch. Die Platte mit dem Braten stand in erreichbarer Nähe. Sie zog sie zu sich heran, packte das ganze Fleisch auf ihren Teller und stopfte es gierig in sich hinein.

Bertil stand auf und wirkte mit einem Mal ganz ruhig, als er seinen Stuhl zurechtrückte. »Ich gehe jetzt besser«, sagte er.

»Ja, verschwinde doch«, fauchte Hedvig. »Am besten für immer.«

Bertil war schon an der Tür. Langsam drehte er sich um, den Blick starr auf seine Frau gerichtet. »Ich werde es ernsthaft in Erwägung ziehen«, sagte er. Dann ging er.

Hedvig starrte ihm mit offenem Mund nach.

»Das war nicht gut, Hedvig«, sagte Inga leise. »Das war ganz und gar nicht gut.«

Anne-Lis wollte sich auf keinen Fall einmischen, aber Bertils letzte Worte ließen sie nicht zur Ruhe kommen. Gestern Abend hatte er gesagt, dass er sich von Hedvig trennen und die Firma verlassen wolle, und ohne es zu wissen, hatte Hedvig ihm heute die Steilvorlage geboten, seine Pläne in die Tat umzusetzen. Vielleicht schon früher, als er es vorhatte.

Eigentlich wäre es besser, wenn sie mit ihrer Schwester und nicht mit ihrem Schwager darüber reden würde, aber Hedvig erschien ihr unerreichbar weit entfernt, ganz im Gegensatz zu Bertil. Ihr Schwager war ihr sehr viel vertrauter als ihre Schwester.

Die junge Frau im Empfangsbüro ließ sie diesmal sofort durch. Bertil saß wie beim letzten Mal hinter seinem Eckschreibtisch, das aufgeklappte Notebook vor sich, während auf dem Firmencomputer rechts von ihm der Bildschirmschoner lief. Bunte Blasen auf schwarzem Hintergrund, die immer größer wurden und dann zerplatzten.

Bertil schien sehr vertieft in das, was er da gerade machte. Er hämmerte auf die Tasten des Notebooks ein und schien so weit entrückt, dass er Anne-Lis gar nicht bemerkte.

Sie hatte angeklopft, aber das hatte er offenbar nicht gehört. Sie zögerte, ob sie ihn ansprechen sollte, so abwesend, wie er gerade wirkte.

Plötzlich hob er den Kopf. Anne-Lis hatte das Gefühl, dass er im ersten Moment erschrocken war, dann lächelte er und klappte das Notebook zu. »Du willst jetzt hoffentlich nicht mit mir über Hedvig reden«, sagte er, als er um den Schreibtisch herum auf sie zukam.

»Nein ... doch ...« Anne-Lis zuckte mit den Schultern. »Ich weiß es nicht. Ich war mir nicht einmal sicher, ob du überhaupt noch hier bist, nach dem, was du mir gestern gesagt hast, und nach Hedvigs Auftritt eben.«

»Ich bleibe bis nach der Beerdigung«, sagte er. »Vorher sind noch einige Dinge zu klären.«

»Schade, dass alles so kommen musste«, sagte Anne-Lis traurig.

»Und gerade du solltest mich am besten verstehen.« Bertil lächelte sein stilles Bertil-Lächeln. »Du hast diese Familie auch verlassen, und wahrscheinlich war es das Beste, was du tun konntest.«

»Wie du weißt, bin ich wegen Birger gegangen«, sagte sie.

»Wirklich?« Er schaute sie immer noch mit diesem

Lächeln an und brachte sie mit diesem einen Wort völlig aus dem Konzept.

Natürlich war sie wegen Birger gegangen, oder vielmehr wegen dem, was er ihr angetan hatte.

»Birger ist sofort nach seiner Hochzeit mit Svea weggezogen. Du hättest also nach Hause kommen können, ohne ihm zu begegnen«, sagte Bertil ruhig.

»Aber Folke ...«

»Folke kam erst vor zwei Jahren«, fiel er ihr ins Wort. »Warum bist du nicht zurückgekommen, Anne-Lis? Und jetzt erzähle mir nicht, es wäre nur wegen Birger gewesen. Du hast gewusst, wie gerne dein Vater dich hiergehabt hätte. Du hättest die Möglichkeit gehabt, in Stockholm in einem Reisebüro zu arbeiten. Du hättest sogar hier in der Firma arbeiten können. Aber du hast es vorgezogen, in Malmö zu bleiben, mehr als sechshundert Kilometer von Stockholm entfernt. Warum, Anne-Lis?«

Sie trat einen Schritt zurück, völlig erschlagen von dieser Frage. Stimmte das, was Bertil da gerade sagte? War es nicht nur Birgers Schuld gewesen, dass sie sich von Stockholm ferngehalten hatte? Und war es nicht wirklich so, dass jeder noch so kurze Besuch bei ihrer Familie mehr Pflicht als Freude gewesen war? Warum nur?

»Ich ...« Sie brach ab, hob dann erneut an. »Ich weiß nicht, was ich sagen soll.«

»Du musst nichts sagen, du musst dich vor allem nicht vor mir rechtfertigen«, erwiderte er. »Nur vor dir selbst.« Er drehte sich um, ging zurück zu seinem Schreibtisch und setzte sich. »Ich habe noch eine Menge zu tun«, sagte er.

Anne-Lis verließ das Büro. Als sie die Tür hinter sich schloss, sah sie, dass er sein Notebook wieder aufklappte.

Bertils Worte ließen sie nicht mehr los. Hatte er nicht recht? Hätte sie nicht wirklich nach Hause kommen können, nachdem Birger mit Svea weggezogen war?

Anne-Lis erinnerte sich, dass ihr Vater sie damals angerufen hatte. »Er ist weg«, hatte er gesagt. »Und er wird nicht mehr wiederkommen.«

Sie hatte spontan geantwortet, ohne lange darüber nachzudenken: »Ich werde auch nicht mehr wiederkommen.«

»Ich vermisse dich«, hatte ihr Vater daraufhin gesagt, und die Trauer, die dabei in seiner Stimme gelegen hatte, tat ihr heute noch weh.

»Ich habe gerade erst beim *STS* angefangen«, hatte sie gesagt und ihren neuen Job als Vorwand benutzt, weil der Gedanke an eine Rückkehr ihr Unbehagen eingeflößt hatte. Für sie war es immer die Sache mit Birger gewesen, die sie von zu Hause fernhielt, und sie war davon überzeugt gewesen, dass die Erinnerungen an ihn ihr eine Rückkehr unmöglich machten.

Aber war das wirklich alles gewesen?

Zum ersten Mal dachte Anne-Lis ernsthaft über diese Frage nach, ohne zu einem Ergebnis zu kommen. Sie hatte den Kopf nicht frei, um ihre Gedanken zu ordnen. In den letzten Tagen war zu viel passiert, und es waren zu viele Menschen um sie herum, die sie beanspruchten.

Der Wunsch nach Ruhe, nach Alleinsein wurde übermächtig in ihr, aber daran war gerade nicht zu denken. Übermorgen war die Zeremonie in Östhammar, danach die Beerdigung auf dem Skogskyrkogården, und irgendwann sollte die richtige Asche ihres Vaters im Garten verstreut werden.

Und dann? Würde sie anschließend nach Malmö zurückkehren, um ihr Leben fortzuführen wie bisher?

Und was war mit Emil? Der hoffte immer noch darauf, dass so etwas wie ein Wunder geschah, damit er seinem Großvater den letzten Wunsch erfüllen konnte.

Anne-Lis' Gedanken drehten sich während des Heimwegs ständig im Kreis. Sie ging auf die Haustür zu, überlegte es sich aber kurz vor ihrem Ziel anders.

Sie hinterfragte ihr Handeln nicht, als sie nach nebenan ging. Erst als sie vor Birgers Tür stand, zögerte sie einen Moment, bevor sie auf die Klingel drückte.

Die Tür wurde von innen aufgerissen. Das erste Mal, seit sie sich wiederbegegnet waren, sah sie ihn fassungslos.

»Du?« Er trat beiseite und gab ihr den Weg frei.

Anne-Lis betrat das Haus, und die Erinnerungen überfielen sie sofort. Sie folgte ihm ins Wohnzimmer.

An dem Schreibtisch dort drüben hatte er früher oft gesessen und auch nach Feierabend noch an seinen Plänen gezeichnet, während sie auf der Couch in der anderen Ecke des Zimmers ungeduldig darauf gewartet hatte, dass er fertig wurde und Zeit für sie hatte.

Nichts hatte sich verändert. Im Kamin brannte ein Feuer, und auf den hellen Holzdielen lagen Teppiche, die dem Raum Behaglichkeit verliehen. Selbst der Geruch nach Kaminholz und gewachsten Holzmöbeln erinnerte sie an die Zeit mit ihm.

Birger kam direkt auf sie zu, blieb vor ihr stehen. Die oberen beiden Knöpfe seines Hemdes waren offen, und sie konnte seine Haut darunter sehen. Sie wusste noch genau, wie sie sich anfühlte, wie sie schmeckte. Sie musste sich dazu zwingen, den Kopf zu heben und ihm ins Gesicht zu sehen.

Sie hatte mit seinem ironischen Lächeln gerechnet, aber

sein Blick war ernst auf sie gerichtet. »Warum bist du hier, Anne-Lis?«

»Ich weiß es nicht«, flüsterte sie. »Ich sollte nicht hier sein.« Sie wollte sich abwenden, aber er legte ihr eine Hand auf die Schulter, fasste mit der anderen unter ihr Kinn und zwang sie so dazu, ihn weiterhin anzusehen.

»Es tut mir leid, dass ich dich verletzt habe«, sagte er.

Es war das erste Mal, dass eine Entschuldigung über seine Lippen kam. Damals hatte er nur von seinen Gefühlen gesprochen. Von seinen Gefühlen für Svea und von seinem Unvermögen, dagegen anzukämpfen.

Tränen liefen über ihre Wangen. Sie wollte nicht, dass er sie schwach sah, aber er ließ sie immer noch nicht los.

»Es war der größte Fehler meines Lebens«, sagte er. Sein Daumen strich über ihre Unterlippe.

Was mache ich hier?, schoss es ihr durch den Kopf. Wieso lasse ich zu, dass er mich berührt? Das ist nicht richtig, das alles hier ist völlig falsch …

Sie schmiegte sich an ihn, als er sie mit beiden Armen umfasste und ganz fest an sich zog. Automatisch streichelten ihre Hände über seine breiten Schultern, fanden sich in seinem Nacken wieder, und als er sie küsste, schloss sie die Augen und hielt ganz still. Als er sich kurz zurückzog, fassten ihre Hände in sein Haar.

Sie vernahm sein leises Lachen dicht an ihrem Mund, und dann küsste er sie, und sie erwiderte seinen Kuss.

Plötzlich hob er den Kopf. Sie sah ihm an, dass er ebenso verwirrt war wie sie selbst. Was passierte hier gerade?

Als er sie losließ und einen Schritt zurücktrat, wandte sie sich abrupt um.

»Ich muss gehen«, stieß sie unterdrückt aus und stürmte

aus dem Haus. Er hielt sie nicht zurück und folgte ihr nicht.

Den nächsten Tag verbrachte Anne-Lis überwiegend damit, aus dem Fenster zu starren, in der Hoffnung, einen Blick auf Birger zu erhaschen, und sich gleichzeitig zu wünschen, ihn nie wiederzusehen.

Wie hatte sie sich nur auf diesen Kuss einlassen, sich an ihn schmiegen können? All die Sehnsucht, die sie in den vielen Jahren nicht losgelassen hatte, hatte sich Bahn gebrochen. Dass diese Sehnsucht immer da gewesen war, hatte sie sich bis gestern nicht eingestanden, und es machte das alles nicht leichter.

Was hatte er sich dabei gedacht? Machte er sich insgeheim sogar lustig über sie?

Er hatte behauptet, sie zu verletzen wäre der größte Fehler seines Lebens gewesen, aber das musste ihn ja nicht davon abhalten, es ein zweites Mal zu tun.

Anne-Lis ging nur zum Essen nach unten und ignorierte die schlechte Laune ihrer Schwester, so gut es eben ging. Sie bedauerte und bewunderte Bertil gleichermaßen dafür, dass er Hedvigs Sticheleien während der Mahlzeiten ertrug, ohne aus der Haut zu fahren.

Nachmittags kam Emil zu ihr ins Zimmer. »Du fährst doch morgen mit nach Östhammar?«, vergewisserte er sich.

»Natürlich«, versprach Anne-Lis. »Außer Karin und den Zwillingen kommen doch alle mit.«

»Oma Gunilla bleibt auch hier«, sagte Emil. »Oma Inga und Mama glauben, dass die lange Fahrt für sie zu anstrengend ist.«

»Das befürchte ich auch«, sagte Anne-Lis. »Du musst deshalb nicht traurig sein. Oma Gunilla versteht sowieso nicht, dass Opa nicht mehr lebt. Für sie ist es bestimmt besser, wenn sie zu Hause bleibt.«

Sie hatte das Gefühl, dass Emil noch etwas anderes bedrückte, aber bevor sie ihn danach fragen konnte, rief Hedvig nach ihm.

»Ich gehe dann mal besser«, sagte er schnell.

»Emil!«

Der Junge wandte sich um.

»Möchtest du deine Briefe an Opa morgen in den Sarg legen?«

Emil schüttelte den Kopf. »Ich bin noch nicht fertig mit den Briefen«, sagte er. »Außerdem will ich, dass sie zusammen mit Opas Asche in die Rakete kommen, und wenn das nicht geht ...« Er verstummte. Dann drehte er sich um und ging hinaus.

Lieber Opa!

Vorgestern habe ich dich tot gesehen. Du sahst aus, als hättest du nur geschlafen. Und morgen soll von dir nichts mehr da sein als Asche. Ich finde das ganz schrecklich, aber ich glaube, die anderen denken darüber nicht nach. Alle planen nur, keiner hält mal still und erinnert sich einfach an dich.

Ich habe Angst vor morgen.

Ich weiß, auch wenn du nicht verbrannt würdest, kämst du nie mehr wieder, aber wenn dann gar nichts mehr von dir da ist außer ein bisschen Asche, dann weiß ich nicht, wie ich das aushalten soll.

Ich würde so gerne mit Anne-Lis darüber reden, aber ich glaube, der geht es gerade nicht so gut. Und mit Birger kann ich auch nicht mehr so reden wie sonst. Der ist ganz anders geworden, seit Anne-Lis da ist.

Warum ist bei euch Erwachsenen immer alles so kompliziert? Wenn einer meiner Freunde mich ärgert, haue ich ihm eins auf die Nase, und dann ist es wieder gut. Umgekehrt machen die das auch so.

Aber Anne-Lis und Birger, das ist eine ganz komische Sache mit den beiden. Mama hat gesagt, ich würde das nicht verstehen, und das stimmt auch. Wie soll ich es auch verstehen, wenn mir niemand erklärt, was eigentlich los ist?

Und genauso ist das mit Mama und Bertil. Die verstehen sich auch überhaupt nicht. Warum hat Mama den Bertil überhaupt geheiratet, wenn sie ihn nicht mag? Ich glaube jedenfalls nicht, dass sie ihn mag.

Das schreibe ich nur dir, lieber Opa. Nicht nur, weil ich weiß, dass du es nicht mehr verraten kannst, sondern weil ich weiß, dass du es auch für dich behalten hättest, wenn du noch leben würdest.

Ich glaube, dass Mama den Bertil überhaupt nicht leiden kann, aber ich finde ihn eigentlich okay. Aber das sage ich Mama lieber nicht. Wenn ich mal was Nettes über Bertil sage, zieht sie nämlich gleich so ein komisches Gesicht. Und dann habe ich Angst, dass sie auch auf mich böse ist. Seit du nicht mehr da bist, habe ich ja keinen mehr, der mich tröstet. Bis auf Anne-Lis, aber die geht ganz bestimmt wieder nach Malmö, wenn von dir überhaupt nichts mehr da ist.

Und bei Birger weiß ich auch nicht, ob er für immer bleibt. Er ist plötzlich aufgetaucht, und vielleicht verschwindet er auch plötzlich wieder. Genau wie Bertil, der will auch weg.

Ich glaube, man darf Leute einfach nicht zu lieb haben, damit es nicht so wehtut, wenn sie weggehen – oder sterben.

Ich habe dich trotzdem immer noch ganz doll lieb!

Dein Emil

— 13 —

Als Anne-Lis an diesem Morgen aufstand, hatte sie nur einen Gedanken: Heute wird Papa verbrannt. Es war ein komisches Gefühl, und sie wusste nicht, wie sie damit umgehen sollte.

Nur die Erinnerung an ihre letzte Begegnung mit Birger, an seinen Kuss, lenkte sie von der bevorstehenden Einäscherung ab. Ungeweinte Tränen brannten in ihren Augen, und die Frage, warum er sie geküsst hatte, in ihren Gedanken und in ihrem Herzen.

Es tut mir leid, dass ich dich verletzt habe, glaubte sie ihn wieder sagen zu hören. Und: *Es war der größte Fehler meines Lebens.*

Glaubte er, dass sein Bekenntnis und ein Kuss irgendetwas ungeschehen machen konnten?

Glaubte sie selbst, dass sein Bekenntnis und dieser Kuss, der immer noch in ihr nachwirkte, irgendetwas ungeschehen machen konnten?

Sie hielt es nicht mehr aus und sprang aus dem Bett.

Heute ging es nicht um Birger, sondern um ihren Vater. Die Einäscherung war der Beginn vom Abschied, die erste von mehreren Zeremonien, die letztendlich das Ende besiegeln würden.

Anne-Lis nahm sich vor, heute stark zu sein und vor allem an Emil zu denken. Sie konnte nur erahnen, was dieser Tag für den Jungen bedeutete.

Wäre es nicht sogar besser, wenn auch er heute zu Hause bliebe? Oder wäre das erst recht unerträglich für ihn?

Es war müßig, über diese Frage nachzudenken. Emil würde mitkommen, er selbst wollte es so.

Ihre Gedanken flogen blitzschnell wieder zu Birger. Sie wehrte sich dagegen und trat trotzdem ans Fenster, um nach nebenan zu sehen. Sie wollte ihn nicht sehen und sehnte sich gleichzeitig danach.

Doch nebenan rührte sich nichts, es stieg nicht einmal Qualm aus dem Kamin.

Anne-Lis machte sich fertig, bereitete sich auf den Tag vor. Seit einer Woche war sie jetzt in Stockholm, und es kam ihr vor wie eine Ewigkeit.

Bertil steuerte den Wagen, Inga saß vorne neben ihm. Hedvig saß hinter dem Fahrersitz, Anne-Lis auf der anderen Seite am Fenster. Emil hatte zwischen ihnen Platz genommen.

Während der Fahrt sprach kaum jemand ein Wort. Anne-Lis schaute aus dem Fenster, aber in Gedanken war sie schon wieder bei Birger. Die Erinnerung an den Kuss war süßer als der Gedanke an das, was vor ihnen lag.

Sie spürte, wie eine kleine Hand nach der ihren tastete. Emil schaute sie an und lächelte ihr zu. Sie lächelte zurück und sah, dass Hedvig auf ihrer Seite ebenfalls aus dem Fenster schaute. Ob ihre Schwester auch an die nächsten Stunden dachte?

Anne-Lis hatte beim Einsteigen gerochen, dass Hedvig wieder getrunken hatte, verkniff sich aber jeden Kommentar.

»Ich habe mir Opas Beerdigung ganz anders vorgestellt«, sagte Emil.

Hedvigs Kopf fuhr herum. »Wage es nicht, jetzt wieder mit diesem Blödsinn anzufangen!«, warnte sie Emil. »Ich will nichts mehr von Raketen hören!«

Anne-Lis zog ärgerlich die Augenbrauen zusammen. Sie wusste genau, was Emil meinte. Auch sie hatte sich die Bestattung ihres Vaters anders vorgestellt. Feierlicher und nicht mit einer stundenlangen Fahrt durch die schwedische Landschaft, nur damit Hedvig und ihre Mutter beide bekamen, was sie wollten.

Sie fing im Rückspiegel Bertils Blick auf, sah, dass er kurz den Kopf schüttelte. Er musste ihr angesehen haben, dass sie Emil gerade beistehen wollte, und warnte sie so unauffällig wie möglich davor, einen Streit zu beginnen.

Sie lächelte ihm kurz zu, zum Zeichen, dass sie ihn verstanden hatte. Wenn sie sich jetzt auch noch mit Hedvig herumstritt, würde die Fahrt für alle unerträglich werden.

Nach knapp zwei Stunden hatten sie Östhammar erreicht. Das Krematorium lag etwas außerhalb, inmitten eines Waldgebiets. Anne-Lis musste automatisch an den Skogskyrkogården denken.

Bertil parkte den Wagen auf einem Kiesplatz vor dem zweigeschossigen Backsteinbau. Es war nichts zu hören als das Gezwitscher der Vögel in den Bäumen ringsum.

»Hübsch ist es hier«, sagte Inga leise. »Papa hätte es gefallen.«

»Opa mochte am liebsten Stockholm«, widersprach Emil. »Und das Haus auf den Schären.«

»Du hast recht.« Inga nickte dem Jungen zu. »Wir nehmen Opa ja auch wieder mit nach Hause.«

Emil war stehen geblieben. Finster schaute er Inga an. »Wir nehmen nur noch Opas Asche mit«, sagte er. »Nichts bleibt von ihm.« Er fing an zu weinen.

»Emil, das stimmt nicht.« Anne-Lis ging in die Knie und legte eine Hand auf seine Schulter. »Es bleibt so viel mehr von Opa als nur ein Haufen Asche. Seine Hoffnungen, seine Träume, die Liebe, die er uns allen geschenkt hat.«

Auch Hedvig hatte sich zu ihrem Sohn hinuntergebeugt. »Die Erinnerungen an Opa, die bleiben«, fügte sie hinzu. »Jeder von uns hat seine eigenen Erinnerungen, die uns niemand nehmen kann.«

»Solange wir da sind und ihn nicht vergessen, bleibt er bei uns«, sagte Anne-Lis.

Hedvig schaute sie an und legte eine Hand auf die ihre, die noch immer auf Emils Schulter ruhte. »Wir alle sorgen dafür, dass Opa nicht einfach verschwindet«, sagte sie und lächelte Anne-Lis an. »In uns allen lebt er weiter.«

Anne-Lis lächelte zurück. So nah waren sie und Hedvig sich schon lange nicht mehr gewesen.

Emil hatte aufgehört zu weinen.

Alle zusammen betraten sie das Krematorium, wo ein Mitarbeiter sie in Empfang nahm. »Liebe Familie Dahlander«, sagte er salbungsvoll, »ich möchte Ihnen mein herzliches Beileid aussprechen. Wenn Sie sich bitte noch einen Augenblick gedulden wollen, wir bereiten gerade die kleine Trauerhalle für Sie vor. Sie sind etwas früher da, als wir erwartet haben.«

Anne-Lis zog fröstelnd die Schultern zusammen. Der Vorraum mit seinem schwarzen Granitboden und der grau gestrichenen Decke wirkte unangenehm kühl. Die Türen in die angrenzenden Räume waren ebenfalls schwarz. Das kalte

Weiß der Wände unterstrich die kalte Atmosphäre des Raums.

Kurz nach ihnen kam eine weitere Familie. Vater, Mutter und zwei halbwüchsige Töchter, alle übergewichtig, genervt und bar jeder Trauer um ihren Verstorbenen.

»Dein Vater hat mich zu Lebzeiten genug genervt«, schimpfte die Frau. »Wieso müssen wir ihn ausgerechnet hier verbrennen lassen?«

Der Mann seufzte auf und verdrehte die Augen. »Weil er es so bestimmt hat«, sagte er. »Nur dann bekommen wir das Haus und sein Geld.«

»Du weißt, was du uns versprochen hast«, sagte das ältere und dickere Mädchen. »Sobald du Opas Geld hast, dürfen wir shoppen gehen.«

Ihre Schwester grinste sie gehässig an. »Wenn du in deiner Größe überhaupt noch was findest.«

Die andere streckte ihr die Zunge raus. »So viel schlanker bist du auch nicht. Mama, sag doch auch was.«

Der Mutter der beiden Mädchen war offenbar gerade aufgefallen, dass sie sich allesamt nicht besonders pietätvoll verhielten. Vielleicht lag das auch an Emil, der die Familie mit offenem Mund anstarrte.

»Der Opa von denen tut mir leid«, flüsterte er Anne-Lis zu. »Als ob es ihnen egal wäre, dass er tot ist.«

Anne-Lis nickte und war froh, dass der Mitarbeiter des Krematoriums sie jetzt abholte und in eine angrenzende Halle führte.

Hier war es ebenso kalt wie im Vorraum, aber durch die großen Fensterflächen zum Wald hin schien die Sonne herein. Die Halle war weitgehend schmucklos, bis auf die beiden Vasen rechts und links neben dem Sarg am Kopfende.

Weiße Lilien und Nelken, zu kunstvollen Sträußen gebunden.

Fredrik lag aufgebahrt in seinem Sarg. Zum letzten Mal konnten sie ihn ansehen, letzte kostbare Minuten in stummer Zwiesprache mit ihm verbringen.

Die Bedeutung dieses Moments war allen bewusst. Emil weinte still. Hedvig schluchzte laut auf und putzte sich geräuschvoll die Nase. Anne-Lis liefen die Tränen über die Wangen, und auch Bertil wischte sich immer wieder über die Augen.

Nur Inga stand neben dem Sarg, sah Fredrik unverwandt in das wächserne Antlitz und zeigte keinerlei Regung.

Und dann war es vorbei. Der Mitarbeiter kam zurück und brachte einen Kollegen mit, ebenfalls im dunklen Anzug. Fredriks Sarg wurde verschlossen und hinausgefahren. Sie wurden informiert, dass sie die Asche des Verstorbenen in etwa zwei Stunden abholen konnten.

Als sie hinausgingen, trafen sie wieder auf die Familie des anderen Verstorbenen, der heute eingeäschert wurde. Immerhin schien der Sohn des Verstorbenen inzwischen begriffen zu haben, dass es sein Vater war, den er verloren hatte. Seine Augen waren rot gerändert.

»Mann, ist das langweilig hier«, sagte eine der Töchter.

»Hör auf!«, fuhr der Mann sie an. »Ihr alle habt meinem Vater schon zu Lebzeiten keinen Respekt gezollt, benehmt auch also wenigstens jetzt.«

Das Mädchen zog eine Schnute, während ihre Schwester die Augen verdrehte. Nur die Mutter gab noch Widerworte. »Immerhin bezahlen wir ihm jetzt die teure Beerdigung«, sagte sie eingeschnappt.

»Die wird von dem Geld bezahlt, das er uns hinterlassen hat«, sagte ihr Mann.

»Aber bilde dir bloß nicht ein, dass wir von dem Geld auch noch teuren Grabschmuck oder so einen Quatsch kaufen«, giftete die Frau ihn an.

»Nichts wie raus hier«, flüsterte Inga.

Das kleine Restaurant war ebenso trostlos wie ihre Stimmung. Anne-Lis bemerkte, dass die Hände ihrer Schwester wieder zu zittern begannen, und musste sich zwingen, den Blick abzuwenden.

Nach ein paar Minuten entschuldigte sich Hedvig und ging zu den Waschräumen. Als sie wiederkam, glänzten ihre Augen verdächtig, dafür zitterten ihre Hände nicht mehr.

Anne-Lis war sicher, dass auch ihre Mutter wusste, was los war, wahrscheinlich sogar Emil. Die Stimmung blieb gedrückt, und sie war erleichtert, als sie endlich zurück zum Krematorium konnten.

»Geh du rein, und hol die Urne«, verlangte Hedvig von Bertil.

Dieser nickte und stieg aus dem Wagen. Es dauerte nur ein paar Minuten, bis er zurückkam. Er stieg wieder ein und schien nicht recht zu wissen, wohin mit der Urne.

Anne-Lis starrte das kobaltblaue Gefäß an, genau wie die anderen.

»Und da ist jetzt Opas Asche drin?«, fragte Emil. »Der Deckel ist doch gar nicht fest darauf. Was ist, wenn das Ding umkippt? Dann fällt doch die Asche raus.«

Bertil hob den Deckel, der lose auf der Urne lag, und ließ Emil in das Gefäß schauen. »Da drin ist eine Metallkapsel«, sagte er. »Die Asche befindet sich in dieser Kapsel, deren Verschluss verplombt wurde. Da kann also nichts rausfallen.«

»Also ist Opa in diesem Metallding.« Emil hatte die Stirn krausgezogen, und Anne-Lis fragte sich, was ihr Neffe gerade dachte.

»Darf ich Opa auf dem Heimweg festhalten?«, fragte er.

Bertil drückte ihm die Urne in die Hände, und Emil hielt sie ganz fest.

»Habt ihr mir etwas mitgebracht?«, fragte Gunilla, als sie nach Hause kamen. Ihr Blick fiel auf die Urne in Emils Händen. »Sind da Kekse drin?«

»Nein, Mutter«, sagte Inga geduldig. »Du weiß doch, dass Fredrik gestorben ist. Da drin ist seine Asche.«

»Fredrik?« Gunilla schaute an Inga vorbei. »Wann kommt der wieder nach Hause? Ich habe ihn den ganzen Tag noch nicht gesehen.«

Inga gab es auf. »Bald, Mutter«, sagte sie. »Er kommt bald wieder nach Hause.«

Die Urne wurde ins Wohnzimmer gebracht und auf das Regal neben Fredriks Bild gestellt. Gunilla war ihnen gefolgt und ließ die Urne nicht aus den Augen.

»Ist da wirklich kein Süßkram drin?«

Anne-Lis legte einen Arm um die Schultern ihrer Großmutter. »Wirklich nicht, Oma.«

Gunilla fixierte weiterhin unbeirrt die Urne, und Anne-Lis sah ihr an, dass sie ihr nicht glaubte. Noch einmal versuchte sie, es ihrer Großmutter ganz ruhig zu erklären.

»Oma, Papa ist gestorben. Du weißt doch, dass er sehr krank war.«

Gunilla schaute sie aufmerksam an.

»Und dann ist er gestorben. Verstehst du das, Oma? Fredrik ist tot. Er kommt nicht wieder.«

Gunilla nickte ernsthaft.

»Und heute wurde er eingeäschert«, fuhr Anne-Lis fort. »Seine Asche ist in dieser Urne.«

Gunilla nickte erneut, und Anne-Lis hatte das Gefühl, dass ihre Großmutter es endlich verstanden hatte, bis sie fragte: »Glaubst du, Fredrik bringt mir was mit, wenn er nach Hause kommt? Bisher hat er mir immer etwas mitgebracht.«

»Es hat keinen Zweck«, sagte Bertil hinter ihnen. »Vielleicht ist es für sie auch besser, wenn sie es nicht mehr versteht.« Seine Stimme klang müde, und so sah er auch aus. Sie alle hatte dieser Tag erschöpft.

Besonders Emil wirkte völlig fertig und sehr niedergeschlagen. Still zog er sich zurück. Nur Anne-Lis bemerkte, dass er das Haus verließ, und sie ahnte, wohin er ging.

Sie spürte ein Ziehen in ihrem Herzen, eine leise Sehnsucht, die rasch lauter wurde. Überlaut, bis sie alles übertönte. Am liebsten wäre sie Emil zu Birger gefolgt. Sie sah seine breite Brust vor ihren Augen, seine starken Arme, die sie umfassten und an sich zogen, seine strahlenden Augen. Sie schüttelte entschieden den Kopf, weil dieses Gesicht in ihren Träumen nichts mehr zu suchen hatte. Nie wieder!

»War es sehr schlimm?«

Anne-Lis schreckte auf, kehrte in die Realität zurück. Keine breite Brust, an die sie sich lehnte, keine starken Arme, die sie umfassten. Sie fröstelte leicht, obwohl der Kamin auch heute wieder brannte, und rieb sich über die Arme.

Karin stand vor ihr und wartete auf Antwort. Die anderen hatten das Zimmer inzwischen verlassen, und sie hatte es nicht einmal bemerkt.

»Es war vor allem trostlos«, erwiderte Anne-Lis.

Karin starrte die Urne an. »Hier auch«, sagte sie.

Anne-Lis ahnte, dass sie in Gedanken mit auf die Reise gegangen war, dass sie jede Minute der Zeremonie miterlebt hatte. In jeder Einzelheit, weil die Vorstellung oftmals grausamer war als die Realität.

»Was war das mit dir und Papa?« Hier und jetzt war die Gelegenheit, diese Frage zu stellen. Sie würde sich wahrscheinlich nie wieder ergeben.

Karin sah sie erschrocken an. »Da war gar nichts«, beteuerte sie. »Dein Vater hat immer nur deine Mutter geliebt.«

»Das weiß ich.« Anne-Lis hegte keinen Zweifel an der Liebe ihres Vaters zu ihrer Mutter. »Ich frage mich nur, was du für Papa empfunden hast.«

Karin lächelte traurig. »Ich habe immer verstanden, dass du damals weggegangen bist«, sagte sie. »Wenn Liebe keine Erfüllung findet, sollte man gehen, damit der Schmerz nicht ständiger Bestandteil des Lebens wird. Du hast das zum Glück rechtzeitig erkannt.« Karin streichelte ihren Arm und verließ das Zimmer.

Anne-Lis blieb allein zurück, und erstaunlicherweise tröstete sie das Wissen, dass sich in der Urne vor ihr die sterblichen Überreste ihres Vaters befanden.

Zart strich sie mit dem Finger über das kobaltblaue Gefäß. »Du wirst mir fehlen«, sagte sie leise. »Immer!«

Gleichzeitig wusste sie, dass vieles von ihm blieb, auch wenn es seine Zeit brauchen würde, um das zu sehen und zu spüren.

»Anne-Lis, du musst ganz schnell kommen!« Emil stand vor ihrem Bett. Sein Gesicht war schneeweiß, seine Unterlippe zitterte.

Anne-Lis hatte sich aufs Bett gelegt, um sich ein bisschen auszuruhen, und war eingeschlafen. Mittlerweile war es dunkel draußen.

Jetzt war sie sofort hellwach. Sie schwang die Beine über die Bettkante. »Was ist passiert?«

»Oma Gunilla hat die Urne mit Opas Asche. Als ich sie ihr wegnehmen wollte, wurde sie ganz böse. Sie hat gesagt, da wären Kekse drin, die Opa extra für sie mitgebracht hätte, und wir wollten sie ihr nur nicht geben.«

Anne-Lis eilte nach unten. Emil folgte ihr.

Im Wohnzimmer war niemand. Die kobaltblaue Urne stand auf dem Tisch, der Deckel lag daneben, die Terrassentür stand weit offen, und die Außenbeleuchtung war eingeschaltet.

Anne-Lis hörte Hedvig und die Zwillinge, die gerade die Treppe herunterkamen, und sich im Flur mit Inga unterhielten. Gleichzeitig wurde die Haustür aufgeschlossen, und sie hörte Bertils Stimme. Wahrscheinlich war er noch einmal in der Firma gewesen. Dann klingelte auch noch das Telefon.

Anne-Lis störte sich an alledem nicht. Zusammen mit Emil stürzte sie nach draußen.

Gunilla stand am Rand der Terrasse. In der Hand hielt sie die metallene Urnenkapsel mit Fredriks Asche, und irgendwie war es ihr gelungen, den verplombten Deckel zu öffnen. Sie streckte Anne-Lis das Gefäß entgegen und sagte vorwurfsvoll: »Da waren überhaupt keine Kekse drin, nur Dreck.«

Die Kapsel war leer.

Anne-Lis stockte der Atem. »Oma, was hast du mit dem ... äh ... Dreck gemacht?«

Gunilla wies in den Garten. »Ausgeschüttet natürlich.«

Anne-Lis trat neben sie und schaute in die angezeigte Richtung. Im Licht der Terrassenlampe sah sie eine graue Substanz auf dem dunklen Rasen, die der Wind zerfaserte und davontrug. Ihr wurde schwindelig.

»Was macht ihr denn da draußen in der Kälte?« Inga trat auf die Terrasse, gefolgt von Bertil. Auch die Zwillinge steckten neugierig die Köpfe durch die Tür, aber den beiden war es offensichtlich zu kalt, um ganz nach draußen zu kommen.

Bertils Augen wurden groß, als er die Metallkapsel in Gunillas Händen sah. Er ging zu ihr, doch bevor er etwas sagen oder fragen konnte, kam Hedvig herausgestürmt. Anne-Lis nahm den scharfen Alkoholgeruch wahr, als ihre Schwester an ihr vorbeirannte.

»Du verdammter Idiot!«, schrie sie Bertil an. »Das Krematorium hat gerade angerufen. Du hast die falsche Urne mitgenommen!«

Anne-Lis sah auf den Rest des grauen Aschehaufens, den der Wind in alle Richtungen zerstreute und dem der einsetzende Nieselregen innerhalb der nächsten Minuten den Rest geben würde.

»Scheiße«, sagte sie.

Lieber Opa!

Heute war der seltsamste Tag in meinem ganzen Leben. Traurig war er auch, aber vor allem seltsam.

Jetzt bist du verbrannt. Nur noch Asche. Ich habe geweint, als ich dich noch einmal sehen konnte, und wusste, dass du gleich in den Ofen kommst. Ich habe gedacht, ich halte es nicht aus, aber dann war es zum Glück doch nicht so schlimm. Als wir nach Hause gefahren sind, durfte ich dich festhalten. Also die Urne mit deiner Asche drin.

Jedenfalls dachte ich, dass ich dich festhalte, aber später, als Gunilla die Asche im Garten ausgeschüttet hatte, da riefen die Leute aus dem Verbrennungsdingsda an und sagten, dass wir die falsche Urne mitgenommen haben.

Was für ein Glück, dass Oma Gunilla nicht dich im Garten ausgeschüttet hat, sondern den Opa von der anderen Familie! Er heißt Magnus, und ich finde, er hat Glück gehabt, dass er jetzt bei uns im Garten liegt und nicht zu dieser schrecklichen Familie muss, die überhaupt nicht um ihn trauert.

Natürlich ist es schlimm, die ganze Zeit so traurig zu sein, und es tut sehr weh. Aber weißt du, was noch viel schlimmer ist, lieber Opa?

Ich finde es ganz schlimm, wenn keiner traurig ist. Wenn ich mir vorstelle, dass ich einmal sterben muss und meine Familie so über mich spricht wie diese Familie über Magnus, dann macht mich das wirklich richtig traurig, weil das heißt, dass einen keiner richtig lieb hatte.

Aber jetzt ist Magnus bei uns, und vielleicht ist er ja froh darüber. Allerdings wissen die anderen noch nicht, was sie Magnus' Familie sagen sollen, wenn die morgen kommt, um die Urnen zu tauschen. Magnus ist ja jetzt nicht mehr in der Urne, und einen anderen Toten haben wir nicht, den wie ihnen geben könnten.

Uns wird schon was einfallen. Hauptsache, morgen haben wir dich zurück!

Ich wünschte nur, Mama wäre nicht wieder so fies zu Bertil gewesen. Gut, er hat die falsche Urne mitgenommen, aber so ist Bertil nun mal. Er kann doch nix dafür, dass er so verplant ist.

Lieber Opa, morgen schreibe ich dir, wie das war mit der Familie von Magnus und so. Jetzt bin ich ziemlich müde und muss schlafen gehen.

Ich hab dich lieb!

Dein Emil

— 14 —

Ein feiner grauer Schleier, mehr war von Magnus' Asche nicht zu sehen, als sie am nächsten Morgen im Garten nachschauten.

Hedvig überfiel Bertil wieder mit Vorwürfen. »Du bist wirklich zu allem zu blöd!«, giftete sie ihn an. »Hättest du die richtige Urne genommen …«

Sie brach ab, als Birger im Garten auftauchte. Er hatte offenbar vom Nachbargrundstück aus gesehen und vor allem auch gehört, dass sich die ganze Familie Dahlander im Garten versammelte, und war neugierig herübergekommen.

Anne-Lis drehte automatisch den Kopf in seine Richtung. Sie hasste es, sich so sehr nach ihm zu sehnen, dass es wehtat – ebenso wie der gleichgültige Blick, mit dem er sie nur kurz streifte.

Verwundert schaute Birger auf die Metallkapsel in Bertils Händen. »Ihr habt Fredrik bereits verstreut?«

»Nee, das war Oma Gunilla«, sagte Frida, die zusammen mit ihrer Schwester und Emil ebenfalls nach draußen gekommen war.

»Und sie hat auch nicht Opa verstreut, sondern den Magnus«, ergänzte Kerstin. »Das ist ein anderer Toter, der uns aber nicht gehört.«

Pures Unverständnis lag in Birgers Blick, bis Emil ihn aufklärte.

Birger schaute fassungslos in die Runde, und dann legte er

den Kopf in den Nacken und brach in schallendes Gelächter aus.

Es war unfassbar, dass Birger in einer solchen Situation lachen konnte. Er schien zu bemerken, dass den anderen nicht zum Lachen zumute war, und versuchte, sich zu beherrschen. Aber immer wenn er sich ein wenig beruhigt hatte, fiel sein Blick auf die Metallkapsel in Bertils Händen, und er brach erneut in lautes Gelächter aus.

Sein Lachen wirkte ansteckend auf die Kinder, und selbst Bertils Gesicht hatte sich zu einem breiten Grinsen verzogen. Auch Anne-Lis musste grinsen, war aber vor allem mit dem Herzflattern beschäftigt, das Birgers Nähe in ihr auslöste.

Nur Hedvig konnte überhaupt nicht lachen. »Das ist nicht lustig«, sagte sie säuerlich.

»Doch, ist es«, widersprach Birger.

»Wir haben keine Ahnung, was wir jetzt machen sollen«, sagte Bertil mit hilfloser Stimme. »Die Familie von Magnus kommt nachher, um seine Asche abzuholen.«

»Ich finde es gut, dass Magnus bei uns im Garten verstreut ist«, sagte Emil plötzlich und zog den Kopf ein, als sich alle Blicke auf ihn richteten. Er schien mit heftigem Widerspruch zu rechnen. »Ihr habt doch alle gesehen, wie eklig seine Familie ist. Der fühlt sich hier bei uns bestimmt viel wohler.«

Birger strich Emil übers Haar, dann nahm er Bertil die Metallkapsel aus der Hand und ging durch die Terrassentür ins Haus.

Es dauerte nicht lange, bis er zurückkam und Bertil die nunmehr verschlossene Kapsel wieder in die Hand drückte.

Bertil wog sie in der Hand. »Was ist da drin?«, fragte er skeptisch.

Birger grinste. »Asche«, sagte er. »Zwar nicht die von Magnus, aber nach dem, was Emil erzählt hat, will der wahrscheinlich auch gar nicht zu seiner Familie zurück, und die können die Asche eines Toten kaum von eurer Kaminasche unterscheiden.«

Die Zwillinge waren ganz fasziniert von dem neuen Familienzuwachs. Auch wenn sie ihn nicht wirklich sehen konnten, schien er für die Mädchen präsent zu sein.

»Können wir den Magnus jetzt für immer behalten?«, wollte Kerstin wissen, und Frida fragte: »Hat das Verbrennen dem Magnus wehgetan?«

»Ihr seid so doof!«, antwortete Emil ungehalten. »Und das Verbrennen tut nicht weh. Der da«, er wies auf das letzte bisschen graue Substanz, das noch nicht vom Wind fortgeweht oder vom Regen weggespült worden war, »war ja schon tot, als er verbrannt wurde. Wenn man tot ist, spürt man nichts mehr. Opa hat das Verbrennen auch nicht wehgetan.«

Die Erklärung ihres Bruders machte die Mädchen so nachdenklich, dass sie darüber sogar seine Bemerkung, sie wären doof, vergaßen.

»Werden alle toten Menschen verbrannt?«, fragte Kerstin.

»Nicht alle«, erklärte Bertil seiner Tochter geduldig. »Manche werden auch in einen Sarg gelegt und darin begraben.«

»Finde ich nicht so toll.« Frida schüttelte den Kopf. »Da will ich lieber überhaupt nicht sterben.«

»Keiner will sterben!« Es war Emil deutlich anzusehen, wie sehr ihm seine Schwestern auf die Nerven gingen. »Aber wir müssen alle irgendwann sterben, ob wir wollen oder nicht.«

»Tut das weh, tot zu sein?«, fragte Kerstin mit großen

Augen. Zum ersten Mal schienen die beiden Mädchen sich mit dem Thema Tod auseinanderzusetzen.

»Oh Mann!« Emil fasste sich an die Stirn, als könne er nicht begreifen, wie dämlich sich seine Schwestern anstellten. »Ich hab dir doch eben schon gesagt, dass du nichts mehr spürst, wenn du mal tot bist.«

Wieder versanken die beiden Mädchen in nachdenkliches Schweigen, während Bertil versuchte, ihnen die Endlichkeit des Lebens und die Endgültigkeit des Todes etwas näherzubringen. Er erklärte den beiden, dass ihr Großvater und Magnus nun im Himmel wären.

Fridas Augen füllten sich mit Tränen. »Ich will nicht in den Himmel, wenn ich mal tot bin«, sagte sie weinerlich. »Ich will zu Hause bleiben.«

»Erstens musst du noch ganz lange nicht sterben«, sagte Bertil, »und zweitens ist es im Himmel wunderschön. Jeder will da gerne hin.«

»Ich nicht«, sagte Frida im Brustton der Überzeugung. »Ich bleibe zu Hause.« Ihr Blick wurde wieder nachdenklich, kaum dass sie diese Worte gesprochen hatte. Dann fragte sie vorsichtig: »Ist es im Himmel so schön wie im *Tomteland?*«

Seit sie im letzten Jahr im *Tomteland*, einem Freizeitpark in Mora, gewesen waren, glaubten die Zwillinge fest daran, dass dort tatsächlich der Weihnachtsmann lebte und zusammen mit den Trollen und Elfen in der Weihnachtswerkstatt arbeitete. Einen schöneren Ort konnte es ihrer Meinung nach nicht geben.

»Noch viel schöner als im *Tomteland*«, behauptete Bertil und wirkte erleichtert. Anne-Lis sah ihm an, dass er glaubte, das Thema damit endlich abschließen zu können.

»Na gut«, sagte Frida, immer noch nicht ganz überzeugt.

»Ich kann ja dann mal gucken gehen, aber wenn es mir im Himmel nicht gefällt, komme ich wieder nach Hause.«

»Wer einmal im Himmel ist, kommt da so schnell nicht mehr raus«, stellte Kerstin richtig, und es war ihr deutlich anzusehen, wie wenig ihr diese Aussicht behagte.

Anne-Lis biss sich auf die Lippen, um nicht laut aufzulachen, während Bertil hilflos aufstöhnte. Wahrscheinlich wäre das noch ewig so weitergegangen, wenn nicht in diesem Moment Karin in der Terrassentür erschienen wäre.

»Anne-Lis, du hast Besuch«, verkündete sie.

Anne-Lis drehte sich verwundert um und traute ihren Augen kaum, als sie sah, wer sich an Karin vorbei auf die Terrasse zwängte.

Folke stutzte kurz, als er sah, dass sie nicht alleine war. Dann kam er zielstrebig auf sie zu, ein breites Lächeln im Gesicht, und schaute nur noch sie an.

»Ich habe es nicht mehr ausgehalten«, sagte er und griff nach ihrer Hand. »Ich liebe dich, Anne-Lis! Ich weiß, dass das hier der völlig falsche Moment ist, aber ich frage dich jetzt trotzdem: Willst du mich heiraten, Anne-Lis? Willst du meine Frau werden?«

Lieber Opa!

Das war ein Tag heute, ich weiß überhaupt nicht, wo ich mit dem Erzählen anfangen soll.

Du weißt ja schon, dass Bertil den falschen Toten mit nach Hause gebracht hat. Jedenfalls hat Oma Gunilla den Magnus in unserem Garten verstreut, weil sie dachte, das wäre einfach nur Dreck.

Ich finde es ein bisschen komisch, dass da jetzt ein fremder Toter in unserem Garten herumliegt, auch wenn es nur seine Asche ist. Und ich will auf keinen Fall, dass sich seine Asche mit deiner Asche vermischt!

Birger hat dann Kaminasche in die Urne gefüllt, weil wir ja keine andere Asche mehr hatten, damit wir Magnus' Familie die geben können. Es ist aber nur der Sohn vom Magnus gekommen, und der hat nichts bemerkt. Er hat nicht mal in die Urne reingeguckt, sondern einfach nur Oma die Urne mit deiner Asche gegeben, bevor er mit der Kaminasche davongefahren ist.

Und nun ist deine Asche hier – und Anne-Lis ist weg. Weil sie mal eine Pause braucht, hat sie gesagt, und Zeit zum Nachdenken. Heute ist nämlich ihr Freund gekommen und hat gesagt, dass er sie heiraten will. Ich hoffe, sie denkt nicht darüber nach, diesen Folke wirklich zu heiraten. Ich kenne den zwar kaum, aber cool finde ich ihn nicht. Und Anne-Lis hat sich auch nicht so richtig über seinen Vorschlag gefreut. Ich dachte immer, um sich zu heiraten, muss man sich lieben?

Lieber Opa, ich wünschte so sehr, du wärst in echt hier und nicht nur deine Asche.

Ich hab dich lieb!

Dein Emil

— 15 —

Das Licht hier draußen auf den Schären war ganz anders als in der Stadt. Das kleine rote Ferienhaus sah aus, als würde es sich mit der Rückseite schutzsuchend an die Felsen schmiegen, während sich die Vorderseite im Wasser spiegelte, ebenso wie das Strandgras, das zu dieser Jahreszeit nicht mehr grün, sondern trocken und gelb war. Das Laub der Bäume zeigte die ganze Farbenpracht des Herbstes von hellgelb bis leuchtend rot.

Anne-Lis lehnte sich an die Hauswand und spürte den leichten Wind im Gesicht, der vom Meer her kam und den Geschmack von Salz mit sich brachte. Mit geschlossenen Augen lauschte sie der Brandung und versuchte, alle Gedanken aus ihrem Kopf zu verbannen.

Der Wind frischte auf. Anne-Lis öffnete die Augen und zog die Decke, die sie aus dem Haus mit nach draußen gebracht hatte, fester um ihre Schultern.

Es war ein spontaner Entschluss gewesen, Stockholm zu verlassen und hier Zuflucht zu suchen. Ein Entschluss, der bei ihrer Familie nicht auf Zustimmung gestoßen war.

Inga hatte nur genickt und ihr ein paar schöne Tage gewünscht. Bertil hatte sie zum Abschied umarmt und ganz fest an sich gedrückt. Anne-Lis hatte das Gefühl gehabt, dass es ihm schwerfiel, sie gehen zu lassen, aber er hatte ihr lächelnd versichert, dass er sie verstehen könne, und ihr gute Erholung gewünscht.

Hedvig war sauer gewesen. »Natürlich, verschwinde ruhig wieder, so wie du es immer machst!«, hatte sie ihr an den Kopf geworfen und sich brüsk abgewandt.

Für Emil war es okay, dass sie sich ein paar Tage in das Ferienhaus auf den Schären zurückzog, und das allein war Anne-Lis wichtig.

»Alles ist besser, als dass du diesen komischen Folke wirklich heiratest«, hatte er grinsend gesagt.

»Du magst ihn nicht?«, hatte sie ihn daraufhin gefragt.

Emil hatte mit den Schultern gezuckt. »Ich kenne ihn ja nicht, aber wenn er dich mit nach Malmö nimmt, dann finde ich ihn doof.«

Sie hatte den Jungen umarmt, hatte ihm gesagt, wie lieb sie ihn habe, und ihm ihre Handynummer gegeben. »Du musst mich nur anrufen, wenn du mich brauchst«, hatte sie ihm versprochen. »Dann komme ich sofort zurück.«

Langsam ging sie den schmalen Pfad am Wasser entlang. Weit entfernte sie sich jedoch nicht vom Haus. Es sah so aus, als würde es Regen geben.

Sie hatte immer noch diesen Augenblick vor Augen, als Folke plötzlich vor ihr gestanden und ihr einen Heiratsantrag gemacht hatte. Noch vor zwei Wochen hätte sie ihn garantiert angenommen. Aber seitdem war so viel passiert.

Sie hatte Folke gebeten, nach Malmö zurückzufahren und ihr etwas Zeit zu geben. Sie hatte ihm versprochen, sich zu melden. Wann, wusste sie selbst nicht.

Als die ersten Regentropfen fielen, ging Anne-Lis zurück zum Haus. Eine Veranda führte zum Eingang, gleich dahinter lag der große Raum, der Küche, Esszimmer und Wohnzimmer in einem war. Hier stand auch der Kamin, der das ganze Haus beheizte. Oben waren die Schlafzimmer, die genauso zweckmäßig eingerichtet waren wie das ganze Haus, ohne jeglichen Komfort. Und doch war dieses Häuschen für Anne-Lis als Kind das Paradies gewesen.

Wenn sie die Augen schloss und sich ganz fest auf die Vergangenheit konzentrierte, dann konnte sie es wieder hören, das fröhliche Lachen von früher. Die Stimmen auf der Veranda, das Klappern des Geschirrs, weil sie immer viele Gäste hatten. Freunde, die die ganzen Ferien mit ihnen hier verbrachten, oder Besucher, die nur ein paar Tage blieben.

Sie war auch mit Birger hier gewesen, vor endlosen Zeiten. Doch es kam ihr so vor, als wäre das erst gestern gewesen. Sie hatten eng aneinandergekuschelt auf dem Bett gelegen, dem Rauschen der Wellen gelauscht, dem Gleichklang ihrer Herzen. Sie hatten sich geliebt, langsam und zärtlich, leidenschaftlich und wild. Das ganze Leben hatte vor ihnen gelegen …

Anne-Lis spürte den Schmerz so intensiv wie lange nicht mehr, doch sie musste ihn aushalten. Es war ein Phantomschmerz, der irgendwann nachlassen würde. Ganz bestimmt.

Sie öffnete die Augen wieder und schaltete das Licht ein. Früher hatten sie sich hier mit Öllampen und Kerzenlicht behelfen müssen. Die Insel war erst seit zwanzig Jahren an das Stromnetz angeschlossen.

Es war kein Problem gewesen, ohne Strom auszukommen, weil sie sich nur in den Sommermonaten hier aufgehalten hatten, in denen es nachts nie ganz dunkel wurde. Aber jetzt im Herbst war Anne-Lis froh über das elektrische Licht.

Als der Stromanschluss kam, hatte ihr Vater eine moderne Küche einbauen lassen. Auch das war für Anne-Lis jetzt eine Erleichterung. Auf der Insel selbst gab es nur fünfzehn Häuser und kein Geschäft. Sie musste die Einkäufe auf einer Nachbarinsel erledigen, die nur mit dem Schiff erreichbar war. Deshalb war sie froh, dass sie hier einen Kühlschrank hatte, in dem sie die mitgebrachten Vorräte aufbewahren konnte.

Sie öffnete ihn und schloss ihn gleich darauf wieder. Sie hatte keinen Hunger, obwohl sie den ganzen Tag noch nichts gegessen hatte. Sie war müde und fühlte sich einsam, obwohl sie selbst diese Einsamkeit gesucht hatte.

Heute ist heute, morgen ist ein neuer Tag, dachte sie. Ein besserer Tag, wie sie hoffte.

Sie ging nach oben und öffnete das Fenster ihres Schlafzimmers, bevor sie ins Bett ging. Die Kälte, die durchs Fenster hereinströmte, störte sie nicht. Sie wollte das Meer hören, wollte sich von dem beständigen Rauschen treiben lassen, bis die Wellen alles Bedrückende, alles Schwere wegspülten und sie in einen tiefen Schlaf fiel.

Die nächsten beiden Tagen vergingen in ruhigem Gleichklang. Graue Wolken wechselten sich mit sonnigen Abschnitten ab, die Anne-Lis für kurze Spaziergänge nutzte. Hin und wieder regnete es. Dann blieb sie im Haus, trank heißen Tee und las die Bücher, die sie mitgebracht hatte: zwei weitere Fortsetzungen von *Das Hotel am Siljansee*.

Die Romane fesselten sie ebenso wie die ersten beiden Bände. Die Geschichte der Familie Olsson ging weiter, während in jedem neuen Roman auch die abgeschlossene Geschichte eines Hotelgastes behandelt wurde.

Anne-Lis wurde beim Lesen plötzlich klar, warum sie diese Bücher so fesselten. Die Familie des Hoteliers kam ihr so vertraut vor. Nicht nur Handlungen, auch Gesten, Dialoge und Reaktionen auf besondere Ereignisse erinnerten sie an ihre eigene Familie. Sobald sie wieder zu Hause war, wollte sie im Internet nach der Autorin Britta Åberg suchen.

Allmählich kam Anne-Lis zur Ruhe und damit zu der Überzeugung, dass es gut gewesen war, hierherzukommen. Irgendwann musste sie wieder zurück, aber darüber dachte sie im Moment nicht nach.

Es war eisig kalt, als Anne-Lis am nächsten Morgen aufwachte. Das Geräusch, das sie geweckt hatte, konnte sie zuerst nicht zuordnen. Doch dann hörte sie es wieder. Jemand klopfte unten an die Tür.

Anne-Lis trug einen uralten, unförmigen Pyjama. Sie sprang aus dem Bett, wickelte sich in eine der Wolldecken und eilte nach unten.

»Ich komme«, rief sie, als es erneut und ziemlich heftig klopfte, und wäre beinahe die Treppe hinuntergefallen, als sich ihre Beine in der Decke verfingen. Fluchend kam sie unten an und riss die Tür auf.

»Ein bisschen mehr Begeisterung habe ich schon erwartet«, sagte Birger grinsend und schwenkte die Tüte in seiner Hand. »Ich habe dich bis draußen fluchen gehört.«

»Was willst du hier?«, fragte sie und ignorierte ihr wild schlagendes Herz.

»Ein Kaffee wäre ganz nett«, erwiderte er, immer noch grinsend. »Ich bin mitten in der Nacht aufgestanden, um die frühe Fähre zu bekommen. Ich bin müde und durchgefroren, und es wäre schön, wenn du mich jetzt hereinbitten würdest.«

Sie sollte ihm besser die Tür vor der Nase zuschlagen!

Wortlos trat Anne-Lis zur Seite und ließ ihn herein.

Birger ging direkt zur Küchenzeile und packte die Einkäufe aus, die er mitgebracht hatte. »Ich wusste nicht, was du im Haus hast«, sagte er und drehte sich dabei kurz zu ihr um. »Deshalb habe ich Frühstück mitgebracht. Frische Brötchen, Marmelade, Käse, Joghurt, Obst, Kaffee und Milch«, zählte er auf, während er alles auf den Tisch stellte.

Anne-Lis ließ ihn gewähren und setzte sich mit angezogenen Beinen in einen Sessel. Ihre Füße waren eisig kalt, sie war verwirrt, und sie wusste nicht, was sie von seinem unerwarteten Erscheinen halten sollte.

»Warum bist du hier?«, fragte sie.

Diesmal wandte er sich nicht um, als er antwortete. »Ich weiß es nicht.«

Genau das hatte auch sie gesagt, als sie ihn in seinem Haus aufgesucht hatte.

Dann war es still, bis auf das Ticken der großen Uhr in der Küche und das Rauschen der Brandung, das auch durch die geschlossenen Fenster zu vernehmen war.

Der Duft frisch aufgebrühten Kaffees zog durch den Raum. Birger kniete sich vor den Kamin und machte Feuer. Nach ein paar Minuten erfüllte wohlige Wärme das kleine Haus.

Anne-Lis beobachtete, wie er den Tisch in der Küche deckte, die Brötchen in einen Korb legte, den Käse auf einen Teller drapierte. Er kannte sich immer noch bestens aus, als wäre er gerade erst hier gewesen.

Sie ermahnte sich selbst, sich nicht zu behaglich zu fühlen. Sie wollte nicht zulassen, dass die guten Erinnerungen an glückliche Zeiten das überlagerten, was danach passiert war.

Während des Frühstücks sprachen sie kaum. Anne-Lis fragte nach Emil, und Birger erzählte ihr, dass es dem Jungen ganz gut ginge.

»Weißt du, was meine Familie für die Urnenbestattung geplant hat?«, fragte sie.

»Auf jeden Fall gibt es eine große Bestattungszeremonie auf dem Skogskyrkogården für alle Bekannten und Geschäftsfreunde, so wie Hedvig es von Anfang an wollte.«

Anne-Lis nickte. Sie hatte damit gerechnet, dass Hedvig sich durchsetzen würde.

»Es wird nur eine leere Urne beerdigt, aber das weißt du ja«, fuhr Birger fort. »Deine Mutter hat nun allerdings ein Problem damit, die Asche deines Vaters im Garten zu verstreuen, weil da schon der gute Magnus liegt.«

Anne-Lis lachte. »Dann könnte sie ja eigentlich der Raketenbestattung zustimmen, die Emil so am Herzen liegt.« Fragend schaute sie ihn an. »Du weißt ja bestimmt davon.«

»Ja«, sagte Birger. Mehr nicht. Er kommentierte Emils Wunsch nicht und stellte keine Fragen dazu.

»Emil scheint dir sehr zu vertrauen«, fuhr sie fort.

Auch diesmal nur ein einziges Wort als Antwort: »Ja.«

»Immerhin hat er dir auch von Hedvigs Problem erzählt. Darüber hat er nicht mal mit mir gesprochen.«

»Hedvigs Alkoholsucht, nennen wir das Problem doch beim Namen«, sagte er. »Und nicht Emil hat mir davon erzählt, sondern Fredrik.«

»Papa hat mir dir darüber gesprochen?«, fragte Anne-Lis. Ungläubig, fassungslos. »Wann?«

»Letzten Sommer.«

Sie sah ihm an, dass er ihr nur ungern Auskunft gab, aber das war ihr egal. Sie fragte trotzdem weiter. »Papa war letzten Sommer bereits krank. Wann seid ihr euch begegnet?«

»Warum willst du das wissen?«, fragte er mit gequälter Miene.

»Weil ich dachte, dass Papa dich hasst. Genau wie ich.«

Birger schaute sie an. Lange, prüfend, dann schüttelte er den Kopf. »Du hasst mich nicht, Anne-Lis. Das weißt du genau, und ich weiß es auch.«

»Ich dachte aber, dass ich dich hasse«, flüsterte sie.

Bald würde es regnen. Schwere Wolken hingen am Himmel. Die Umrisse der Inseln auf dem grünblauen Wasser waren scharf umrissen, der Himmel grau. Nicht wie dieses Stockholmer Grau, das eher schmutzig und unfreundlich wirkte, sondern ein klares Grau, vor dem das bunte Herbstlaub der Bäume besonders intensiv leuchtete.

»Wie lange bleibst du?«, fragte Anne-Lis.

Sie ging neben Birger am Strand entlang und achtete dabei darauf, Abstand von ihm zu halten. Und doch war er so nah, dass es ihr immer wieder den Atem nahm, wenn sie den Kopf zur Seite wandte, um ihn anzusehen.

Damals waren sie noch so jung gewesen. Er war reifer geworden, erwachsener. Sie musste aufpassen, denn irgendwann würde er wieder verschwinden, und statt der ersehnten Ruhe würden Sehnsucht und Einsamkeit zurückbleiben.

Er ließ sich Zeit mit seiner Antwort. »Wie lange kannst du mich ertragen?«, stellte er eine Gegenfrage.

Eigentlich konnte sie ihn jetzt schon nicht mehr ertragen, aber gehen lassen konnte sie ihn auch nicht. Sie ließ seine Frage unbeantwortet.

Schweigend gingen sie nebeneinanderher.

Erst als sie die Stelle erreichten, wo die Vegetation glatten, abgerundeten Felsen wich, die bis ins Wasser reichten, fragte sie: »Warum hat Papa ausgerechnet mit dir über Hedvig gesprochen? Warum hat er dir erzählt, dass sie Alkoholikerin ist?«

Wieder ließ er sich Zeit mit der Antwort. »Dein Vater war der Erste, der mitbekommen hat, dass ich mich mit Emil angefreundet habe. Anfangs war er nicht begeistert davon, aber wir haben viel miteinander gesprochen.« Er lächelte sie an. »Unser gegenseitiges Vertrauen ist gewachsen, und so führte eins zum anderen. Deinem Vater war vor allem wichtig, dass nach seinem Tod jemand für Emil da ist.«

»Wieso du?« Anne-Lis schüttelte den Kopf. Sie dachte an Bertil, der Emil wirklich liebte und ihn immer wie seinen eigenen Sohn behandelt hatte.

Birger schien ihre Gedanken zu erahnen. »Manchmal ist es einfach besser, jemanden außerhalb der Familie zu haben«, sagte er. »Und natürlich werde ich Emil niemals seinen Opa ersetzen können.«

Es blieben noch so viele Fragen offen, aber Birger wollte offenbar nicht weiter darüber reden. »Lass uns nach Hause gehen«, sagte er mit einem Blick in Richtung Himmel. »Es gibt gleich Regen.«

Der heftige Platzregen setzte ein, kurz bevor sie das Haus erreichten. In kürzester Zeit waren sie beide nass bis auf die Haut, und Anne-Lis sehnte sich nach einer warmen Dusche. Birger bestimmt auch, aber er ließ ihr den Vortritt und versprach, in der Zwischenzeit neues Holz in den Kamin zu legen und Tee zu kochen.

Sie lief nach oben, zog die nassen Sachen aus und genoss gleich darauf das warme Wasser auf ihrer Haut. In ein Handtuch gewickelt war sie nach dem Duschen auf dem Weg in ihr Zimmer, als Birger die Treppe heraufkam.

Er hatte seine nasse Jacke und das Hemd bereits ausgezogen und stand mit nacktem Oberkörper vor ihr. Seine Augen wanderten über ihr Gesicht, ihren Körper. Seine Blicke waren wie zarte Berührungen. Er streckte die Hand nach ihr aus, sie ergriff sie automatisch und wehrte sich nicht, als er sie in seine Arme zog. Das Handtuch fiel dabei zu Boden.

Sein Finger glitt sanft über ihre Wirbelsäule nach unten. Mit dem anderen Arm hielt er sie fest umschlungen. Sie spürte seine Haut auf ihrer Haut, seinen Mund auf ihrem Mund. Ihre Sinne waren geschärft, und sie nahm alles um sich herum überdeutlich wahr. Sie hörte den Regen gegen die Fenster prasseln, roch das Feuer im Kamin und den vertrauten Geruch seines Körpers, spürte ihr eigenes Begehren.

Er stöhnte leise auf und schob sie sanft in ihr Zimmer, bis sie das Bett an ihren Kniekehlen spürte. Sie löste sich nicht aus seinem Kuss, als sie sich langsam aufs Bett gleiten ließ und ihn mit sich zog.

Draußen war es dunkel, als Anne-Lis aufwachte. Es regnete immer noch, ein Sturm tobte ums Haus und vermischte sich mit dem Grollen der Brandung. Sie fror und tastete suchend neben sich, aber da war niemand.

Anne-Lis zog die Decke über ihren nackten Körper. War Birger gegangen? Oder hatte sie alles nur geträumt?

Sie lauschte, aber nur der Sturm und das Meer waren zu hören.

Das Gefühl der Einsamkeit traf sie wie ein Faustschlag, der ihr den Atem raubte. Leise stöhnte sie auf. Ich könnte es nicht ertragen, wenn er einfach so gegangen ist, dachte sie. Ohne ein Wort, ohne eine Erklärung, nach allem, was zwischen ihnen passiert war.

Dann war er plötzlich wieder da, und mit ihm kam die Wärme zurück ins Zimmer. Splitternackt stand er neben dem Bett und grinste zu ihr herab. In den Händen balancierte er ein Tablett mit zwei gefüllten Weingläsern und dem restlichen Käse vom Frühstück. »Ich hatte Hunger.«

Er kroch wieder zu ihr ins Bett, und sie tranken den Rotwein und aßen Käse dazu. Dann nahm er ihr das Glas aus der Hand, stellte es zusammen mit seinem auf den Nachttisch und zog sie an sich.

Als Anne-Lis am nächsten Morgen aufwachte, war sie wieder allein. Aber diesmal war ihr nicht kalt, und sie hatte auch keine Angst, dass Birger verschwunden war.

Sie streckte sich auf dem Bett aus und lächelte in der Erinnerung an die letzte Nacht. Dann hörte sie unten seine Stimme, konnte aber nicht verstehen, was er sagte.

Sie wickelte sich in eine Decke, bevor sie nach unten ging. Birger stand mitten im Raum, das Handy in der Hand.

Ernst schaute er sie an. »Das war Emil«, sagte er. »Wir müssen zurück.«

— 16 —

Stockholm empfing sie wie beim letzten Mal: grau, kalt und dunkel. Aber heute war Birger bei ihr, und sie fuhr auch nicht mit dem Taxi vom Bahnhof nach Hause, sondern saß neben ihm in seinem Wagen.

Birger hatte in der Nähe der Anlegestelle geparkt, bevor er mit einem Versorgungsboot zu ihr auf die Insel gekommen war. Er lenkte das Auto sicher durch den Verkehr, sah konzentriert auf die Straße, und Anne-Lis bekam allmählich das Gefühl, dass er ihre Anwesenheit völlig vergessen hatte. Je mehr sie sich ihrem Ziel näherten, umso mehr schien er sich von ihr zu entfernen.

Und was wird aus uns?

Die Frage brannte unausgesprochen in ihr. Sie hätte ihn gerne berührt, über seinen Arm gestreichelt, nach seiner Hand gefasst, aber sie tat es nicht. Sie hatte Angst vor seiner Zurückweisung, und sie hatte Angst vor dem, was sie zu Hause erwartete.

Bisher wusste sie nicht viel mehr, als dass Emil panisch angerufen hatte. »Bertil ist wohl weg, mehr konnte Emil mir auch nicht sagen«, hatte Birger nach dem Telefonat erzählt. »Und im Hintergrund schrie Hedvig herum. Es hörte sich an, als wäre sie wieder betrunken.«

»Ich hätte nicht wegfahren dürfen«, sagte Anne-Lis bedrückt.

Das Gefühl der Beklommenheit wurde stärker, als Birger

vor ihrem Elternhaus hielt. Er machte keine Anstalten auszusteigen.

»Du kommst nicht mit rein?«

Er schüttelte den Kopf. »Du weißt, dass ich da nichts zu suchen habe.«

»Und Emil?«

»Emil weiß, wo er mich findet. Er kann jederzeit zu mir kommen«

Und was wird aus uns? Ein paar Stunden des Glücks, und jetzt soll alles wieder so sein wie vorher?

Anne-Lis wusste, dass das nicht möglich war. Mit dem Tod ihres Vaters und den vielen Ereignissen der letzten Tage war ihre Welt zusammengebrochen, und die musste jetzt stückchenweise wieder zusammengesetzt werden. Nur passten einige Stücke nicht mehr dahin, wo sie früher gewesen waren, und andere schienen völlig überflüssig geworden zu sein.

Kein Kuss zum Abschied, kein zärtlicher Blick. Ganz so, als hätte es die letzten vierundzwanzig Stunden nicht gegeben. Ein belangloses »Man sieht sich«, dann war er weg.

Zutiefst enttäuscht betrat Anne-Lis das Haus. Leif schoss laut bellend auf sie zu und machte damit auch die anderen auf ihre Rückkehr aufmerksam.

»Anne-Lis!« Emil kam die Treppe heruntergelaufen, stürzte auf sie zu und umklammerte sie mit beiden Armen. »Ich bin so froh, dass du wieder da bist!« Er schaute zu ihr auf. »Ist Birger auch wieder da?«

»Er ist direkt zu sich nach Hause gegangen«, sagte Anne-Lis. »Er hat gesagt, du kannst jederzeit zu ihm kommen.«

Hedvig kam aus der Küche getorkelt. Ihre Augen glänzten, ihr Gesicht war aufgedunsen, und sie hatte offensichtlich

Mühe, sich auf den Beinen zu halten. Sie lehnte sich an die Wand, rülpste laut und bedachte Anne-Lis mit einem verächtlichen Grinsen. »Diverlorne Tochterswiedda. Gudaholt?«

»Du bist betrunken«, sagte Anne-Lis angewidert.

»Jaund?« Hedvig wedelte wild mit einer Hand und wäre dabei beinahe umgefallen. »Gehtsdichnan?«

Inga kam zusammen mit Karin in den Flur. »Hallo, Anne-Lis, schön, dass du wieder da bist! Willst du nicht ein bisschen mit Emil nach draußen gehen?«, schlug sie vor.

Anne-Lis erkundigte sich zuerst nach den Zwillingen.

»Die sind im Kindergarten«, sagte Inga.

»Zieh deine Jacke an«, sagte Anne-Lis zu Emil.

Der Junge nickte mit einem scheuen Blick auf seine Mutter.

Als er die Jacke von der Garderobe nahm, wurde Hedvig wütend. »Bleibsda!«, verlangte sie von Emil.

»Emil geht jetzt mit Anne-Lis nach draußen«, sagte Inga sehr bestimmt. »Und du legst dich hin und schläfst deinen Rausch aus.«

»Aufßuschichtnodersoh!« Es war nicht mehr zu verstehen, was Hedvig sagte, aber sie war offensichtlich sehr wütend.

Anne-Lis drängte Emil aus dem Haus. Der Junge sollte seine Mutter nicht länger in diesem Zustand sehen, wobei Anne-Lis befürchtete, dass er sie schon viel zu oft so erlebt hatte.

Sie atmeten beide erleichtert auf, als sie draußen waren. Unsicher lächelten sie einander an.

»Oma Inga macht das schon«, sagte Emil, und Anne-Lis fand es rührend, dass er offenbar das Gefühl hatte, sie trösten zu müssen, obwohl doch eigentlich er es war, der Trost brauchte. »Oma Inga ist die Einzige, die mit Mama fertigwird, wenn sie getrunken hat«, fügte Emil leise und mit sehr trauriger Stimme hinzu.

Dann hellte sich sein Gesicht plötzlich auf. »Birger!«, rief er und rannte los.

Birger kam ihnen auf der Straße entgegen, er fing Emil auf, der ihn lachend umarmte.

Anne-Lis ignorierte ihr klopfendes Herz und blieb abwartend stehen. Die Rückfahrt und die kühle Verabschiedung hatten einen bitteren Nachgeschmack hinterlassen.

Zusammen mit Emil kam Birger zu ihr. »Was habt ihr beiden vor?«, fragte er.

Emil warf einen Blick zum Haus, bevor er antwortete: »Wissen wir noch nicht.« Bittend schaute er Anne-Lis an. »Können wir noch mal zum Monteliusvägen?«

Bevor Anne-Lis zustimmen konnte, fragte Birger: »Darf ich mitkommen?«

»Ja! Ja! Ja!«, rief Emil begeistert.

Birger schaute Anne-Lis fragend an. »Ist dir das auch recht?«

Nein, war es nicht! Seine Nähe brachte sie völlig durcheinander. Aber sie konnte ihn nicht zurückweisen, ohne Emil zu enttäuschen, und so nickte sie ergeben.

Birger schien ihre Gedanken zu erraten. Sein wissendes Lächeln ärgerte sie, und sie wich seinem Blick aus.

»Du hast wirklich nichts dagegen?«, fragte er.

Jetzt schaute sie ihn direkt an, kühl und abweisend, wie sie hoffte. Ihr Blick sollte ihm verraten, dass sie sehr viel dagegen hatte, aber Emil zuliebe schwieg …

… und weil sie eigentlich nichts lieber wollte, als in Birgers Nähe zu sein.

Dieser Gedanke, verbunden mit ihrem Herzflattern, machte sie verletzlich. Sie versuchte, sich ausschließlich auf ihren Verstand zu konzentrieren.

Aber so einfach funktionierte das nicht. Nicht mit diesen Zweifeln im Herzen, diesen ganzen Fragen, die unbeantwortet blieben. Vor allem quälte sie die Frage, was er von ihr wollte, warum er ihr auf die Insel gefolgt war und sich bei ihrer Rückkehr so unnahbar gezeigt hatte.

Doch als sie in Emils Gesicht schaute, verdrängte sie diese Fragen. Die letzten Tage waren für den Jungen bestimmt nicht einfach gewesen. Er hatte ein bisschen Freude verdient.

»Machen wir uns einen schönen Tag!«, sagte sie, aber sie merkte selbst, dass der Klang ihrer Stimme nicht zu ihren Worten passte, und ihre Mimik vermutlich auch nicht.

Sie fuhren mit der Tunnelbana bis Slussen und gingen von dort aus zu Fuß weiter. Zum Glück regnete es nicht, aber es war kühl und der Himmel verhangen, als sie die Treppe zum Monteliusvägen hinaufstiegen.

»Hier soll Opas Asche in den Himmel geschossen werden«, erklärte Emil Birger, als sie oben waren. Bittend schaute er ihn an. »Du musst uns helfen. Opas Asche ist doch noch da.«

»Uns?« Birger sah Anne-Lis verwundert an.

»Anne-Lis will auch, dass Opa mit der Rakete in den Himmel geschossen wird, so wie ich es ihm versprochen habe«, sagte Emil eifrig. »Und du musst uns helfen.«

Birger wandte sich sichtlich amüsiert Anne-Lis zu. »Bist du wirklich für diese Raketenbestattung?«

»Warum nicht?«, erwiderte sie. »Wenn Emil es meinem Vater versprochen hat.«

»Ich wüsste nicht, wie ich euch da helfen soll«, sagte Birger.

»Dir fällt schon was ein«, erwiderte Emil vertrauensvoll.

»Ja.« Anne-Lis grinste Birger an. »Dir fällt schon etwas ein«, wiederholte sie Emils Worte.

Als sie den Monteliusvägen verließen, riss wie bei ihrem letzten Besuch die Wolkendecke auf, und die Sonne schickte ihre Strahlen auf den Riddarfjärden.

»Ein Zeichen von Opa, wie letztes Mal«, sagte Emil andächtig.

Ein bisschen anders war es schon, denn diesmal kämpfte sich die Sonne weiter durch das Grau und vertrieb die Wolken, bis es ein richtig schöner Tag wurde.

Sie fuhren mit einem der Ausflugsdampfer über den Riddarfjärden, weil Emil den Monteliusvägen vom Wasser aus sehen wollte. Immer noch war er davon überzeugt, dass sein Opa ihm die Sonne geschickt hatte, wieder einmal, um ihn in seinem Vorhaben zu bestätigen.

Emil dufte das Programm bestimmen, und er wünschte sich einen Besuch in *Gröna Lund Tivoli*, dem alten Freizeitpark auf der Halbinsel Djurgården.

Allmählich ließ auch Anne-Lis sich von der Freude des Jungen anstecken. Ihm gefiel besonders gut das *Lustiga Huset*, das Spaßhaus mit den beweglichen Treppen, dem fliegenden Teppich und dem sich drehenden Fußboden. Auch im *Spöktåget*, der Geisterbahn, hatten sie viel Spaß.

Später tranken sie heißen Kakao mit einem dicken Klecks Sahne, und dazu gab es frischen Apfelkuchen. Erst nach Einbruch der Dunkelheit fuhren sie mit der Tunnelbana wieder nach Hause.

Je näher sie dem Haus kamen, umso langsamer wurden

Emils Schritte. »Hoffentlich ist wieder alles in Ordnung«, sagte er bedrückt.

Emil hatte den ganzen Tag so viel Freude gehabt, war richtig aus sich herausgegangen, dass es erschreckend war, wie angespannt und eingeschüchtert er mit einem Mal wirkte. Ein kleiner Junge, der Angst vor dem Nachhausekommen hatte. Er lächelte nicht mehr, sein Gesicht war blass und voller Unruhe.

»Warum kommt ihr nicht noch mit zu mir?«, schlug Birger vor. »Zum Abendessen.«

»Gibt es Käse?« Die Frage entfuhr ihr, bevor sie darüber nachdenken konnte.

Sein Blick war unergründlich. »Ich dachte eher an den Pizzaservice. Aber gerne Pizza mit einer Extraportion Käse.«

»Au ja!« Emil klatschte in die Hände. Die Aussicht auf Pizza schien ihn zu begeistern, aber mehr noch die Erleichterung, dass er die Heimkehr noch ein wenig hinauszögern konnte.

Anne-Lis konnte ihn gut verstehen, sie hatte ebenfalls Angst vor dem, was sie in ihrem Elternhaus erwartete. Aber sie wollte auch nicht mit zu Birger. Der Tag in seiner Nähe war anstrengend genug gewesen. Er hatte sich vorbildlich verhalten, freundlich und zuvorkommend, aber die Distanz, die auf einmal wieder zwischen ihnen war, tat ihr weh.

»Geh du doch mit zu Birger«, schlug sie Emil deshalb vor. »Ich sollte besser nach Hause gehen und nachschauen, ob alles in Ordnung ist.«

»Nein, komm mit!« Emil klammerte sich mit beiden Händen an ihren Arm. »Es war so schön heute, mit Birger und dir zusammen. Wir können ja nach Hause gehen, wenn alle schlafen.«

Birger lächelte. »Ich finde, das ist ein guter Plan«, sagte er.

Es schienen tatsächlich alle zu schlafen, als sie leise das Haus betraten. Nicht einmal Leif kam zur Begrüßung an die Tür.

Auch Emil schlief schon tief und fest, deshalb war Birger mitgekommen. Er trug den schlafenden Jungen auf den Armen nach oben in sein Zimmer. Dort legte er ihn aufs Bett, und sie zogen ihm die Schuhe aus. Dann deckte Anne-Lis ihn vorsichtig zu, bevor sie gemeinsam mit Birger Emils Zimmer verließ.

Sie wollte noch mit nach unten gehen, aber Birger schüttelte den Kopf. »Nicht nötig«, sagte er leise. »Ich kenne mich hier ja aus. Es ist zwar lange her, dass ich zuletzt nachts aus dem Haus geschlichen bin, aber ich finde den Weg ganz bestimmt.«

Im Licht der schwachen Flurbeleuchtung sah sie ihn lächeln. Sie hätte ihn gerne festgehalten und in ihr Zimmer gezogen, um gemeinsam mit ihm zu vergessen, dass die Vergangenheit unwiederbringlich verloren war.

»Gute Nacht«, sagte er, und seine Hand strich sanft über ihre Wange.

»Gute Nacht«, erwiderte sie, schloss die Augen und wartete auf einen Kuss, der nicht kam.

Er zog die Hand weg und ließ sie stehen.

Sie hatte versucht zu schlafen, aber es ging nicht. Irgendwann nach Mitternacht gab sie es auf. Sie stieg aus dem Bett und ging leise nach unten in die Küche, um Tee zu kochen.

Als das Teewasser kochte, kam Hedvig in die Küche.

»Kannst du auch nicht schlafen?«, fragte Hedvig, die wieder nüchtern zu sein schien.

Anne-Lis wies auf die Kanne. »Möchtest du einen Tee?«

Hedvig ließ sich auf einen der Stühle am Küchentisch fallen. »Ich könnte etwas Stärkeres vertragen.«

Anne-Lis schaute sie geschockt an.

»Schon gut«, sagte Hedvig mit einem verlegenen Lächeln. »Eine Tasse Tee wäre super.«

Sie sagten beide nichts, als Anne-Lis das heiße Wasser in die Kanne goss und die Teebeutel dazugab. Anne-Lis wusste nicht, wie sie ein Gespräch beginnen sollte, und sie vermutete, dass es ihrer Schwester ähnlich ging. Ob Hedvig noch wusste, was sie vor ein paar Stunden zu ihr gesagt hatte?

»Es tut mir leid«, sagte Hedvig, als sie beide mit einer dampfenden Teetasse vor sich am Tisch saßen. »Ich glaube, ich war nicht sehr nett, als du nach Hause gekommen bist.«

»Du kannst dich daran erinnern?«

Hedvig schüttelte den Kopf. »Mama hat es mir gesagt.« Sie nippte an ihrer Tasse, bevor sie Anne-Lis anschaute. »Es tut mir leid. Wirklich!«

»Mir musst du das nicht sagen«, erwiderte Anne-Lis, »sondern Emil. Ich glaube, er leidet sehr.«

Hedvig senkte den Kopf. Als sie wieder aufschaute, glänzten Tränen in ihren Augen. »Ich weiß«, sagte sie leise. »Der Junge hat jetzt schon viel zu viel mitbekommen. Ich will ja auch nicht mehr trinken, aber dann überkommt es mich wieder, und ich kann nicht anders. Und als Bertil dann gegangen ist ...«

»So plötzlich«, sagte Anne-Lis und dachte daran, dass Bertil bis zur offiziellen Beerdigung hatte bleiben wollen. Was war während ihrer Abwesenheit passiert, dass er es sich anders überlegt hatte?

»Ich habe ihn rausgeworfen«, gestand Hedvig. »Aber das habe ich schon oft gemacht. Wie sollte ich denn ahnen, dass er mich diesmal beim Wort nimmt?«

»Warum hast du ihn denn rausgeworfen?«, wollte Anne-Lis wissen. »Oder, um es noch direkter auszudrücken, wieso bist du überhaupt so eklig zu ihm?«

Hedvig trank wieder einen Schluck Tee. »Er regt mich auf«, sagte sie schließlich. »Egal, was er vorhat, es geht daneben. Und er vergisst so viel. Denk nur daran, wie er ohne den Hund Gassi geht, oder an die falsche Urne, die er mitgebracht hat. Und das sind nur zwei Beispiele von vielen.«

»Dass mit dem Gassigehen ohne Hund finde ich eher lustig«, wandte Anne-Lis vorsichtig ein.

»Aber nicht, wenn es immer und immer wieder passiert«, sagte Hedvig, und dabei lag wieder dieser unzufriedene Zug in ihrem Gesicht. Nach ein paar Sekunden entspannte sie sich jedoch wieder. »Ich weiß, dass ich nicht immer fair zu ihm war«, sagte sie. »Aber ich hätte nie damit gerechnet, dass er mich wirklich verlässt. Er hat mir immer wieder gesagt, dass er mich liebt.«

Noch nie zuvor hatte ihre Schwester so offen mit ihr gesprochen. Das Dämmerlicht, die späte Stunde, der Tee, das alles sorgte für eine Innigkeit zwischen ihnen, die neu war – und sehr schön.

Anne-Lis befürchtete, mit einer unbedachten Frage alles wieder zu zerstören, und wusste gleichzeitig, dass nur gegenseitige Offenheit helfen konnte, das Verhältnis zu ihrer Schwester dauerhaft zu verbessern.

»Und was ist mit dir?«, fragte sie. »Liebst du Bertil?«

Hedvig nickte so spontan, dass für Anne-Lis jeder Zweifel daran ausgeräumt war.

»Ich habe es erst gemerkt, als er weg war«, sagte Hedvig. »Zu spät, wie so vieles im Leben.«

Zu spät! Wie oft hatten diese beiden Worte in den letzten Tagen Anne-Lis' Gedanken beherrscht? Aber für Hedvig und Bertil war es noch nicht zu spät, davon war sie fest überzeugt.

Anne-Lis sah, dass die Hände ihrer Schwester wieder zitterten. Die Vorstufe zum nächsten Schluck Alkohol, den Hedvig gleich wieder zu sich nehmen würde, wenn sie diesen verhängnisvollen Kreislauf nicht endlich durchbrach. Allerdings war Anne-Lis sich nicht sicher, ob ihre Schwester dazu alleine überhaupt noch in der Lage war oder ob sie professionelle Hilfe benötigte.

Sie griff nach Hedvigs Händen, hielt sie fest und beschloss, den Weg der Offenheit, den sie in dieser Nacht eingeschlagen hatten, weiterzugehen. Sie würde jetzt ganz ehrlich sein, alles auf eine Karte setzen. Entweder war dies der Weg, der sie und ihre Schwester zusammenführte, oder er würde sie nur noch weiter voneinander entfernen. Vielleicht für immer.

»Ich muss dir etwas sagen, Hedvig«, begann sie und spürte, wie sich das Zittern von Hedvigs Händen auf sie selbst übertrug. »Ich habe gewusst, dass Bertil dich verlassen will. Er hat es mir gesagt.«

Hedvig zog ihre Hände weg. Ihr Gesicht nahm wieder den Ausdruck an, den Anne-Lis so fürchtete. Es wirkte hart und verbittert. Ihr Geständnis hatte das beginnende Vertrauen zerstört. Sie rechnete fest damit, dass Hedvig jetzt aufspringen und nach oben laufen würde, um sich wieder zu betrinken. Aber sie blieb sitzen und sagte ganz lange kein Wort. In ihrem Gesicht arbeitete es.

»Seit wann weißt du es?«, wollte sie schließlich wissen.

»Bertil hat es mir an dem Abend gesagt, als ich dich zum ersten Mal betrunken gesehen habe. Bis dahin hat die ganze Familie versucht, deine Trinkerei vor mir zu verbergen.«

»Emil hat dir auch nichts gesagt?« Das schien Hedvig zu überraschen.

»Gerade Emil behält dieses Geheimnis für sich«, sagte Anne-Lis.

»Weil er sich schämt«, sagte Hedvig niedergeschlagen.

»Nicht nur deshalb, obwohl das sicher auch eine Rolle spielt«, erwiderte Anne-Lis. »Er spricht vor allem deshalb nicht darüber, weil er dich schützen will.«

Hedvig schaute sie fragend an. »Warum hast du mir nicht gesagt, dass Bertil mich verlassen will?«

»Weil er mich darum gebeten hat«, gab Anne-Lis ehrlich zu. »Weil unser Verhältnis nicht besonders gut war. Und weil ich nie auf die Idee gekommen wäre, dass du Bertil wirklich liebst. Nichts in deinem Verhalten ihm gegenüber ließ darauf schließen.«

Hedvig nickte und biss sich auf die Unterlippe, offensichtlich, um die Fassung zu wahren, aber die Tränen liefen dennoch über ihre Wangen. »Wenn ich noch einmal von vorn beginnen könnte, würde ich alles anders machen.«

»Mit Bertil?« Anne-Lis war da nicht so mutlos wie ihre Schwester. Wenn Hedvig und Bertil sich liebten, musste es einen Weg geben, der sie wieder zueinanderführte.

Doch ihre Schwester überraschte sie, indem sie den Kopf

schüttelte. Auch diesmal brauchte sie ihre Zeit, bis sie das sagen konnte, was ihr auf der Seele brannte.

»Ich würde mein ganzes Leben ändern«, sagte sie. »Ich bereue die Ehe mit Dag nicht, weil sie etwas ganz Wunderbares hervorgebracht hat, nämlich Emil. Aber ich würde nie wieder zurück zu Mama und Papa ziehen. Ich hätte mir eine Stelle suchen und arbeiten sollen.« Hedvig lächelte sie verlegen an. »Du ahnst nicht, wie oft ich dich beneidet habe. Um deine Freiheit, das zu tun, was du willst.«

Anne-Lis war sprachlos. Ihre Schwester war neidisch auf sie? Auf ihr Leben, das sie sich selbst ganz anders vorgestellt hatte und das gerade ziemlich aus den Fugen geraten war?

»Mein Leben ist überhaupt nicht so toll«, sagte sie. »Ich wollte immer das, was du hast: einen Mann, der mich liebt, und wundervolle Kinder. Ich mag meine Arbeit, aber sie erfüllt mich nicht.«

Sie schauten sich schweigend an. Anne-Lis sah, dass ihre Schwester ebenso ergriffen war wie sie selbst, weil sie sich jahrelang gegenseitig falsch eingeschätzt hatten. Jede hatte ein falsches Bild von der anderen gehabt, und das hatte ihr Verhältnis zueinander vergiftet.

Diesmal war es Hedvig, die nach Anne-Lis' Händen griff und sie festhielt. »Wir müssen viel mehr miteinander reden«, sagte sie.

Anne-Lis konnte nichts mehr sagen. Sie beugte sich zu ihrer Schwester hinüber und umarmte sie ganz fest.

— 17 —

Anne-Lis war gespannt, wie sie und Hedvig sich begegnen würden nach dieser Nacht der offenen Worte. Sie hatte Angst, dass bei Tageslicht alles wieder anders sein würde. Sie hatte Angst, dass Hedvig wieder getrunken hatte.

Ihre Mutter und Emil saßen bereits am Esstisch, als sie nach unten kam. Emil sah angespannt aus, das bemerkte Anne-Lis sofort, und es verstärkte ihre Angst noch.

»Wo sind deine Mutter und die Zwillinge?«, wollte Inga von Emil wissen.

»Die Zwillinge kommen gleich, und Mama war noch nicht wach, als ich aufgestanden bin«, antwortete er.

Anne-Lis seufzte tief auf. Also doch! Hedvig hatte wieder getrunken und kam deshalb heute Morgen nicht aus dem Bett.

Sie hatte diesen Gedanken kaum zu Ende gebracht, da erschien ihre Schwester zusammen mit den Mädchen. Hedvig sah entsetzlich aus. Ihr Gesicht war schneeweiß, dunkle Ringe lagen unter ihren Augen, und ihre Hände zitterten stärker denn je.

»Ist alles in Ordnung mit dir?«, fragte Inga, obwohl deutlich zu sehen war, dass es Hedvig gar nicht gut ging.

»Nein«, sagte Hedvig ehrlich und lächelte Anne-Lis zu. »Mit mir ist nichts in Ordnung, aber ich bin gerade dabei, alles wieder in Ordnung zu bringen.« Diesmal schaute Hedvig ihren Sohn an. »Ich werde nie mehr trinken«, sagte sie. »Und weil ich damit heute Nacht schon begonnen habe, geht es mir heute Morgen nicht so gut. Aber es wird besser werden.« Sie ging zu Emil und strich ihm liebevoll übers Haar. »Und diesmal halte ich mein Versprechen, ganz bestimmt!«

Emil lächelte, sah aber skeptisch aus. Wahrscheinlich hatte Hedvig ihm schon zu oft versprochen, mit dem Trinken aufzuhören. Auch Inga sagte nichts dazu.

»Das ist eine richtig gute Idee«, sagte Anne-Lis, damit ihre Schwester überhaupt eine positive Rückmeldung bekam, die sie ermutigte. »Ich finde, du solltest dir professionelle Hilfe suchen.«

»Das mache ich.« Hedvig nickte. »Ich werde mich gleich um einen Termin bei einer Beratungsstelle bemühen.«

Diesmal wirkte Inga überrascht, und auch auf Emils Gesicht schien so etwas wie Hoffnung aufzuleuchten.

Inga räusperte sich. »Das ist jetzt vielleicht nicht der richtige Moment«, sagte sie, »aber es gibt da noch ein anderes Problem: Ich weiß nicht, wie es in der Firma weitergehen soll. Nach Papa ist jetzt auch Bertil nicht mehr da. Gestern hat mich Anders Sjölin angerufen, weil wichtige Entscheidungen getroffen werden müssen.« Inga zögerte einen Moment, schaute Anne-Lis entschuldigend an. »Ich habe überlegt, Birger zu fragen, ob er wieder in die Firma einsteigen will.«

»Birger ist Ingenieur«, erwiderte Anne-Lis, »aber die Firma braucht einen Geschäftsführer.«

»Ich weiß, aber ich habe keine Ahnung, wen ich sonst fragen soll. Birger kennt die Firma, und ich dachte, dass du und er vielleicht ...« Inga sah sie bittend an. »Du hast doch eine kaufmännische Ausbildung, du kannst dich doch bestimmt in dem Unternehmen einarbeiten?«

Zusammen mit Birger in der Firma ihres Vaters arbeiten? Ihn jeden Tag sehen, jeden Tag mit ihm zusammen sein?

Anne-Lis schüttelte den Kopf. »Erstens arbeite ich in der Touristikbranche«, erklärte sie ihrer Mutter und ignorierte den enttäuschten Ausdruck auf deren Gesicht. »Zweitens habe ich nicht die Absicht, in Stockholm zu bleiben.«

Erst jetzt, nachdem sie es ausgesprochen hatte, wurde ihr klar, dass sie wirklich wieder gehen würde. Es überraschte sie, dass ihr der Gedanke einen schmerzhaften Stich versetzte. Dabei war sie seit Jahren davon überzeugt gewesen, nie wieder in Stockholm leben zu können.

Anne-Lis verdrängte diese Gedanken, im Moment ging es nicht um sie. »Du hast doch früher in Papas Firma gearbeitet«, wandte sie sich an ihre Schwester.

»Das war vor Emils Geburt.« Hedvig winkte ab, aber in ihren Augen lag ein Glanz, der diesmal nicht vom Alkohol herrührte.

»Und du hast oft an den Wochenenden für Papa die Korrespondenz erledigt«, fuhr Anne-Lis fort, ohne auf den Einwand ihrer Schwester einzugehen. »Papa hat mir einmal erzählt, dass du richtig gute Ideen beigesteuert hast. Warum übernimmst du nicht Bertils Stelle? Zumindest bis er zurückkommt.«

Hedvig sagte nichts dazu, aber ihr Gesicht hatte wieder eine etwas gesündere Farbe angenommen.

Anne-Lis wandte sich ihrer Mutter zu. »Und es ist mir egal, ob du Birger fragst. Er kennt die Firma, und ich bin sicher, dass er Hedvig eine große Hilfe sein wird.«

»Hedvig hat doch überhaupt keine Ausbildung«, wandte Inga ein.

»Dann holt sie das eben nach«, sagte Anne-Lis. »Sie kann

einen Abendkurs besuchen, um sich das Grundwissen anzueignen, das sie braucht. Wichtig ist doch vor allem, dass jemand in Papas Firma ist, dem das Unternehmen wirklich am Herzen liegt. Und wer wäre da besser geeignet als Hedvig?«

Inga hatte noch einen letzten Einwand: »Du vergisst vor lauter Begeisterung offensichtlich die Kinder.«

»Die Zwillinge sind den ganzen Tag im Kindergarten, Emil geht zur Schule.« Anne-Lis machte eine kurze Pause. »Und du bist ja auch noch da. Und Karin«, sagte sie schließlich. Sie konnte nicht verhindern, dass ein herausfordernder Unterton in ihrer Stimme mitschwang. Schnell fügte sie hinzu: »Ich bleibe auch noch hier, bis sich alles eingespielt hat.«

Wie erleichternd sich der Entschluss anfühlte, noch eine Weile in Stockholm zu bleiben.

Wie lästig, dass ausgerechnet jetzt eine SMS von Folke kam.

Wann kommst du zurück?, wollte er wissen.

Gleich darauf kam die zweite SMS. *Kommst du überhaupt zurück?*

Anne-Lis wusste nicht, was sie darauf antworten sollte, und deshalb ließ sie es vorerst ganz bleiben, auch wenn sie selbst wusste, dass sie allmählich zu einer Entscheidung kommen musste.

In den nächsten Tagen spielte sich das Leben im Haus Dahlander neu ein. Hedvig hatte ihre ersten Sitzungen bei einer Therapeutin, zu der sie laut eigenem Bekunden sehr schnell Vertrauen fasste.

Allerdings gestand sie Anne-Lis, dass sie Bertil vermisste

und es ihr schwerfiel, ihren Kummer nicht so wie bisher mit Alkohol zu betäuben. Auch die Kinder vermissten Bertil, vor allem die Zwillinge fragten immer wieder nach ihm.

»Ich kann ja verstehen, dass er mich nicht mehr sehen will«, sagte Hedvig einmal verzweifelt zu Anne-Lis. »Aber die Kinder können doch nichts dafür.«

»Gib ihm ein wenig Zeit«, sagte Anne-Lis. »Ich glaube nicht, dass Bertil so verantwortungslos ist und von den Kindern nichts mehr wissen will. Er wird sich melden, da bin ich mir ganz sicher.«

Dank Anne-Lis' Unterstützung und der Hilfe der Therapeutin gelang es Hedvig, auch weiterhin nichts zu trinken. Ganz besonders schien ihr aber die Arbeit in der Firma zu helfen. Es war erstaunlich, wie sehr sie darin aufging.

Birger hatte sich tatsächlich bereit erklärt, Hedvig zu unterstützen, allerdings mit der Einschränkung, dass er Stockholm in absehbarer Zeit wieder verlassen würde.

Anne-Lis kümmerte sich sehr viel um die Kinder, las alle Folgen von *Das Hotel am Siljansee* und spürte gleichzeitig, dass sie von Tag zu Tag unzufriedener und unglücklicher wurde. Sie musste endlich eine Entscheidung treffen, wie es mit ihrem Leben weitergehen sollte. Aber sie konnte sich nicht darauf konzentrieren, solange die Asche ihres Vaters noch nicht bestattet war und ein kleiner Junge darauf hoffte, seinem Großvater den letzten Wunsch zu erfüllen.

Doch in diesem Punkt waren sowohl Inga als auch Hedvig unnachgiebig. Der Termin für die offizielle Bestattung auf dem Skogskyrkogården stand fest, danach sollte Fredriks Asche in einer Familienzeremonie im heimischen Garten verstreut werden.

Anne-Lis und Emil hatten keine Möglichkeit, die Asche

in der Urne auszutauschen, weil Inga nicht verriet, wo sich die Urne befand. Sie behauptete, dass sie Fredriks Asche vor Gunillas Zugriff schützen wolle.

Anne-Lis glaubte ihr kein Wort. »Du willst doch vor allem verhindern, dass Emil und ich Papas letzten Wunsch erfüllen.«

»Ich hätte nicht gedacht, dass du diesen Blödsinn immer noch unterstützt«, war alles, was Inga darauf erwiderte.

— 18 —

Nach der Messe versammelte sich die ganze Trauergemeinde auf dem Skogskyrkogården. Alle Geschäftsfreunde, Bekannten und Nachbarn waren zur Beisetzung und zum anschließenden Kaffeetrinken eingeladen worden.

Diesmal konnte auch Karin dabei sein, weil Hedvig beschlossen hatte, die Zwillinge mitzunehmen. Im Gegensatz zum Rest der Familie wussten die beiden nicht, dass die Urne, die heute begraben wurde, leer war. Es schien Frida und Kerstin sehr zu beschäftigen, dass die Asche ihres Großvaters für immer unter der Erde verschwinden sollte. Während der kurzen Gedenkmesse waren beide ungewöhnlich still.

Es war eine schöne, einfache Messe. Der Pfarrer fand herzliche Worte für die Trauergemeinde und sprach über Fredrik, als hätte er ihn persönlich gekannt.

Einer von Fredriks engsten Geschäftsfreunden hatte darum gebeten, ebenfalls ein paar Worte sagen zu dürfen, und was er sagte, trieb allen die Tränen in die Augen. Er ging nur am Rande auf Fredriks Fairness und Korrektheit als Geschäftsmann ein und betonte stattdessen, dass Fredrik ihm ein guter Freund gewesen sei, der ihm mehrfach in schwierigen Situationen beigestanden habe. Er erwähnte Fredriks Großzügigkeit, seinen Humor und vor allem die Liebe zu seiner Familie, die bei allen geschäftlichen Treffen immer wieder deutlich geworden sei.

Anne-Lis wischte sich die Tränen aus den Augen.

Als sie den Kopf wandte, sah sie, dass es Hedvig und auch Karin nicht anders erging. Nur ihre Mutter stand da, hoch erhobenen Hauptes, lauschte den Reden und wirkte, als würde alles an ihr abprallen.

Nach der Messe gingen sie in einer Prozession zum Grab, das Hedvig und Inga gemeinsam ausgesucht hatten. Es befand sich unter einer hohen Ulme, die an den Baum zu Hause im Garten erinnerte, den Fredrik so geliebt hatte. In den nächsten Tagen sollte ein einfacher Grabstein aufgestellt werden, auf dem lediglich sein Name stehen würde.

Es war ein hübscher Platz, fand Anne-Lis, durchaus angemessen als letzte Ruhestätte für ihren Vater – wenn es sich denn um eine richtige Beerdigung gehandelt hätte und wenn es Emils Versprechen nicht gegeben hätte.

»Erde zu Erde, Asche zu Asche, Staub zu Staub«, sprach der Pfarrer die Bestattungsformel, woraufhin Frida sich Hedvig zuwandte und laut fragte: »Warum kann Opa denn nicht in den Garten zu Magnus?«

»Pst!«, zischte Hedvig und legte einen Finger an die Lippen. Dabei schaute sie sich verstohlen um.

Frida brachte sie damit zum Schweigen, dafür wollte Kerstin jetzt wissen: »Ist der ganze Opa jetzt in dem kleinen Topf da?« Sie wies auf die Urne, die der Pfarrer in den Händen hielt. »Wie habt ihr den Opa denn so klein gekriegt?«

Jetzt musste auch Frida ihren Senf wieder dazugeben. »Die haben den Opa doch auch verbrannt, genauso wie den Magnus.«

Irgendwo hinter sich hörte Anne-Lis einen der Gäste flüstern: »Wer ist denn Magnus?«

Sie dachte an ihren Vater und stellte sich vor, wie sehr ihn das alles amüsieren würde. Sie senkte den Kopf ganz tief, damit niemand sah, wie sie mit dem Lachen kämpfte. Es war wirklich der unpassendste aller Momente dafür.

Leider waren die Zwillinge noch nicht fertig. Frida beschäftigte inzwischen etwas ganz anderes.

»Mama, warum trägt der Mann da ein Kleid?«, fragte sie laut und wies auf den Pfarrer in seinem liturgischen Gewand. »Der sieht aus wie Oma Gunilla, wenn Weihnachten ist.«

Diesmal vernahm Anne-Lis hinter sich verstohlenes Gelächter, das sogleich in ein Hüsteln überging.

»Vielleicht hat der Pfarrer sich das Kleid ja von Oma Gunilla geliehen«, erwiderte einer der anderen Gäste leise, und diesmal war es Anne-Lis, die ihr Lachen mit einem vorgeblichen Hustenanfall tarnen musste.

Diese Beerdigung wäre ganz nach Papas Geschmack gewesen, dachte sie.

Nachdem die leere Urne im Grab versenkt worden war und die Familie daneben Stellung bezogen hatte, um die Kondolenzwünsche der Besucher entgegenzunehmen, schaute Anne-Lis sich verstohlen um. Die meisten der Gäste kannte sie nicht. Nur ihre Familie, ein paar Nachbarn – unter ihnen Birger – und zwei der engsten Geschäftsfreunde ihres Vaters, mit denen er auch privat zu tun gehabt hatte. Auch von den Nachbarn waren ihr viele fremd, weil in den vergangenen Jahren einige weggezogen und dafür andere neu hinzugezogen waren.

Als sie sich leicht zur Seite drehte, sah sie etwa hundert Meter entfernt einen Mann unter einer Baumgruppe stehen. Halb verborgen, als wolle er von der Trauergemeinde nicht gesehen werden. Aber Anne-Lis erkannte ihn dennoch.

Es war Bertil.

Wie schön, dass er sich wenigstens heute blicken ließ. Gleichzeitig beunruhigte es sie, dass er sich nicht zu ihnen gesellte. Er war doch Teil der Familie, gehörte dazu, müsste neben Hedvig und seinen Kindern stehen.

Inga stand zwischen ihr und Hedvig. Anne-Lis trat hinter ihre Mutter, tippte ihrer Schwester auf die Schulter und flüsterte ihr ins Ohr: »Da ist Bertil!«

»Wo?« Hedvig fuhr herum.

»Da hinten.« Anne-Lis wies in Richtung der Baumgruppe, aber da stand niemand mehr. »Mist!«, fluchte sie leise. »Er hat bemerkt, dass ich ihn entdeckt habe.«

Hedvig hatte sich umgedreht, und es sah ganz so aus, als wollte sie loslaufen.

»Könnt ihr euch bitte zusammenreißen«, zischte Inga. »Nicht genug, dass die Zwillinge sich so aufgeführt haben, nicht einmal ihr könnt euch angemessen benehmen.«

Hedvig blieb stehen, und Anne-Lis baute sich gehorsam wieder an der linken Seite ihrer Mutter auf, schaute dabei aber immer wieder hinter sich, ebenso wie Hedvig. Doch Bertil ließ sich nicht mehr blicken.

Nach der Zeremonie auf dem Skogskyrkogården verabschiedete Hedvig sich unter dem Vorwand, dass das alles für die beiden Mädchen wohl doch zu viel sei, und ging mit ihnen nach Hause.

»Kann ich auch mit nach Hause?«, fragte Emil. »Das ist alles so langweilig.«

»Das ist Opas Beerdigung!«, sagte Inga streng.

»Das ist ganz großer Quatsch!« Wütend schaute Emil sie an.

»Dann geh mit deiner Mutter und deinen Schwester nach Hause.« Inga wedelte mit den Händen. »Bevor das hier komplett aus dem Ruder läuft.«

Am liebsten hätte Anne-Lis sich ihnen angeschlossen. Bis auf die kurzen Szenen mit den Zwillingen, die ihren Vater amüsiert hätten, hatte das hier alles nichts mit Fredrik zu tun. Und eigentlich auch nicht mit ihr. Es war die Veranstaltung, die Hedvig so wichtig gewesen war und der ausgerechnet sie jetzt nicht bis zum Ende beiwohnte.

Anne-Lis konnte ihre Schwester verstehen. Wahrscheinlich hoffte Hedvig, dass Bertil nach Hause kam und sie dort mit ihm reden, sich womöglich sogar mit ihm versöhnen konnte.

Ergeben schloss sie sich der Trauergesellschaft an, als diese in das Café weiterzog, das für diesen Nachmittag reserviert worden war.

Plötzlich war Birger an ihrer Seite. »Man sieht dir deutlich die mangelnde Begeisterung an«, rügte er mit feinem Spott.

»Ich sehe traurig aus, so wie sich das auf einer Beerdigung gehört.«

»Du hast eben gelacht«, behauptete er. »Ich habe ganz deutlich gesehen, wie deine Schultern gezuckt haben.«

»Was hoffentlich alle für verzweifeltes Weinen gehalten haben.«

»Ich glaube nicht, dass irgendwer auf dich oder deine Familie geachtet hat«, gab Birger amüsiert zurück. »Alle hatten nach den Bemerkungen der Zwillinge genug damit zu tun, selbst nicht unangenehm aufzufallen.«

»Da bin ich ja beruhigt«, sagte sie belustigt und wurde gleich darauf ernst. »Hast du Bertil auch gesehen?«

»Nein.« Er sah sie aufmerksam an. »War er da?«

»Er hielt sich versteckt, wollte wohl nicht entdeckt werden. Schade, ich habe so gehofft …«

»Was hast du gehofft?«, fragte Birger, als sie nicht weitersprach. »Dass er vergeben und vergessen hat, was Hedvig ihm alles angetan und wie sie ihn angebrüllt hat?«

Anne-Lis sah ihn überrascht an.

»Ich wohne nebenan«, erklärt er. »Ich habe mehr mitbekommen, als mir lieb ist. Ich habe sie gehört, wenn sie Bertil angeschrien hat, und ich habe teilweise auch mitbekommen, was sie ihm betrunken an den Kopf geworfen hat.« Birger betrachtete sie kopfschüttelnd. »Die Welt funktioniert nicht so, wie du dir das vorstellst. Ein nettes Wort, eine Entschuldigung, und schon ist wieder alles pure Harmonie.«

»Wieso glaubst ausgerechnet du zu wissen, wie ich mir die Welt vorstelle?«, fuhr Anne-Lis ihn an. »Du weißt überhaupt nichts über mich und mein Leben, und ich bin mir inzwischen auch nicht mehr sicher, ob du mich jemals verstanden hast.«

Sie beschleunigte ihren Schritt, weil sie nicht mehr an seiner Seite gehen wollte, und holte ihre Mutter ein, die sich gerade mit einem von Fredriks Geschäftsfreunden unterhielt.

»Du kennst Lars Hedman noch?« Inga wies auf den Mann an ihrer Seite.

»Das letzte Mal, als wir uns gesehen haben, warst du so groß.« Lars Hedman zeigte mit der Hand eine Größe an, die in etwa der der Zwillinge entsprach.

Anne-Lis nickte und brachte ein höfliches Lächeln zustande, konnte dem Gespräch aber nicht folgen. Sie hoffte, dass sie einen halbwegs interessierten Gesichtsausdruck hinbekam und dass der Rest des Nachmittags so schnell wie möglich vorübergehen würde.

Hedvig hatte immer noch verweinte Augen, als sie nach Hause kamen.

»Nichts?«, fragte Anne-Lis und nahm Hedvig in den Arm, als diese den Kopf schüttelte und zu weinen begann. Sie hätte ihr so gerne etwas Tröstliches gesagt, aber nach Birgers Bemerkung war sie selbst nicht mehr sicher, ob Bertil sich in nächster Zeit melden würde.

Schließlich fasste Hedvig sich wieder und löste sich aus Anne-Lis' Armen. »Ich bin froh, dass du da bist«, sagte sie und rang sich ein Lächeln ab. »Und diesmal meine ich das auch wirklich so.«

»Ich bin auch froh, bei euch zu sein«, erwiderte Anne-Lis. »Lange kann ich allerdings nicht mehr bleiben, sonst verliere ich meinen Job beim *STS*.«

»Dein Chef ist doch quasi dein Verlobter«, wandte Hedvig ein. »Glaubst du wirklich, der würde dich feuern?«

»Ich werde mich von Folke trennen«, sagte Anne-Lis und entschloss sich, endlich auch in diesem Punkt ganz ehrlich zu sein. »Eigentlich sind wir schon so gut wie getrennt, er weiß es nur noch nicht.«

Hedvig sah sie entgeistert an.

Anne-Lis zuckte mit den Schultern, lächelte sogar ein bisschen und registrierte, dass die Erinnerung an den Moment, als sie Folke mit Carina erwischt hatte, kein bisschen wehtat. Wahrscheinlich hatten von Anfang an vor allem die Erinnerungen geschmerzt, die der Anblick der beiden in ihr ausgelöst hatte.

»Folke hat mich betrogen«, erklärte sie ihrer Schwester. »Ich habe ihn mit unserer Vorgesetzten erwischt. Genau in dem Moment, als du angerufen hast, um mir zu sagen, dass Papa gestorben ist.«

Hedvig presste erschrocken beide Hände vor den Mund. »Das tut mir so leid!«

Anne-Lis winkte ab. »Du konntest ja nicht wissen, dass die beiden sich gerade nackt auf dem Sofa wälzen.« Nachdenklich sah sie vor sich hin. »Ich glaube sogar, dass Folke es wirklich bedauert. Er hat sich mehrfach entschuldigt.«

»Aber du willst ihn nicht mehr.« Hedvig nickte bedächtig. »Das kann ich gut verstehen.«

»Ich liebe ihn nicht mehr«, stellte Anne-Lis richtig. »Vielleicht habe ich ihn nie geliebt, selbst da bin ich mir nicht mehr sicher.«

Ihre Schwester betrachtete sie mit prüfendem Blick. »Und Birger?«, fragte sie schließlich.

»Nein ... Ja ...« Anne-Lis zuckte mit den Schultern. »Ich weiß es nicht«, sagte sie zaghaft.

»Er war bei dir auf der Insel«, sagte Hedvig. Es war keine Frage, sondern eine Feststellung.

»Woher weißt du das?«, fragte Anne-Lis überrascht.

»Ich bitte dich, er ist nur wenige Stunden nach dir verschwunden. Er wusste von Emil, wo du bist, und ihr seid zusammen nach Hause gekommen.«

»Das hast du mitgekriegt?« Anne-Lis erinnerte sich daran, wie betrunken ihre Schwester bei ihrer Heimkehr gewesen war.

»Nein, Mama hat es mir erzählt«, sagte Hedvig.

»Okay«, erwiderte Anne-Lis gedehnt und wunderte sich, dass ihre Mutter sie nicht darauf angesprochen hatte.

»Birger ist voll in Ordnung«, sagte Hedvig lächelnd, »jedenfalls drückt Emil es so aus. Und ich wüsste tatsächlich nicht, wie ich ohne seine Hilfe in der Firma klarkommen sollte.«

»Erzählt er manchmal etwas über sich? Oder über Svea?«

»Nein, nie!« Hedvig schüttelte den Kopf. Ihr mitleidiger Blick war schwer zu ertragen.

»Ist ja auch egal«, sagte Anne-Lis betont lässig.

»Ich habe ihn einmal gefragt, ob Svea auch irgendwann nach Stockholm kommt«, sagte Hedvig. »Aus purer Neugierde. Aber er hat nur gesagt, das sei unwahrscheinlich und er selbst würde auch bald wieder gehen.«

»Und wann?«

Hedvig zögerte mit der Antwort, sagte aber schließlich: »Ich glaube, er will das Haus verkaufen.«

Anne-Lis erinnerte sich, dass sie genau so etwas auch schon vermutet hatte. Ganz am Anfang, als sie erfahren hatte, dass er wieder da war.

Sie wollte sich nicht vorstellen, dass andere Menschen nebenan lebten. Dass sie mit ihrem Leben, ihrer Einrichtung, ihren Sehnsüchten und Träumen alles erstickten, was von der Vergangenheit geblieben war. Dann wäre es nicht mehr das Haus der Nachbarn, die sie seit ihrer Kindheit kannte, nicht mehr Birgers Haus …

»Ich gehe mal mit Leif raus«, sagte sie. Auch jetzt wieder betont fröhlich, weil sie nicht einmal vor ihrer Schwester zeigen wollte, wie es wirklich in ihr aussah.

»Bringst du den neusten Band vom *Hotel am Siljansee* mit?«, bat Hedvig.

Wenigstens über Happy Ends lesen, wenn ihnen selbst keines vergönnt war. Das war wohl das Schicksal der Schwestern Dahlander, schoss es ihr durch den Kopf. Endlich in geschwisterlicher Zuneigung vereint, nachdem sie beide ihr Liebesglück verloren hatten.

»Anne-Lis Dahlander, du bist eine dumme Kuh!«, schalt sie sich selbst.

»Was hast du gesagt?«

Erst als Hedvig diese Frage stellte, wurde Anne-Lis klar, dass sie gerade laut gesprochen hatte. »Schon gut.« Sie winkte ab. »Ich führe nur Selbstgespräche, und den Roman bringe ich dir natürlich mit.«

»Bertil würde sich totlachen, wenn er wüsste, dass ich diese kitschigen Romane inzwischen auch lese«, sagte Hedvig traurig. »Ich hatte einmal richtig Streit mit ihm, weil ich mich darüber aufgeregt habe, dass Oma Gunilla diesen Schund liest, wie ich es damals nannte. Sogar Mama liest sie.«

Anne-Lis hatte ihrer Schwester den ersten Teil der Serie in die Hand gedrückt, als der Suchtdruck besonders stark gewesen war. Seitdem verschlang Hedvig diese Romane genauso gierig wie sie selbst.

»Hast du nicht auch manchmal das Gefühl, da schreibt jemand über unsere Familie?«, fragte Hedvig nachdenklich. »Der Hotelchef, Stefan Olsson, erinnert mich ganz oft an Papa.«

»Und seine Frau Ulrika hat ziemlich viel mit Mama gemein«, sagte Anne-Lis. »Gesten, bestimmte Ausdrucksweisen.« Sie nickte nachdenklich, musste schließlich lachen. »Wahrscheinlich erkennen sich viele in diesen Romanen wieder. Das ist wohl das Geheimnis ihres Erfolgs.« Sie griff nach der Hundeleine. »Ich gehe jetzt mit Leif raus. Bis später!«

Sie musste nicht nach dem Hund rufen, er stand schon an der Haustür, und sein Blick schien sie aufzufordern, etwas schneller zu machen, weil er dringend nach draußen musste.

Anne-Lis schlug mit ihm den Weg zum Skogskyrkogården ein. Ohne besonderen Grund, einfach nur, um ein Ziel zu haben.

Auf dem Friedhof wurde sie von einem Lichtmeer empfangen. Es sah aus, als würden Tausende von Kerzen vor den Grabsteinen unter den Bäumen brennen. Sie flackerten im leisen Wind und sorgten für eine unwirkliche Szenerie.

»Wieso treibst du dich so gerne spätabends auf Friedhöfen herum?«

Sie war nicht erschrocken, als sie hinter sich Birgers Stimme vernahm. Vielleicht hatte sie sogar gehofft, ihn hier zu treffen, aber darüber wollte sie jetzt nicht nachdenken. Eigentlich wollte sie überhaupt nicht nachdenken.

»Ich mag die Ruhe und vor allem die Einsamkeit«, sagte sie.

Er lachte leise und stellte sich ganz dicht neben sie. »Soll ich wieder gehen?«, flüsterte er ihr ins Ohr.

Nein, bleib!, schrie ihr Herz ganz laut.

Lass ihn gehen, sagte ihr Verstand.

Aber sie zuckte nur mit den Schultern und sagte betont gleichgültig: »Das ist deine Sache. Ich kann dir nicht verbieten, hier zu sein.«

»Ich bin auch ganz leise«, sagte er. »Ich werde deine Ruhe nicht stören, und auch nicht die Einsamkeit, die du so magst. Du wirst kaum merken, dass ich da bin und auf dich aufpasse.«

»Ich kann ganz gut auf mich allein aufpassen«, erwiderte sie. »Das habe ich in den vergangenen Jahren auch geschafft.«

»Was ist mit diesem Mann, der dir einen Heiratsantrag gemacht hat?«, fragte er. Seine Stimme klang völlig ungerührt.

»Hättest du mich das nicht fragen müssen, bevor du auf den Schären mit mir ins Bett gegangen bist?«

Birger lachte laut auf. »Ich schulde diesem Mann keine Rechenschaft, aber du vielleicht.«

»Ich schulde vor allem dir keine Rechenschaft«, erwiderte sie.

Langsam ging sie weiter, und er blieb hartnäckig an ihrer Seite. Wieder war er es, der das Wort ergriff: »Liebst du diesen Mann?«

Anne-Lis zog die Augenbrauen zusammen. »Ist das wichtig für dich?«.

Für Anne-Lis wäre die Antwort auf diese Frage wichtig gewesen, aber er blieb sie ihr schuldig. Sie hatten das Grab seines Sohnes erreicht, und er blieb stehen.

Sie zögerte noch, ob sie auch stehen bleiben oder weitergehen sollte, als er sich schon wieder in Bewegung setzte.

»Du kannst ruhig noch bleiben«, sagte sie. »Ich will dich nicht stören.«

»Gehen wir«, sagte er nur.

»Wie lange bleibst du noch in Stockholm?«, fragte sie, als sie weitergingen, direkt auf Fredriks Grab zu.

»Willst du mich loswerden?«

Sie blieb stehen und musste sich gegen den Zug der Leine stemmen, weil Leif damit nicht einverstanden war. »Kannst du wenigstens eine Frage ganz normal beantworten?«, fragte sie zurück.

»Ich weiß nicht, wie lange ich noch bleibe«, sagte er ausweichend. »Zufrieden?«

Inzwischen hatten sie das Grab mit Fredriks Namen erreicht. Das Grab mit der leeren Urne.

»Ich frage mich, wo Papas Asche ist«, sagte Anne-Lis nachdenklich.

»Denkst du immer noch über Emils Versprechen nach?«

»Es ist ihm so wichtig.« Anne-Lis seufzte.

»Es ist gut, wenn alles vorbei ist«, sagte Birger. »Vor allem für Emil.«

»Ja«, sagte sie und schaute auf das leere Grab. »Ich möchte nach Hause«, murmelte sie nach einer Weile.

Auf dem Heimweh schwieg sie. Sie spürte, dass Birger sie immer wieder von der Seite ansah, aber auch er sagte nichts mehr. Endlich waren sie an ihrem Elternhaus angekommen.

»Sehen wir uns morgen?«, fragte er.

»Warum?«

»Kannst du wenigstens eine Frage ganz normal beantworten?«, wiederholte er ihre Worte von eben. Sie sah das amüsierte Funkeln in seinen Augen.

»Gute Nacht«, sagte sie und wollte zum Haus, aber er umfing ihre Taille mit beiden Armen und hielt sie fest.

Leif zog diesmal nicht an der Leine, sondern setzte sich auf seine Hinterbeine und sah aufmerksam zu ihnen hoch, als kapiere er, dass sich vor seinen Augen etwas ganz Besonderes abspielte.

Birger schloss Anne-Lis fest in die Arme, und sie wehrte sich nicht. Sie spürte ihren Herzschlag, legte eine Hand auf seine Brust und fühlte, dass auch sein Herz schneller schlug.

Als er sich zu ihr beugte und seine Lippen langsam über ihre Schläfen hinunter zu ihrem Mund wanderten, fand ihre Hand den Weg über seine Brust in den Nacken. Sie klammerte sich an ihm fest, während er sie küsste. Seine Hände begannen sie zu streicheln – und dann hörte er abrupt auf und schob sie von sich.

»Gute Nacht«, sagte er und ließ sie einfach stehen.

Lieber Opa!

Die Erwachsenen spinnen!

Ganz und in echt. Weißt du, was die heute gemacht haben? Die haben eine leere Urne verbuddelt, obwohl so ein Grab ganz viel Geld kostet. Ich habe gehört, wie Oma Inga das zu Mama gesagt hat.

Und Bertil war auch auf dem Friedhof. Anne-Lis hat ihn gesehen und es Mama ins Ohr geflüstert. Warum ist der denn nicht zu uns gekommen? Die Zwillinge fragen jeden Tag nach ihm. Ich frage nicht, weil Mama immer ganz traurig aussieht, wenn Frida und Kerstin wissen wollen, wann er nach Hause kommt. Ich glaube, der kommt nie mehr und der will auch nix mehr von uns wissen.

Als ich dann dachte, noch verrückter kann der Tag nicht werden, hab ich aus dem Fenster Anne-Lis vor dem Haus gesehen. Aber sie war nicht allein. Birger war bei ihr, und die beiden haben sich geküsst!

Eigentlich finde ich diese ganze Küsserei ja eklig. Der Björn aus meiner Klasse hat mir was über Zungenküsserei erzählt, und das fand ich so fies, dass ich mittags beim Essen kaum einen Bissen herunterbekommen habe.

Aber dass Birger und Anne-Lis sich küssen, das finde ich eigentlich ganz cool. Vielleicht bleibt Anne-Lis ja hier, wenn sie sich in Birger verliebt, und der bleibt dann vielleicht auch hier. Mama sagt, das wäre richtig toll, weil Birger so gut in der Firma Bescheid weiß und sie gerne mit ihm zusammenarbeitet.

Anne-Lis und Birger könnten doch nebenan in Birgers Haus wohnen, und ich könnte die beiden dann immer besuchen.

Ach, Opa, eigentlich könnte alles so toll und so einfach sein, wenn die Erwachsenen ein bisschen vernünftiger wären und mal richtig nachdenken würden. Aber das können die nicht, weil sie eben alle spinnen!

Nur du nicht. Manchmal glaube ich, du warst überhaupt kein richtiger Erwachsener.

Kannst du vom Himmel aus eigentlich sehen, was für ein Chaos hier ist?

Ich hab dich ganz doll lieb!

Dein Emil

— 19 —

Das graue Licht der Morgendämmerung weckte sie, und sofort war auch die Erinnerung an den Kuss wieder da. Und an seine Frage: »Sehen wir uns morgen?«

Ja!, jubilierte ihr Herz.

Nein, sagte ihr Verstand – aber gegen ihr Herz konnte er nichts ausrichten.

Ich liebe ihn wieder, dachte sie. Oder immer noch. Vielleicht habe ich nie aufgehört, ihn zu lieben, und meine Gefühle einfach nur verdrängt, weil ich es sonst nicht ausgehalten hätte.

Es schien ein Tag wie jeder andere zu sein. Anne-Lis frühstückte mit der Familie und gab sich alle Mühe, sich nichts anmerken zu lassen.

Nach dem Frühstück machte sich Emil auf den Weg zur Schule, und Inga brachte die Zwillinge in den Kindergarten, während Karin sich um Gunilla und den Haushalt kümmerte.

Anne-Lis hatte versprochen, die Gassirunde mit Leif zu übernehmen, und passte den Moment ab, in dem Hedvig zur Firma ging. »Wir begleiten dich ein Stück«, sagte sie gut gelaunt, weil sie wusste, dass ihre Schwester und Birger sich meistens auf der Straße trafen.

Doch Hedvig ging zügig an Birgers Haus vorbei.

»Musst du nicht auf Birger warten?«

»Der kommt heute später«, sagte Hedvig und sah sie fragend an, lächelte plötzlich. »Du wolltest mich nur begleiten, um ihn zu sehen?«

»Ziemlich albern, nicht wahr?«, gab Anne-Lis verlegen zu.

»Finde ich nicht.« Hedvig schüttelte den Kopf. »Ich glaube, ich würde mich nicht anders verhalten, wenn es um Bertil ginge.« Ihr Lächeln erstarb, und sie sah auf einmal sehr traurig aus.

»Er wird sich melden«, wiederholte Anne-Lis gebetsmühlenartig und merkte selbst, dass sie wenig überzeugend klang.

»Ja.« Hedvig nickte, wirkte aber ziemlich mutlos.

»Vielleicht sollten wir ihn suchen lassen. Durch einen Privatdetektiv oder ...«

»Nein«, fiel Hedvig ihr grob ins Wort. Sie war stehen geblieben, schüttelte den Kopf und atmete ganz tief durch, bevor sie bedeutend ruhiger sagte: »Er muss schon von sich aus zurückkommen. Er muss es wollen.«

Anne-Lis teilte da nicht unbedingt die Meinung ihrer Schwester. Bertil konnte nicht wissen, dass sich inzwischen eine ganze Menge verändert hatte, und vor allem ahnte er nicht, wie sehr Hedvig ihn liebte.

Inzwischen hatten sie die Firma erreicht. Hedvig schien zu ahnen, was sie dachte. »Bitte unternimm nichts«, bat sie Anne-Lis. »Ich muss die Sache mit Bertil schon alleine klären.«

Sie umarmte Anne-Lis, ließ sie wieder los und ging auf das Firmengebäude zu. Dann drehte sie sich noch einmal um. »Und du hast genug mit Birger zu tun, was immer da gerade zwischen euch läuft.«

Was immer da gerade zwischen euch läuft!

Anne-Lis grübelte auf dem Rückweg über Hedvigs Worte

nach und darüber, was das zwischen Birger und ihr war. Sie konnte nicht länger leugnen, dass sie ihn liebte.

Aber was war mit ihm? Was empfand er für sie?

Sie könnte es nicht ertragen, wenn er sie noch einmal enttäuschte. Die Angst davor wuchs sich zur Panik aus, bis sie mit dem Gedanken spielte, ihm ab sofort aus dem Weg zu gehen. Weitere Verletzungen gar nicht erst zu riskieren.

Als sie genau an diesem Punkt ihrer Überlegungen angelangt war, kam er ihr entgegen. Offensichtlich war er auf dem Weg zur Arbeit und hatte es ziemlich eilig.

»Ich hole dich heute Abend ab. So gegen neunzehn Uhr«, sagte er und wollte weitergehen.

Das bestimmte er einfach so? Für wen hielt er sich eigentlich?

»Willst du mich nicht erst einmal fragen, ob mir das passt? Oder ob ich dich überhaupt sehen will?«

»Ich hatte weder auf den Schären noch gestern Abend das Gefühl, dass dir meine Anwesenheit unangenehm ist. Aber wenn du darauf bestehst: Willst du mich heute Abend sehen?« Er lächelte etwas verlegen. Diesmal ganz ohne Ironie, wie es ihr schien.

»Neunzehn Uhr passt mir gut«, sagte sie förmlich.

Verdammt, was sollte sie anziehen? Was hatte er geplant? Wollte er mit ihr essen gehen? War es überhaupt ein Date?

Anne-Lis stand ratlos vor ihrem Kleiderschrank. Die meisten ihrer Sachen waren noch in Malmö, und unter den Kleidungsstücken, die sie mit nach Stockholm genommen hatte, war nichts, was ihr für einen romantischen Abend angemessen erschien. Natürlich nicht! Danach hatte ihr ganz gewiss nicht der Sinn gestanden, als sie Malmö überstürzt verlassen hatte.

Sie ermahnte sich selbst zur Ruhe. Sie durfte sich keine Hoffnungen machen, die hinterher enttäuscht wurden. Vielleicht plante er überhaupt nichts Romantisches, sondern wollte mit ihr in eine dieser Szenekneipen in Södermalm. Da reichten Jeans und ein warmer Pullover völlig.

Anne-Lis stand noch immer vor dem offenen Kleiderschrank, als es an ihrer Zimmertür klopfte.

Hedvig kam herein. Sie war schneeweiß und hielt einen Brief in der Hand. Wortlos reichte sie ihn Anne-Lis.

Es war ein Brief von Bertils Rechtsanwalt. Anne-Lis las ihn und sah ihre Schwester fassungslos an. »Bertil hat die Scheidung eingereicht?«

Hedvig nickte nur wortlos. Dieses Schreiben musste sie bis ins Mark getroffen haben. Ihr war anzusehen, dass sie sich alle Mühe geben musste, um Gleichgültigkeit zu demonstrieren.

Anne-Lis begriff, dass Hedvig vor allem für sich selbst die Fassung bewahren musste. Sie wollte mit der Situation klarkommen und sich nicht von ihren Gefühlen überwältigen lassen. Diese Reaktion konnte sie absolut nachempfinden, in dieser Hinsicht waren sie und Hedvig sich ähnlich. Deshalb blieb sie selbst ruhig und möglichst sachlich.

»Was hast du jetzt vor?«, fragte sie.

»Ich werde mir ebenfalls einen Anwalt nehmen.« Hedvig presste kurz die Lippen aufeinander, aber als sie weitersprach, war ihre Stimme immer noch ruhig und beherrscht. »Wenn er die Scheidung will, stehe ich ihm nicht im Weg.«

»Und was ist mit den Kindern?«

Hedvig wedelte mit dem Schreiben, das Anne-Lis ihr

zurückgegeben hatte. »Das steht doch auch da drin. Er will ein geteiltes Sorgerecht und die Kinder regelmäßig sehen, sobald alles geklärt ist.«

»Vielleicht wird ja doch noch alles gut«, sagte Anne-Lis leise.

»Nein, wird es nicht, aber es ist in Ordnung so«, sagte Hedvig ebenso leise und winkte ab, als Anne-Lis sie nun doch in den Arm nehmen wollte. »Lass mal! Ich brauche jetzt erst einmal Zeit für mich ganz allein.«

Anne-Lis ließ ihre Schwester gehen, aber in ihr blieb eine tiefe Unruhe zurück, und vergeblich versuchte sie, sich wieder auf das Treffen mit Birger zu konzentrieren.

Das Gefühl, dass sie unbedingt nach Hedvig sehen musste, wurde immer stärker, und obwohl ihre Schwester ihre Ruhe haben wollte, ging sie schließlich zu ihrer Wohnung hinüber.

Alles war still. Die Zwillinge und Emil waren noch nicht zu Hause, Leif musste irgendwo unten sein. Die Türen der Kinderzimmer waren geschlossen, aber die Tür zum Schlafzimmer, das Hedvig bis vor Kurzem mit Bertil geteilt hatte, stand weit offen.

Hedvig saß auf der Bettkante. Das Schreiben des Rechtsanwalts lag vor ihren Füßen auf dem Boden. In den Händen hielt sie ein halb volles Glas, die Wodkaflasche stand auf dem Nachttisch, der Deckel lag daneben.

Ihre Hände zitterten, so wie zu ihren schlimmsten Zeiten, aber sie führte das Glas nicht an die Lippen.

Oder hatte sie schon getrunken?

Hedvig schaute auf, als Anne-Lis das Zimmer betrat.

»Bitte nicht!« Sie schüttelte den Kopf. Alles, was Hedvig sich in den letzten Tagen aufgebaut hatte, würde ein einziger Schluck zerstören.

Hedvig hob das Glas, Anne-Lis stockte der Atem, aber ihre Schwester roch nur an dem Alkohol. Dann schüttelte sie ebenfalls den Kopf, stand auf und reichte Anne-Lis das Glas und die Flasche.

»Ich habe nichts getrunken«, sagte sie, »aber ich stand kurz davor. Ich will es nicht mehr!«, stieß sie fast trotzig hervor.

»Woher hast du das?« Anne-Lis hob die Flasche.

»Noch ein Rest, den ich versteckt hatte.«

»Hast du noch mehr versteckt?«

Hedvig nickte, und dann durchsuchten sie gemeinsam das ganze Zimmer. Sie fanden mehrere Flaschen, und Anne-Lis schüttete sie alle aus und brachte die Flaschen in die Mülltonne.

Danach rief sie Birger an.

»Ich kann heute Abend nicht.« Sie verschwieg ihm, dass es wegen Hedvig war. Niemand musste wissen, dass ihre Schwester kurz vor einem Rückfall gestanden hatte.

»Okay«, sagte er, mehr nicht. Seiner Stimme konnte sie nicht entnehmen, ob er enttäuscht war oder sauer – oder ob es ihm am Ende sogar egal war.

»Vielleicht morgen?«, schlug sie vor. Sie wollte ihn sehen, wollte so gerne mit ihm zusammen sein.

»Morgen kann ich leider nicht.« Er blieb freundlich, es klang nicht wie eine Retourkutsche, aber auch da war Anne-Lis sich nicht sicher.

»Okay, dann ein anderes Mal«, sagte sie und wartete auf seine Antwort oder mehr noch auf einen Vorschlag.

»Ja, ein anderes Mal«, blieb er ebenso vage wie sie und verabschiedete sich.

Anne-Lis war enttäuscht. Sie wollte ihr Handy gerade

weglegen, als sie eine SMS erhielt. Sie war von Folke. Das erste Mal seit Tagen meldete er sich wieder.

Bitte, lass mich nicht so lange warten! Ich weiß, ich habe großen Mist gebaut. Ich liebe dich!

Wenigstens eine der vielen Baustellen in ihrem Leben konnte sie aufräumen. Sie rief Folke sofort an.

Er meldete sich nach dem ersten Klingeln. »Endlich«, seufzte er. »Ich hatte schon Angst, du meldest dich nie mehr.«

»Es ist das letzte Mal, dass ich mich melde«, sagte sie und ließ ihm erst einmal Zeit, das zu verdauen.

»Ich komme nicht mehr zurück«, sagte sie dann. »Und ich möchte meinen Job beim *STS* kündigen.«

Er sagte immer noch nichts.

»Das mit uns beiden funktioniert einfach nicht mehr«, sagte sie.

»Und wenn wir es einfach noch einmal versuchen?« Seine Stimme klang so hilflos, wie sie sich fühlte.

»Es hat keinen Zweck, Folke«, sagte sie. »Ich liebe dich nicht mehr.«

Ich weiß nicht, ob ich dich überhaupt jemals richtig geliebt habe, wäre eigentlich die richtige Antwort gewesen. Aber es war nicht nötig, ihm so zuzusetzen, nicht einmal aus Rache für seinen Seitensprung.

»Willst du wirklich alles aufgeben? Nicht nur uns, sondern auch deine Arbeit? Was ist mit deiner Wohnung?«

»Folke, mach es dir und mir doch nicht so schwer«, bat sie. »Ich glaube einfach, dass es am besten ist, wenn wir uns nicht mehr sehen.«

Er brauchte auch jetzt wieder Zeit, um ihre Worte zu verdauen. Als Anne-Lis schon glaubte, er habe das Gespräch wortlos beendet, sagte er: »In Ordnung. Ich werde mich nicht mehr bei dir melden, und ich nehme deine Kündigung an. Solltest du es dir doch noch anders überlegen ...« Er brach ab und schien auf ihre Antwort zu warten.

»Ich werde es mir nicht anders überlegen«, sagte sie in der Gewissheit, dass sie richtig entschieden hatte. Es war vorbei, und sie fühlte sich erleichtert.

»Wann will Mama eigentlich Papas Asche im Garten verstreuen?«, erkundigte Anne-Lis sich ein paar Tage später bei ihrer Schwester.

»Ich weiß es nicht. Immer wenn ich sie danach frage, sagt sie, dass sie noch keinen Termin festgelegt hat«, sagte Hedvig.

Sie hatte sich inzwischen wieder gefangen. Obwohl sie sehr unter der Trennung von Bertil litt, hatte keine Gefahr eines Rückfalls mehr bestanden.

Anne-Lis hatte sich sehr intensiv um ihre Schwester gekümmert, und dadurch waren sie sich noch näher gekommen. Dagegen hatte sie Birger seit Tagen nicht mehr gesehen, und er hatte sie auch nicht angerufen und um ein Treffen gebeten.

War es das Ende von etwas, das noch gar nicht richtig begonnen hatte?

»Birger?«

Anne-Lis zuckte zusammen. Sie hatte nicht bemerkt, dass ihre Schwester sie aufmerksam beobachtete. Sie nickte.

»Warum rufst du ihn nicht einfach an?«

»Warum ruft er mich nicht einfach an?«, erwiderte Anne-Lis prompt.

Hedvig lächelte. »Du hast Angst vor seiner Zurückweisung«, diagnostizierte sie. »Du musst dich deiner Angst stellen.«

Anne-Lis runzelte die Stirn. »Sind das deine Worte oder die deiner Therapeutin?«

»Ruf ihn an«, sagte Hedvig noch einmal.

»Mal sehen«, erwiderte Anne-Lis ausweichend.

Bei ihrem nächsten Spaziergang mit Leif wählte sie ganz bewusst die Route über den Skogskyrkogården, aber Birger traf sie nicht.

Zwei weitere Tage verstrichen ohne ein Lebenszeichen von ihm. Dann sah sie ihn aus dem Fenster ihres Zimmers, als er abends nach Hause kam. Er drehte sich nicht um, schaute nicht zu ihr herauf.

Dachte er überhaupt noch an sie?

Sie nahm allen Mut zusammen und rief ihn an. »Ich hätte heute Abend Zeit«, sagte sie, als er sich meldete. Sie hörte ihn leise lachen.

»Das passt gut«, erwiderte er. »Ich habe auch Zeit. Ich hole dich ab. In einer Stunde?«

In einer Stunde? Was hatte er vor? Was sollte sie anziehen?

»Prima«, sagte sie betont gleichgültig, fügte dann aber doch noch ein »Ich freue mich!« hinzu.

Er war sehr pünktlich, und sie war froh, dass sie offensichtlich nicht overdressed war. Für eine Shoppingtour war keine Zeit mehr gewesen, und so hatte sie sich nach langem Starren in ihren Kleiderschrank für das schwarze Kleid entschieden, das sie auch bei der Beerdigung getragen hatte.

Birger trug einen dunklen Anzug und sah so umwerfend

gut aus, dass es ihr den Atem nahm. Seine blauen Augen strahlten sie an, und er hatte dieses schiefe Lächeln im Gesicht, von dem sie immer geglaubt hatte, dass es nur ihr galt. Sie hatte nie gesehen, dass er irgendjemand anders so anlächelte wie sie.

Bestimmt hatte er Svea irgendwann mal so angelächelt. Der Gedanke daran ernüchterte sie schlagartig. Aber das hier war ihr Abend!

»Wohin gehen wir?«, fragte sie.

»Lass dich überraschen!«

Sie zögerte, und er schien das zu spüren. Wieder dieses Lächeln. Sie musste daran glauben, dass es nur ihr galt.

»Du magst keine Überraschungen?«, fragte er.

»Sagen wir mal so: Es gab ein paar unangenehme Überraschungen zu viel in meinem Leben.«

Diese Bemerkung galt nicht nur ihm, aber er bezog sie wahrscheinlich ausschließlich auf sich. Sein Gesicht wurde ernst.

»Manchmal ist es wichtig zu vergessen«, sagte er leise. »Und zu verzeihen.«

»Manchmal ist genau das unmöglich«, erwiderte sie und fragte sich, wohin diese Unterhaltung führen sollte. Es war ganz bestimmt nicht die richtige Einstimmung für ein romantisches Date, sofern ihm so etwas überhaupt vorschwebte.

»Gehen wir?« Er streckte ihr die Hand entgegen.

Sie ergriff sie und ließ sich von ihm nach draußen führen.

Eigentlich hatte sie erwartet, dass er sie zu seinem Auto bringen würde, aber er ging zielstrebig nach nebenan und schloss die Haustür auf.

»Hast du etwas vergessen?«, fragte sie, und dann nahm sie den köstlichen Duft wahr. »Oder bleiben wir hier?«

»Stört es dich?« Zum ersten Mal wirkte er verunsichert. »Wir können auch nach Södermalm fahren oder ...«

»Nein, ist schon okay«, sagte sie schnell. Dann lachte sie. »Aber du hättest mich nicht abholen müssen, den kurzen Weg zu dir hätte ich auch allein geschafft.«

»Du weißt doch, dass ich dich im Dunkeln nicht gerne allein draußen herumlaufen lasse«, erwiderte er und zog sie ins Haus.

Er führte sie ins Wohnzimmer, wo er den Tisch für zwei gedeckt hatte, mit Kerzen, deren Licht sich in den Kristallgläsern spiegelte. Eine einzelne voll erblühte Rose stand in der schmalen Vase mitten auf dem Tisch.

»Wow«, sagte Anne-Lis.

Birger nahm ihr die Jacke ab und rückte ihr den Stuhl zurecht. Sie setzte sich, doch als er in die Küche ging, fragte sie, ob sie helfen könne.

»Du bleibst schön sitzen«, sagte er und verschwand.

Anne-Lis betrachtete den Tisch, schaute sich im Raum um. Die Stehlampe in der Ecke, die Kerzen und das Kaminfeuer schufen eine intime Atmosphäre.

Alles war perfekt! Und gleichzeitig drehten sich ihre Gedanken wieder in alle Richtungen.

Warum war er so? Warum zeigte er mal ganz viel Nähe und war dann wieder ganz weit weg? War es Liebe? Oder Sarkasmus?

Sie wurde einfach nicht schlau aus ihm, und noch weniger aus seinen Gefühlen für sie.

»Du denkst zu viel nach.«

Sie war tatsächlich so in Gedanken versunken gewesen, dass sie ihn nicht bemerkt hatte. Er stand in der Tür und schaute sie an. Wieder dieses Lächeln.

Er hatte recht, sie dachte zu viel nach, anstatt diesen Abend und die Zeit mit ihm einfach nur zu genießen.

Ich liebe ihn, schoss es ihr durch den Kopf. Ich liebe ihn so sehr, und wenigstens in den nächsten Stunden werde ich mich der Illusion hingeben, dass er meine Liebe erwidert. Und wenn es das letzte bisschen Glück ist, das für mein ganzes Leben reichen muss.

»Ich würde sonst was dafür geben, wenn ich jetzt deine Gedanken lesen könnte«, sagte er.

»Ziemlich viel Pathos«, sagte sie und stand auf.

Langsam ging sie auf ihn zu, bis sie direkt vor ihm stand. Sie öffnete sein Jackett, legte ihre Hände auf seinen Bauch, fuhr langsam über seine Brust nach oben, spürte den seidigen Stoff seines Hemdes und sehnte sich danach, seine Haut auf ihrer zu fühlen.

Birger bewegte sich nicht, berührte sie nicht, aber sie hörte, dass sein Atem schneller wurde.

Ihre Fingerspitzen streichelten seinen Hals, schlossen sich in seinem Nacken zusammen. Sie stellte sich auf die Zehenspitzen, um seinen Mund mit ihren Lippen zu berühren.

Er stöhnte leise auf, dann schlang er beide Arme um sie, zog sie ganz fest an sich. Sein Mund presste sich hart auf ihren. Sie spürte seine Erregung, zitterte vor Verlangen …

»Birger! Hallo, Birger, wo bist du?«

Anne-Lis und Birger fuhren auseinander, helles Licht flammte von der Deckenlampe auf und zerstörte Begehren und Hoffnungen.

Svea stand an der Tür neben dem Lichtschalter. Ihr Blick flog zwischen ihnen und dem gedeckten Tisch hin und her. Ihre Lippen wurden schmal. »Ich störe hoffentlich nicht«, sagte sie ironisch.

»Was machst du hier?«, fragte Birger.

Anne-Lis registrierte, dass seine Stimme weder besonders freundlich noch aufgeregt wirkte. Es schien ihn nicht zu kümmern, dass Svea sie in dieser verfänglichen Situation überrascht hatte.

»Ich habe dir eine SMS geschickt, dass ich heute kommen will.«

»Oh.« Nun wirkte er doch etwas schuldbewusst, aber offensichtlich nur wegen der Nachricht, die ihm entgangen war.

Svea schaute Anne-Lis an. Ihr Blick schien sich nicht zu verändern, aber Anne-Lis spürte beinahe körperlich die Abneigung, die ihr entgegenschlug. Svea wandte den Blick nicht von ihr ab, sprach aber nur mit Birger. »Sex mit der Ex? Wie nett, alte Gewohnheiten wiederaufleben zu lassen.«

»Ich gehe jetzt besser«, murmelte Anne-Lis.

Niemand hielt sie auf, Birger sagte überhaupt nichts mehr. Als sie draußen vor der Tür stand, atmete sie auf, fühlte sich aber kein bisschen erleichtert. Das eben war eine weitere demütigende Erfahrung gewesen. Der Schmerz saß so tief, dass sie nicht einmal mehr weinen konnte.

— 20 —

Schwarze Regenwolken waren aufgezogen, passend zu ihrer Stimmung.

»Wie war der Abend mit Birger?«, fragte Hedvig. »Ich habe nicht gehört, wann du nach Hause gekommen bist.«

Früher, als du denkst, dachte Anne-Lis. Und ich war extra leise, damit es niemand bemerkt, weil ich gestern nicht mehr reden wollte, nicht mehr reden konnte.

»Svea ist wieder da«, sagte sie nur.

Hedvig ließ sich auf einen Stuhl fallen und starrte sie mit offenem Mund an. »Und ich dachte, die beiden hätten sich getrennt.«

»Warum hast du das gedacht?«, fragte Anne-Lis bitter. »Hat er je etwas in dieser Richtung gesagt?«

Hedvig schüttelte den Kopf.

Emil kam ins Wohnzimmer. »Da steht ein supercooler Sportwagen vor Birgers Haus«, berichtete er. »Ein Cabrio.«

Hedvig schaute aus dem Fenster. Es hatte gerade zu regnen begonnen. »Steht das Verdeck offen?«, fragte sie hoffnungsvoll.

»Nee.« Emil schüttelte den Kopf. »Wäre ja auch blöd bei dem Wetter.« Er dachte kurz nach. »Ob Birger sich ein neues Auto gekauft hat?«

»Das Auto gehört Birgers Frau Svea«, klärte Anne-Lis den Jungen auf. Er würde es ja doch erfahren. »Sie ist gestern Abend nach Hause gekommen.«

»Echt?« Emil wirkte wenig begeistert, und Anne-Lis vermutete, dass es ihretwegen war. Hatte der Junge mitbekommen, was sich zwischen ihr und Birger abgespielt hatte?

»Hoffentlich hat der dann überhaupt noch Zeit für mich«, sagte Emil missmutig.

»Du kannst ja mal rübergehen und ihn fragen«, schlug Hedvig vor.

Anne-Lis starrte ihre Schwester entgeistert an, aber Emil war nicht mehr zu bremsen.

»Mach ich«, sagte er und war schon weg. Kurz darauf hörten sie, wie die Tür ins Schloss fiel.

»Das kannst du doch nicht machen«, sagte Anne-Lis.

»Warum nicht?« Hedvig zuckte ungerührt mit den Schultern. »Seit Monaten verbringt er Zeit mit Emil, selbst als ich es noch verboten hatte. Da kann er den Jungen jetzt nicht einfach im Stich lassen. Ich hoffe, dass es Svea richtig auf den Geist geht, wenn Emil ständig bei ihnen auftaucht.«

»Du kannst ja auch ohne Alkohol richtig boshaft sein«, stellte Anne-Lis fest.

»Und ob!« Hedvig nickte grimmig. »Abgesehen davon konnte ich Svea noch nie leiden. Was hältst du übrigens davon, wenn wir uns heute einen gemütlichen Fernsehabend machen? Talk mit Elisabet Barklind.«

»Um mich von Birger und Svea abzulenken?«

»Das auch«, gab Hedvig zu, »aber die Sendung wird dich interessieren. Heute Abend ist nämlich Britta Åberg zu Gast, die Autorin von *Das Hotel am Siljansee*.«

»Das klingt gut!« Anne-Lis schaffte es tatsächlich ganz kurz, jeden Gedanken an Birger und Svea und die Frage, was sich nebenan gerade abspielte, zu verdrängen.

Aber eine Stunde später war sie wieder alleine in ihrem

Zimmer, starrte aus dem Fenster und sah immer noch den Sportwagen vor dem Haus stehen.

Emil tauchte erst zum Abendessen wieder auf. Er wirkte zufrieden und auch wieder nicht.

»Birger hat gesagt, ich kann zu ihm kommen, wann ich will, er hätte immer Zeit für mich.«

»Dann ist doch alles in Ordnung«, sagte Hedvig. »Für dich jedenfalls«, fügte sie mit einem bezeichnenden Blick in Anne-Lis' Richtung hinzu.

»Aber ich kann die Svea nicht leiden«, sagte Emil. »Die hat ganz kalte Augen.«

»Kalte Augen?«, fragte Frida. »Das ist aber doof.«

»Finde ich auch«, bestätigte Kerstin. »Was macht man denn dagegen? Augen kann man doch nicht wärmen. Höchstens so.« Sie kniff die Augen zu, öffnete sie gleich darauf wieder. »Aber dann kann man ja nix mehr sehen.«

»Kalte Augen bedeutet, dass ein Mensch nicht freundlich guckt«, erklärte Hedvig den Zwillingen. Früher, als sie noch trank, hätte sie die beiden nur ermahnt, keinen Unsinn zu reden.

Anne-Lis freute sich darüber, dass Hedvig die Erziehung ihrer Kinder inzwischen besser im Griff hatte, im Moment hätte sie aber lieber gehört, was Emil von nebenan noch zu berichten hatte.

»Svea ist zurück?«, fragte Inga überrascht. »Seit wann?« Gleichzeitig schob sie die Platte mit dem Aufschnitt aus Gunillas Reichweite, weil diese gerade den ganzen Schinken mit ihrer Gabel aufspießen wollte.

»Seit gestern«, sagte Hedvig.

Anne-Lis war froh, dass sie nichts dazu sagen musste.

Hedvig wandte sich jetzt wieder Emil zu. »Weißt du, wie lange sie bleibt?«

»Woher soll ich das wissen?«, fragte er mürrisch. »Die spricht doch nicht mit mir. Ich glaube, es hat sie gestört, dass ich da war.« Ein kleines triumphierendes Lächeln zog über sein Gesicht. »Und deshalb bin ich extra lange geblieben.«

»Das hast du …«, Anne-Lis brach ab, verschluckte sich fast an dem *gut gemacht* und bemerkte den amüsierten Blick ihrer Schwester.

Alle schauten sie an, warteten darauf, dass sie ihren Satz zu Ende brachte.

»Was hab ich?«, wollte Emil schließlich wissen.

»Ich habe vergessen, was ich sagen wollte.« Anne-Lis schüttelte den Kopf.

»Du wirst alt.« Hedvig grinste.

»Hoffentlich müssen wir dann nicht auch vor dir die Hundekuchen verstecken wie vor Oma Gunilla«, sagte Frida.

Gunilla hob den Kopf. »Kuchen? Wo ist Kuchen?«

Karin hatte das Haus verlassen, so wie an den Abenden zuvor auch. Sie wollte nicht sagen, wohin sie ging.

Die Zwillinge lagen im Bett, und Emil, der noch eine Stunde aufbleiben durfte, interessierte sich nicht für Talkrunden und noch weniger für Britta Åberg. Gunilla wuselte in der Küche herum. Obwohl sie leidenschaftlich gerne *Das Hotel am Siljansee* las, interessierte auch sie sich nicht für die Autorin der Romane.

Anne-Lis hatte es sich mit ihrer Schwester und ihrer Mutter im Wohnzimmer gemütlich gemacht und versuchte krampfhaft, nicht daran zu denken, dass Birger und Svea vor einer Stunde in das rote Cabrio gestiegen und weggefahren waren.

Der Vorspann mit dem Jingle lief bereits, und Elisabet Barklind betrat gerade das Studio. Wie immer zu Beginn der Sendung setzte sie sich auf das rote Sofa, auf dem später auch ihr Gast Platz nehmen würde.

Der Jingle wurde leiser, der Vorspann war zu Ende, und die Kamera zoomte ganz nah an Elisabet Barklinds Gesicht heran.

»Guten Abend, Schweden«, begann die Moderatorin mit ihrer üblichen Begrüßungsfloskel. »Heute begrüße ich einen ganz besonderen Gast hier in unserem Studio in Stockholm.«

Das Cover des letzten Bandes von *Das Hotel am Siljansee* wurde eingeblendet, während Elisabet Barklinds Stimme aus dem Off zu hören war.

»Nach dem phänomenalen Erfolg dieser Romanreihe, für die sich jetzt sogar eine Filmproduktionsfirma interessiert, wollen die Leser mehr wissen über die geheimnisvolle Autorin. Meine Damen und Herren ...«

Elisabet Barklind wurde wieder eingeblendet. Sie hatte sich erhoben, sah nach links und wies mit ausgestrecktem Arm auf die Tür. »... hier ist sie. Begrüßen Sie mit mir die Erfolgsautorin Britta Åberg!«

Ein lauter Knall ließ das ganze Haus erbeben. Es wurde dunkel. Stockdunkel!

»Scheiße!«, stieß Hedvig hervor und sagte dann kleinlaut: »Gut, dass die Kinder nicht hier sind.«

»Was ist passiert?«, fragte Anne-Lis erschrocken.

»Der Strom ist weg«, erwiderte Inga. »Der laute Knall eben, das war wahrscheinlich die Sicherung.«

»Bleibt einfach sitzen, ich kümmere mich darum«, sagte Hedvig.

Anne-Lis' Augen hatten sich inzwischen auf die Dunkelheit eingestellt. Sie konnte Umrisse erkennen und sah, dass ihre Schwester vorsichtig den Tisch umrundete und zum Schrank ging. Es war zu hören, wie sie eine Schublade aufzog. Ein ratschendes Geräusch, ein schwacher Lichtschein, dann drehte Hedvig sich mit einer brennenden Kerze in der Hand herum und ging aus dem Zimmer.

Anne-Lis folgte ihr zum Sicherungskasten im Flur. Die Hauptsicherung war rausgeflogen. Hedvig kippte den Schalter nach oben, sofort wurde alles wieder hell, und aus der Küche war ein lautes Stöhnen zu hören.

»Oma Gunilla!«, stieß Anne-Lis hervor. Sie tauschte einen entsetzten Blick mit Hedvig, dann liefen sie beide in die Küche. Inga stürzte von der anderen Seite aus dem Wohnzimmer herbei.

Gunilla hockte auf dem Boden, ihr Gesicht war tränenüberströmt. Eine weiße Masse tropfte aus dem Toaster auf dem Küchenschrank und bildete eine Lache auf dem Fußboden.

»Was ist das?«, fragte Inga.

»Ich wollte mir doch nur einen Kuchen backen«, schluchzte Gunilla. »Und dann hat es ganz laut geknallt. Und dann wurde es dunkel.«

»Du wolltest einen Kuchen im Toaster backen?«, fragte Inga ungläubig.

»Ich wollte keinen ganzen Kuchen haben, nur zwei Scheiben.«

»Und dann hat Oma Teig angerührt, die Brühe in den Toaster geschüttet und ihn eingeschaltet«, fasste Anne-Lis das Augenscheinliche zusammen. Sie konnte ein Grinsen nicht unterdrücken. »Kein Wunder, dass die Sicherung rausgeknallt ist. Den Toaster können wir vergessen.«

Inga hatte ihrer Mutter inzwischen aufgeholfen und sich vergewissert, dass ihr nichts passiert war. Gunilla war zum Glück nicht hingefallen, sondern hatte sich wahrscheinlich vor Schreck auf den Boden plumpsen lassen.

Hedvig setzte sich auf einen Stuhl. »Ich könnte jetzt echt einen Schluck vertragen«, sagte sie und lachte über die entsetzten Gesichter ihrer Schwester und ihrer Mutter.

Inga brachte Gunilla in ihr Zimmer und versprach ihr zum Ausgleich für den ausgestandenen Schrecken ein paar Kekse.

Anne-Lis und Hedvig brachten die Küche wieder in Ordnung. Den Toaster warfen sie in den Müll, bevor sie die weiße Masse aufwischten.

Plötzlich ließ Hedvig den Lappen fallen. »Britta Åberg!«, stieß sie hervor.

Anne-Lis ließ ihr Putztuch ebenfalls fallen, und gemeinsam liefen sie ins Wohnzimmer, wo gerade der Abspann von *Talk mit Elisabet Barklind* lief.

Aus dem Off war die Stimme der Moderatorin zu hören: »Und das war unser Talk mit Britta Åberg. Wir wünschen Ihnen noch einen schönen Abend.«

»Mist!«, sagte Hedvig. »Jetzt haben wir die Talkshow verpasst.«

»Ja, schade«, sagte Anne-Lis bedauernd und wies mit einer Hand zur offenen Küchentür. »Mit der Ablenkung für mich hat es heute Abend trotzdem prima geklappt.«

»Glaubst du, du kannst schlafen?«, fragte Hedvig.

»Ganz bestimmt«, versicherte Anne-Lis.

Eine Stunde später wälzte sie sich schlaflos in ihrem Bett. Und dann eine weitere. Und noch eine …

Schließlich hörte sie ein röhrendes Motorengeräusch. Sie sprang aus dem Bett und trat im Dunkeln ans Fenster. Auf der Straße hielt gerade das rote Cabrio. Birger und Svea stiegen aus, sie auf der Fahrerseite. Zusammen gingen sie ins Haus.

Anne-Lis sah, wie zuerst das Licht im Flur anging, danach in Birgers Schlafzimmer. Dann sah sie ihn selbst, wie er ans Fenster trat und hinausschaute, bevor er den Vorhang zuzog. Gleich darauf wurde in seinem Schlafzimmer das Licht gelöscht.

»Sie ist wegen ihrer Arbeit in Stockholm«, berichtete Emil, als er am nächsten Tag von nebenan zurückkam. Ein wenig überrascht hatte es den Jungen wahrscheinlich schon, dass ausgerechnet seine Mutter ihn dazu gedrängt hatte, den Nachbarn zu besuchen, mit dem sie ihm bis vor Kurzem noch jeden Umgang verboten hatte.

»Woher weißt du das?«, fragten Anne-Lis und Hedvig synchron.

»Weil ich gefragt habe«, lautete die Antwort. »Und ich hab gesagt, dass ihr das wissen wollt.«

Diesmal stöhnten Anne-Lis und Hedvig gleichzeitig auf.

»Was ist denn jetzt schon wieder?« Emil sah sie verärgert an. »Das stimmt doch.«

»Ist schon gut«, sagte Anne-Lis schnell und wollte dann wissen: »Weißt du auch, was sie beruflich hier macht?«

Emil zuckte mit den Schultern. »Ich glaube, sie hatte einen Auftritt beim Fernsehen oder so.«

»Tolle Karriere«, murmelte Hedvig. »Von der Büroschlampe zur TV-was-auch-immer.«

»Was ist eine Büroschlampe?«, fragte Emil sichtlich interessiert.

»Vergiss diesen Ausdruck ganz schnell wieder!«, sagte Anne-Lis und warf ihrer Schwester einen strafenden Blick zu.

»Okay«, sagte Emil und lief aus dem Zimmer.

»Falsche Antwort«, sagte Hedvig mit gespielter Strenge zu Anne-Lis. »Wir hätten ihn zu der Büroschlampe schicken sollen, um zu fragen, was eine Büroschlampe ist.«

»Was ist nur aus dir geworden.« Anne-Lis schüttelte den Kopf, betrachtete ihre Schwester und begann zu grinsen. »Du warst doch immer die Brave, die Vernünftige von uns beiden.«

»Die langweilige Angepasste«, widersprach Hedvig.

»Die Arbeit tut dir gut«, stellte Anne-Lis fest. »Du hast herausgefunden, was du willst.«

»Ich habe vor allem herausgefunden, was ich nicht mehr will«, sagte ihre Schwester.

»Warst du nie wieder in Versuchung?«, wollte Anne-Lis wissen.

Hedvig lächelte schmal. »Es würde dich erschrecken, wenn du wüsstest, wie oft ich in Versuchung bin. Aber es wird besser, jeden Tag ein bisschen.«

»Haben Bertil oder sein Anwalt sich noch einmal gemeldet?«

»Nein«, sagte Hedvig und presste kurz die Lippen zusammen, aber dann lächelte sie wieder. »Ich komme schon damit klar«, versicherte sie. »Aber ohne meine Therapeutin hätte ich das nie geschafft – und ohne dich auch nicht.« Sie machte einen Schritt auf Anne-Lis zu und umarmte sie. »Danke«, sagte sie. »Danke, dass du da bist!«

Lieber Opa!

Jetzt ist die Frau von Birger da. Er hat gesagt, ich kann trotzdem zu ihm kommen, aber es ist nicht mehr so wie vorher. Birger ist immer noch nett zu mir, aber diese Svea kann mich nicht leiden. Und ich sie auch nicht.

Bertil ist ganz und für immer weg. Ich habe gehört, wie Mama und Anne-Lis darüber gesprochen haben, dass er sich scheiden lassen will. Kann Bertil sich auch von mir scheiden lassen? Ich bin ja nur adoptiert. Ich muss morgen mal Anne-Lis fragen oder Birger, vielleicht wissen die das ja.

Bei mir in der Klasse sind zwei Kinder, deren Eltern auch geschieden sind. Mal sind die beiden bei ihrem Papa, mal bei der Mama, und das eine Mädchen mag die neue Frau von ihrem Papa überhaupt nicht. Die ist aber auch ganz gemein zu der. Fast so wie bei Svea und mir.

Heute habe ich gehört, wie Svea Birger gefragt hat, warum er sich immer mit dem Balg von nebenan abgibt. Sie hat das ganz leise geflüstert, aber ich habe es trotzdem gehört, und ich weiß, dass sie mich damit meint.

Aber das ist mir egal. Mama und Anne-Lis können Svea auch nicht leiden. Mama hat sogar gesagt, dass sie eine Büroschlampe ist. Ich hab so getan, als wüsste ich nicht, was eine Schlampe ist, und mich dumm gestellt. Dabei weiß ich ganz genau, was das ist. Wir nennen die Mädchen in der Schule auch manchmal Schlampen, aber nur wenn es kein Erwachsener hört.

Oder ist das vielleicht doch nicht nur ein Schimpfwort, sondern noch was viel Schlimmeres? Was weiß ich. Ich muss Birger mal fragen, aber ganz vorsichtig, damit er nicht merkt, wen ich damit meine.

Lieber Opa, wir haben immer noch deine Asche. Solange sie

nicht im Garten verstreut ist, versuche ich, die doch noch in eine Rakete zu kriegen. Vielleicht klappt es ja, ich wünsche mir das immer noch so sehr.

Ich hab dich lieb!

Dein Emil

— 21 —

Gehst du noch mit Leif raus?«, fragte Hedvig am Telefon.

»Ich habe gerade meine Jacke angezogen«, bestätigte Anne-Lis.

»Könntest du beim Gassigehen hier vorbeikommen und mir den blauen Ordner bringen, der auf dem Wohnzimmertisch liegt? Ich habe ihn heute Morgen vergessen und komme hier nicht weg. Ich brauche ihn aber unbedingt, weil gleich der Steuerberater kommt.«

»Kein Problem«, versprach Anne-Lis. Sie holte den Ordner, leinte Leif an und machte sich auf den Weg. Insgeheim hoffte sie, Birger in der Firma anzutreffen.

Seit einer Woche war Svea nun schon da. Eine Woche, in der sie von Birger nichts gehört und ihn nur gesehen hatte, wenn er zusammen mit seiner Frau in das rote Cabrio stieg und wegfuhr. Von Hedvig wusste sie, dass er zwar nach wie vor in die Firma kam, aber nicht mehr den ganzen Tag blieb, sondern sich Arbeit mit nach Hause nahm. Ansonsten, so hatte Hedvig berichtet, sei er sehr in sich gekehrt und schweigsam.

Es war das erste Mal, dass sie Hedvig in der Firma erlebte. Genau wie Bertil hatte sie es nicht über sich gebracht, das Büro ihres Vater zu beziehen, und hatte stattdessen Bertils Büro übernommen.

»Willst du Papas Büro ewig leer stehen lassen?«, fragte Anne-Lis. »Ich glaube nicht, dass er das gewollt hätte.«

»Ich kann es nicht benutzen. Das käme mir vor wie eine Entweihung«, sagte Hedvig. »Vielleicht geht es ja irgendwann, aber jetzt noch nicht.«

Anne-Lis legte den Ordner auf den Schreibtisch und erkundigte sich leise: »Ist er da?«

»Nein, ist er nicht«, konnte Hedvig gerade noch sagen, bevor die Tür aufgerissen wurde und Birger in den Raum kam. Er sah ziemlich verärgert aus.

»Es wäre nett, wenn ihr meine Frau nicht als Büroschlampe bezeichnen würdet«, sagte er.

»Danke, Emil«, sagte Hedvig leise.

Anne-Lis spürte, wie Wut in ihr aufstieg und nach einem Ventil suchte. »Ich finde, die Bezeichnung trifft es ziemlich genau«, erwiderte sie und stolzierte aus dem Büro. Zum Glück verdarb Leif ihren Abgang nicht, sondern folgte ihr sofort.

Erst draußen an der frischen Luft entspannte sie sich ein wenig. Sie drehte mit Leif eine große Runde über den Skogskyrkogården und hoffte entgegen alle Vernunft, dass Birger ebenfalls dorthin kam.

Doch er kam nicht. War er noch in der Firma? Oder war er wieder nach Hause zu Svea gefahren?

Sie selbst war wohl nicht mehr als eine amüsante Abwechslung für ihn gewesen. Mit diesem Gedanken musste sie sich anfreunden.

Er hatte ihr gesagt, dass er sie damals nicht habe verletzen wollen, und doch machte er es schon wieder.

»Lass uns nach Hause gehen, Leif«, sagte sie.

Der Hund hob den Kopf, als er seinen Namen hörte, wedelte kurz mit dem Schwanz und konzentrierte sich dann wieder auf die interessanten Spuren auf dem Boden.

Zu Hause teilte ihr Karin mit, dass ihre Mutter mit Oma

Gunilla zum Arzt gefahren sei. »Inga hatte Angst, dass Gunilla sich gestern Abend doch verletzt hat, und wollte sie vorsichtshalber durchchecken lassen.«

»Hoffentlich nicht«, sagte Anne-Lis besorgt. »Wäre ich doch nicht so lange weg gewesen. Ich hätte Mama und Oma begleiten können.«

»Die beiden sind mit dem Taxi gefahren«, sagte Karin. »Mach dir keine Gedanken, es ist bestimmt alles in Ordnung. Gunilla wirkte jedenfalls ziemlich fit heute Morgen, sie humpelt nur ein bisschen.«

»Danke, Karin«, sagte Anne-Lis herzlich. »Kann ich dir in der Küche helfen? Vielleicht bei den Vorbereitungen für das Mittagessen?«

Karin schüttelte den Kopf, dann lächelte sie plötzlich. »Du magst doch auch die Bücher von Britta Åberg, oder? Sie signiert heute in der großen Buchhandlung am Strandvägen.«

»Wann?«, fragte Anne-Lis aufgeregt.

Karin sah auf ihre Armbanduhr. »In einer halben Stunde. Wenn du dir auch ein Taxi nimmst, schaffst du das noch.«

»Ich muss Hedvig anrufen, die findet die Bücher doch auch so toll. Und was ist mit dir, Karin? Willst du nicht auch mitkommen?«

»Ich lese die Bücher zwar auch, aber so wichtig ist mir das nicht«, lehnte Karin ab.

»Hast du denn gestern die Talkrunde mit ihr gesehen?« Karin war gestern Abend zwar nicht zu Hause gewesen, aber vielleicht hatte sie die Sendung bei einer Freundin gesehen.

»Nein«, sagte Karin nur und wechselte sofort das Thema. »Soll ich dir ein Taxi rufen?«

»Ja, bitte«, sagte Anne-Lis. »Ich rufe inzwischen Hedvig

an und sage ihr Bescheid. Vielleicht kann sie sich ja ein oder zwei Stunden freimachen.«

Hedvig war nicht zu erreichen, und so beschloss Anne-Lis schließlich, allein zu der Buchhandlung am Strandvägen zu fahren. Sie konnte Hedvig ja ein signiertes Buch der Autorin mitbringen. Und eines für ihre Mutter, beschloss sie. Und Oma Gunilla? Vielleicht brachte sie ihr besser ein paar Süßigkeiten mit, darüber freute sie sich auf jeden Fall.

Der Menschenandrang vor der Buchhandlung war enorm. Die Fernsehsendung gestern hatte das Interesse an Britta Åberg wohl noch zusätzlich gesteigert.

Anne-Lis musste sich in der langen Schlange vor der Tür einreihen. Es ging nur langsam voran. Immer wenn jemand aus dem Geschäft kam und triumphierend ein signiertes Exemplar schwenkte, rückte die Schlange vor ihr nach.

Ein paar Mal versuchte sie, zwischen den anderen Besuchern hindurch einen Blick auf die Autorin zu erhaschen, aber es gelang ihr nicht. Zudem wurden alle Besucher um einen Büchertisch herumgeführt, auf dem die neueste Ausgabe von *Das Hotel am Siljansee* lag. Jeder, der vorbeiging, konnte sich ein Buch vom Stapel nehmen und damit zur Kasse gehen. Die Buchhändler füllten die Stapel sofort wieder auf.

Anne-Lis nahm gleich drei Romane, wurde weitergeschoben und sah dann endlich den Tisch, an dem die Autorin saß. Aber es war keine Frau, die dahinter saß und die Bücher signierte, es war …

»Das ist doch …«, stieß sie laut aus.

»Da staunen Sie aber, was?«, sagte die Frau hinter ihr. »Sie haben wohl gestern den *Talk mit Elisabet Barklind* nicht gesehen. Ja, ja«, sagte sie vergnügt, »die gute Britta Åberg ist ein Mann.«

Anne-Lis hatte kaum zugehört. »Bertil!«, rief sie laut.

Sein Kopf flog hoch, er schaute in ihre Richtung und sah sie direkt an. Seine Miene veränderte sich nicht, er schien nicht einmal erstaunt zu sein. Natürlich nicht, er hatte womöglich sogar damit gerechnet, dass einer von ihnen hier auftauchte oder ihn gestern schon in der Sendung gesehen hatte. Er nickte ihr kurz zu und signierte dann in aller Seelenruhe weiter.

Erst als sie direkt vor ihm stand, begrüßte er sie. »Hallo, Anne-Lis. Schön, dich zu sehen!«

»Schön, dich zu sehen«, erwiderte sie und schaute ihn dabei durchdringend an. »Du weißt schon, dass ...«

»Können wir später miteinander reden?«, bat er und warf einen Blick auf die Menschen, die sich hinter ihr drängten, und die, die bereits vor ihr an der Reihe gewesen waren und jetzt abwartend stehen geblieben waren, um ihrem Gespräch zu folgen.

»Wo und wann?«

Er wies mit dem Daumen hinter sich. »Ich mache in zehn Minuten eine Pause«, sagte er.

Eine der Buchhändlerinnen führte Anne-Lis in einen fensterlosen Nebenraum mit einem Tisch und zwei Stühlen.

Erst jetzt dachte Anne-Lis an die Bücher, die sie vom Stapel genommen hatte. Sie legte sie auf den Tisch, setzte sich auf einen der Stühle und betrachtete die drei Romane.

Bertil war Britta Åberg!

Niemals hätte sie damit gerechnet, dass er solche Geschichten schrieb. Aber noch erstaunlicher war, dass er sein Doppelleben sogar vor seiner Familie verborgen hatte.

Es dauerte mindestens eine halbe Stunde, bis Bertil endlich erschien. »Tut mir leid, dass du so lange warten musstest«, sagte er und nahm auf dem anderen Stuhl Platz. Ernst sah er sie an. »Ich freue mich wirklich, dich zu sehen!«.

»Um ein Haar hätte ich Hedvig mitgebracht«, sagte Anne-Lis und spürte, wie sich langsam Ärger in ihr aufbaute. »Kannst du dir vorstellen, wie geschockt sie gewesen wäre? Oder wenn sie dich gestern Abend in der Talkshow gesehen hätte?«

»Einmal muss sie es ja erfahren«, sagte er lahm.

»Ja, und es wäre schön gewesen, wenn sie es von dir erfahren hätte.«

»Hedvig hat sich noch nie für mich interessiert, geschweige denn für das, was mir wichtig ist.«

»So wie du dich nie für das interessiert hast, was ihr wichtig ist«, sagte Anne-Lis.

Bertil schüttelte den Kopf. »Du weißt, dass das nicht stimmt«, sagte er. »Ich habe sie geliebt, ich liebe sie immer noch, aber manchmal reicht Liebe eben nicht aus.«

»Stimmt«, sagte Anne-Lis. »Manchmal reicht Liebe nicht aus, um zu erkennen, was dem anderen wichtig ist. Oder hättest du gedacht, dass Hedvig gerne einen Beruf erlernt hätte? Und dass sie es jetzt ist, die Papas Firma führt? Und das sogar richtig gut.«

Bertil sah überrascht aus.

»Und das ist noch nicht alles«, fuhr Anne-Lis fort. »Sie macht eine Therapie und hat aufgehört zu trinken.«

»Wenn sie das mal durchhält«, murmelte er.

»Sie hat einmal ganz kurz vor einem Rückfall gestanden«,

sagte Anne-Lis. »Als der Brief von deinem Anwalt kam. Ich sage das nicht, um dir einen Vorwurf zu machen, sondern um dir zu beweisen, dass sie inzwischen auch mit schwierigen Situationen fertigwird, ohne zu trinken.«

Bertil sagte nichts mehr, starrte nur vor sich hin.

»Emil hat mich übrigens heute Morgen gefragt, ob du dich auch von ihm scheiden lassen willst, weil er ja nur adoptiert wäre.«

Bertil stöhnte auf und fuhr sich mit beiden Händen durchs Haar. »Was soll ich machen, Anne-Lis? Was erwartest du von mir?«

»Ich erwarte überhaupt nichts von dir.« Anne-Lis stand auf. »Es wäre nur anständig, wenn Hedvig von dir erfahren würde, wer hinter dem Pseudonym Britta Åberg steckt. Sie liebt dich übrigens. Sie hat es mir selbst gesagt.« Mit diesen Worten verließ sie den Raum. Die Romane ließ sie auf dem Tisch liegen.

Hedvig war schon da, als sie nach Hause kam. »Wie ist Britta Åberg?«, überfiel sie Anne-Lis neugierig, als sie ins Wohnzimmer kam. »Hast du einen signierten Roman von ihr?«

»Der Andrang war mir zu groß«, behauptete Anne-Lis und schämte sich, weil sie Hedvig anlog. Hoffentlich meldete sich Bertil bei ihr, und hoffentlich tat er das bald. Es konnte nicht mehr lange dauern, bis Hedvig von irgendjemandem erfuhr, wer hinter dem Pseudonym Britta Åberg steckte.

Die Stunden vergingen, und als sie schon glaubte, Bertil würde sich tatsächlich nicht melden, rief er endlich an.

Hedvig kam mit roten Wangen vom Telefon zurück. »Bertil will mich sehen«, sagte sie aufgeregt.

»Wann?«, wollte Anne-Lis wissen.

»Er kommt gleich vorbei«, sagte Hedvig und wurde mit einem Mal sehr hektisch. »Ich muss mich umziehen. Wie sehe ich überhaupt aus?«

»Du siehst gut aus«, sagte Anne-Lis beruhigend.

»Die Kinder! Soll ich ihnen sagen, dass Bertil kommt?«

»Rede du zuerst mit ihm«, schlug Anne-Lis vor. »Er kann die Kinder in den nächsten Tagen besuchen.«

»Vielleicht kommt er auch nur, um sich endgültig zu verabschieden«, sagte Hedvig mutlos.

»Hör auf zu spekulieren, und rede mit ihm!«, sagte Anne-Lis noch einmal. »Ich kümmere mich heute Abend um die Kinder.«

Es war kurz vor Mitternacht, als es leise an Anne-Lis' Tür klopfte. Sie lag schon im Bett, aber sie hatte das Licht noch angelassen, weil sie gehofft hatte, dass ihre Schwester zu ihr kam.

Hedvigs Augen leuchteten, ihre Wangen waren rot.

Anne-Lis richtete sich auf und schwang die Beine über die Bettkante. Hedvig setzte sich neben sie.

»Ich muss nicht fragen, ob es gut gelaufen ist«, sagte Anne-Lis. »Ich sehe es dir an.«

»Du hast es gewusst«, erwiderte Hedvig ohne jeden Vorwurf.

»Er sollte es dir selbst sagen«, sagte Anne-Lis.

»Mein Mann ist Britta Åberg.« Hedvig seufzte tief auf.

»Tja, du bist mit einer berühmten Autorin verheiratet«, sagte Anne-Lis und grinste. »Und so wie es aussieht, bleibt es auch dabei.«

»Vorerst wird er noch nicht nach Hause zurückkommen«,

sagte Hedvig. »Wir sind uns beide einig, dass wir uns ganz neu kennenlernen wollen, bevor wir es noch einmal miteinander versuchen.« Sie schüttelte den Kopf. »Ich habe nie gewusst, wie sehr er seinen Job in der Firma hasst.«

»Und er hat nie gewusst, dass genau dieser Job deine Berufung ist«, sagte Anne-Lis. »Es wird für euch beide spannend werden, den anderen völlig neu zu entdecken.«

»Ich freue mich darauf«, sagte Hedvig verträumt.

Plötzlich schien ihr klar zu werden, dass Anne-Lis dieses Glück nicht vergönnt war. »Ich hoffe, dass für dich auch noch alles gut wird«, sagte sie und umarmte sie.

»Ganz bestimmt«, sagte Anne-Lis, obwohl sie selbst nicht mehr daran glauben konnte.

Nachdem ihre Schwester gegangen war und sie das Licht in ihrem Zimmer ausgeschaltet hatte, stand sie noch lange am Fenster und schaute auf das dunkle, stille Haus nebenan.

— 22 —

Am Samstag ist Allerheiligen«, verkündete Inga nach dem Frühstück. Sie hatte gewartet, bis die Zwillinge das Zimmer verlassen hatten. »Ich dachte, das ist der richtige Tag, um endlich Fredriks Asche im Garten zu verstreuen.«

Alle schauten sie überrascht an, nur Emil beugte sich ganz tief über seinen Teller.

Plötzlich hob er den Kopf und stieß trotzig hervor: »Ich finde das nicht richtig.«

Inga schloss die Augen und presste die Hände gegen die Schläfen. »Nicht schon wieder, Emil!«, sagte sie gequält. »Ich kann es wirklich nicht mehr hören.«

Emil sprang so heftig auf, dass sein Stuhl zu Boden fiel. Er achtete nicht darauf, sondern lief einfach aus dem Zimmer.

»Mama, wäre das denn wirklich so schlimm?«, fragte da ausgerechnet Hedvig. »Ob wir die Asche nun im Garten verstreuen, oder sie mit einer Rakete ...« Hedvig verstummte erschrocken, als Inga plötzlich aufsprang und in Tränen ausbrach.

»Mama!«, sagte Anne-Lis erschrocken.

»Glaubt ihr, das wäre für mich alles so einfach?« Inga bedeckte ihr Gesicht mit beiden Händen, aber ihr Schluchzen war deutlich zu hören.

»Endlich«, flüsterte Hedvig.

Anne-Lis nickte ihrer Schwester zu, um ihr so zu verstehen

zu geben, dass sie der gleichen Meinung war. Dann stand sie auf, ging zu ihrer Mutter und nahm sie in den Arm.

Hedvig kam dazu, umarmte sie und ihre Mutter, und sie weinten gemeinsam um das, was sie verloren hatten.

Vor dem Wochenende gab es noch eine unangenehme Überraschung. Karin teilte der Familie mit, dass sie kündigen und Stockholm verlassen wolle.

»Warum?« Anne-Lis war fassungslos. Sie konnte sich das Haus ohne Karin nicht vorstellen.

»Für jeden kommt einmal die Zeit, sich zu überlegen, was er eigentlich in seinem Leben noch machen will.« Karin lächelte wehmütig. »Ich will die Welt sehen, bevor ich zu alt dafür bin.«

»Du willst reisen?«

»Ich habe eine Stelle auf einem Kreuzfahrtschiff bekommen«, sagte Karin und strahlte dabei über das ganze Gesicht. »Ich habe so lange davon geträumt. Jetzt endlich habe ich diesen Traum wahr gemacht.«

»Du wirst mir schrecklich fehlen«, sagte Anne-Lis bedrückt.

»Du wirst mir auch fehlen. Ihr alle werdet mir fehlen«, sagte Karin. »Aber wir alle müssen unseren Weg gehen, und ich gehe jetzt meinen.«

»Wann brichst du auf?«

»Am Freitag. Ich habe schon alles mit deiner Mutter besprochen. Ich habe sogar eine Nachfolgerin für mich gefunden, mit der Inga bestimmt gut zurechtkommt.«

»Aber am Samstag soll doch Papas Asche im Garten verstreut werden.«

»Ich habe die Erinnerung daran, wie er war, als er noch gelebt hat«, erwiderte Karin. »Ich brauche die Erinnerung an eine solche Zeremonie nicht.«

Anne-Lis umarmte sie.

»Pass gut auf dich auf«, sagte Karin zu ihr.

»Du auch«, erwiderte Anne-Lis.

Ihre Stimmung war im Keller und besserte sich keineswegs, als sie im Flur auf den bedrückten Emil traf. Sie wusste genau, was ihn quälte.

»Wenn bis Samstag nichts passiert, können wir das mit der Rakete vergessen«, sagte er mit Tränen in den Augen. »Dann schüttet Oma Inga die Asche in den Garten, und Opa ist für immer weg.«

»Ich weiß«, sagte Anne-Lis hilflos. »Aber ich habe keine Ahnung, was wir dagegen machen können.«

»Wir müssen die Asche suchen«, sagte Emil entschlossen. »Oma Inga hat sie versteckt, damit wir sie nicht in den Himmel schießen, aber irgendwo muss die Asche doch sein. Heute Nachmittag geht Oma mit den Zwillingen in den Zirkus.«

»Willst du da nicht auch mit?«

Emil legte beide Hände auf seinen Bauch und krümmte sich leicht. »Ich hab so Bauchschmerzen«, sagte er. »Ich kann nicht mit.« Er zwinkerte ihr verschwörerisch zu. »Und du bleibst hier, um auf mich aufzupassen. Du musst das sagen, damit Mama in die Firma geht. Die können wir hier nicht gebrauchen. Dann ist außer uns nur noch Oma Gunilla da. Die musst du ablenken, wenn ich ihr Zimmer durchsuche.«

Das dürfte kein Problem sein. Gunilla war mit der Aussicht auf Süßigkeiten leicht aus ihrem Zimmer zu locken.

»Hilfst du mir?«, fragte Emil.

»Mache ich«, versprach Anne-Lis.

Bevor sie ihr Vorhaben in die Tat umsetzen konnten, musste Anne-Lis noch mit Leif raus. Diesmal drehten sie nur eine kurze Runde. Es würde Zeit brauchen, das ganze Haus zu durchsuchen. Anne-Lis hoffte inständig, dass sie die Urne finden würden.

Als sie wieder zurückkam, sah sie Svea, die gerade in ihr Cabrio steigen wollte. Sie nickte knapp und wollte weitergehen, aber Svea schloss die Wagentür wieder und kam über die Straße auf sie zu.

Verdammt, lass mich doch in Ruhe!, dachte Anne-Lis.

»Schön, dass wir beide uns noch einmal sehen.« Svea war vor ihr stehen geblieben.

Sie hat kalte Augen, hatte Emil gesagt. Und ein falsches Lächeln, ergänzte Anne-Lis in Gedanken. Ein Lächeln, vor dem sie auf der Hut sein musste.

»Ich wollte dir nur einen guten Rat geben«, sagte Svea. »Lass die Finger von meinem Mann!«

»Hast du Angst, dass ich ihn dir wegnehme? So wie du das vor zwölf Jahren mit mir gemacht hast?«

Svea lachte laut auf. »Nein«, sagte sie. »Nur weil sich Birger aus einer nostalgischen Gefühlswallung heraus noch einmal mit dir abgegeben hat, bist du keine Gefahr für unsere Ehe.«

»Ich hatte auch nicht den Eindruck, dass ich eine Gefahr für eure Ehe bin«, sagte Anne-Lis und versuchte sich an einem ebenso boshaften Lächeln wie Svea. »Es kommt mir eher so vor, als wäre eure Ehe schon am Ende gewesen, als ich Birger wiedergesehen habe.«

Leider ließ Svea sich kein bisschen aus der Ruhe bringen. »Arme Anne-Lis, du begreifst es einfach nicht. Birger wollte dich damals nicht, und er will dich auch jetzt nicht. Er ist nur zu feinfühlig, um dir das ins Gesicht zu sagen.«

Sveas Worte taten weh, und wie! Anne-Lis wunderte sich selbst darüber, wie gefasst sie nach außen hin blieb. »Ich hatte nicht das Gefühl, dass er dich in meiner Gegenwart besonders vermisst«, sagte sie. »Weder an dem Abend, als du nach Hause gekommen bist, noch in der Nacht, die wir gemeinsam auf den Schären verbracht haben.«

Die Unsicherheit, die in Sveas Augen aufflackerte, erfüllte sie mit Genugtuung. Leider hielt sie nur einen kurzen Moment an, bevor Svea siegessicher auflachte. »Wir hatten unsere Probleme, Birger und ich«, sagte sie. »Aber wir haben wieder zusammengefunden, und es wird dir nicht gelingen, uns auseinanderzubringen.«

»Immerhin macht dir meine Anwesenheit so viel Angst, dass du mich hier auf der Straße ansprichst«, sagte Anne-Lis. »So ganz sicher scheinst du dir also nicht zu sein.«

»Lass einfach die Finger von Birger!«, sagte Svea warnend. Dann drehte sie sich um und ging zu ihrem Cabrio. Die Reifen kreischten, als sie aufs Gas trat und davonpreschte.

Denk nicht mehr daran!, ermahnte sich Anne-Lis. Sie musste sich jetzt ganz auf das konzentrieren, was vor ihr lag. Auf das Versprechen, das sie Emil gegeben hatte.

Stundenlang durchsuchten sie das ganze Haus. Anne-Lis fühlte sich ganz und gar nicht wohl dabei, vor allem, als sie das Zimmer ihrer Mutter durchsuchte.

Sie schauten in jeden Winkel, vom Speicher bis zum Keller, aber die Urne war nirgendwo zu finden.

»Sie ist nicht hier im Haus«, sagte Anne-Lis schließlich.

Emil war jedoch noch nicht bereit aufzugeben. »Vielleicht in der Firma«, sagte er. »Wir müssen die Firma durchsuchen.«

»Oma war seit Opas Tod nicht mehr in der Firma«, sagte Anne-Lis.

Sie dachte an den Moment, als Inga endlich geweint hatte. Da hatte sie ihr und Hedvig auch anvertraut, dass sie es nicht übers Herz brachte, in die Firma zu gehen, und dazu auch in der nächsten Zeit nicht in der Lage sein würde.

»Aber wir müssen die Asche einfach finden!«, rief Emil verzweifelt aus.

Anne-Lis drückte ihn an sich. »Ich weiß«, sagte sie und wusste vor allem, dass es ihnen nicht gelingen würde.

Emils Traum von einer Raketenbestattung würde für immer ein Traum bleiben.

Der Samstag kam viel zu schnell. Anne-Lis hatte Angst vor diesem Tag. Immer wieder hatte sie nach der Asche gesucht. Mit Emil, ohne ihn, wenn er in der Schule war. Sie hatte sogar Hedvig gefragt, doch die hatte ihr versichert, dass sie auch nicht wisse, wo Inga die Asche versteckt hatte.

Das Rätsel wurde gelöst, als sie sich abends alle im Garten versammelten. Anne-Lis und Hedvig hatten jede Menge Teelichter im Garten verteilt, weil Inga sich das so gewünscht hatte. Das Kerzenmeer sah sehr feierlich aus.

Emil hatte sich geweigert, bei den Vorbereitungen zu helfen. Überhaupt verweigerte er alles, was mit diesem Abend zu tun hatte. Eigentlich wollte er nicht einmal mit rausgehen, aber Anne-Lis machte ihm klar, dass er das vielleicht später bereuen würde.

Damit die Zwillinge nichts mitbekamen, was sie später ausplaudern konnten, hatten sie gewartet, bis die beiden im Bett lagen.

Alle waren schon draußen im Garten, nur Inga fehlte noch. Als sie kam, war sie nicht allein. Birger trat neben ihr in den Garten, und er hielt die Urne in den Händen.

»Sie war die ganze Zeit bei dir?« Anne-Lis starrte ihn fassungslos an. »Du hast doch gewusst, dass ...« Sie brach ab, als ihr Blick auf Emil fiel. Der Junge war blass, sein Blick fest auf die Urne gerichtet. Dann schaute er Birger ins Gesicht. »Du bist nicht mehr mein Freund«, stieß er hervor. »Ich will dich nie mehr sehen!« Er drehte sich um und lief ins Haus.

»Emil!«, rief Birger ihm nach, aber der Junge reagierte nicht.

»Ich muss mit ihm reden, ich muss ihm erklären ...«

»Lass ihn einfach in Ruhe!«, fauchte Anne-Lis ihn an.

Birger wurde ganz ruhig. »Du hast recht«, sagte er. »Das ist nicht der richtige Zeitpunkt.«

Er öffnete die Urne, nahm die Metallkapsel heraus und reichte sie Inga. »Ich habe sie bereits geöffnet«, sagte er. »Du musst die Asche nur noch verstreuen.«

Inga drückte die Kapsel ganz fest an ihr Herz. Ein leichter Windstoß kam auf, der die Lichter der Kerzen ringsum flackern ließ.

Bertil und Hedvig standen Hand in Hand unter der Ulme, und Anne-Lis sah, dass ihre Schwester sich immer wieder über die Augen wischte.

»Ich liebe dich, Fredrik«, sagte Inga. »Ich werde dich immer lieben.« Dann leerte sie die Aschekapsel aus. Die Asche wurde vom Wind erfasst und durch den Garten getragen. Ein kurzer Moment nur, dann war es vorbei.

Und oben saß ein kleiner Junge, der sich die Augen ausweinte, weil er sein Versprechen, das er seinem Großvater gegeben hatte, nicht halten konnte.

Anne-Lis' Blick richtete sich auf Birger, und jetzt bemerkte sie, dass auch er sie unverwandt ansah. Sie konnte das alles hier nicht länger ertragen und ging ebenfalls ins Haus.

Birger folgte ihr. »Anne-Lis, ich muss dir etwas sagen.«

»Wir beide haben uns nichts mehr zu sagen, nie wieder!«, fuhr sie ihn an. »Hau ab, verschwinde! Geh zu deiner Svea. Ihr beide passt so gut zusammen.« Sie rannte die Treppe hoch in ihr Zimmer, und trotz aller Wut war da noch immer der Wunsch, dass er ihr folgen würde.

Sie trat ans Fenster und sah ihn nebenan ins Haus gehen. Damit war alles klar. Sie und Birger, das war endgültig Geschichte, und für Emil konnte sie auch nichts mehr tun. Ein kleiner Trost war, dass er bei Hedvig und Bertil gut aufgehoben war.

Für Anne-Lis gab es keinen Grund, noch länger in Stockholm zu bleiben. Es wurde Zeit, dass sie ihr Leben anpackte. Ihr völlig neues Leben.

Lieber Opa!

Jetzt ist es passiert! Oma Inga hat deine Asche im Garten verstreut, und ich kann nichts mehr tun, um mein Versprechen zu halten.

Ich kann auch nicht mehr weinen, weil ich schon so viel geweint habe wie noch nie. Ich glaube, ich habe gar keine Tränen mehr.

Birger will ich nie wiedersehen! Gestern hat er versucht, mit mir zu reden, aber ich bin einfach weggelaufen. Ich dachte, er wäre mein Freund, aber das stimmt nicht.

Anne-Lis ist auch richtig böse auf ihn, und jetzt will sie weg. Sie hat eine neue Arbeit gefunden. In Göteborg. Also ganz weit weg. Ich weiß nicht, warum sie nicht mehr nach Malmö geht, aber das ist ja eigentlich auch egal. Ganz weit weg ist ganz weit weg. Und ich habe mir so sehr gewünscht, dass sie für immer hierbleibt.

Ich bin so traurig, Opa, und ich hab dich so lieb! Ich weiß nicht, was ich dir jetzt noch schreiben soll, weil ich wieder weinen muss.

Dein Emil

— 23 —

Anne-Lis hatte ihre Reisetasche gepackt. Morgen würde sie nach Malmö fahren, um dort ihre Wohnung aufzulösen, und dann ging es direkt weiter nach Göteborg.

Sie hatte eine Stelle in einem Reisebüro gefunden, und sie freute sich darauf. Jedenfalls ein bisschen. Alles war besser, als hier in Stockholm zu bleiben, auch wenn sie das rote Cabrio nebenan schon ein paar Tage nicht mehr gesehen hatte.

»Morgen ist es also so weit«, sagte Bertil, der inzwischen wieder bei Hedvig eingezogen war.

Anne-Lis grinste ihn an. »Das sagst du heute schon zum dritten Mal.«

»Weil ich hoffe, dass du es dir im letzten Moment doch noch anders überlegst«, erwiderte er.

»Ganz bestimmt nicht.« Anne-Lis schüttelte den Kopf. Wie automatisch flog ihr Blick zum Fenster.

»Weiß er, dass du gehst?« Bertil hatte ihren Blick offenbar bemerkt.

Anne-Lis schüttelte den Kopf, zuckte dann mit den Schultern. »Keine Ahnung«, sagte sie. »Von mir weiß er es jedenfalls nicht, und Emil spricht auch nicht mehr mit ihm.«

Vielleicht wusste er es von Hedvig. Die beiden arbeiteten nach wie vor miteinander, aber Anne-Lis hatte nach dem Abend im Garten nie wieder nach ihm gefragt, und Hedvig hatte von sich aus nichts gesagt. Wahrscheinlich einfach deshalb, weil es nichts zu sagen gab.

Hedvig hatte sich vollkommen verändert. Sie arbeitete hart, aber das schien ihr gutzutun. Sie war ausgeglichen, und inzwischen wirkten sie und Bertil glücklicher denn je.

Bertil wiederum ging in seiner schriftstellerischen Arbeit voll auf. Zum Schreiben zog er sich in Fredriks Arbeitszimmer im Erdgeschoss zurück, war aber für die Kinder jederzeit erreichbar. Zuerst hatte er sich wie schon in der Firma geweigert, das Arbeitszimmer seines verstorbenen Schwiegervaters zu übernehmen, aber Inga hatte ihm klargemacht, dass ganz besonders Fredrik sich darüber gefreut hätte.

Anne-Lis war noch einmal hinauf in ihr Zimmer gegangen, um die letzten Kleinigkeiten einzupacken, als sie ihre Mutter und Bertil draußen im Garten stehen sah.

Bertil redete auf Inga ein, die immer wieder den Kopf schüttelte. Dann legte er eine Hand auf ihre Schulter und sprach weiter. Inga wischte sich über die Augen, als würde sie weinen, dann nickte sie plötzlich, und die beiden gingen zusammen zurück ins Haus.

Anne-Lis schaute sich in ihrem Zimmer um. Hatte sie auch nichts vergessen?

Ihr Blick fiel auf die Postkarte neben ihrem Bett. Sie setzte sich, berührte sie mit den Fingerspitzen, zog ihre Hand aber ganz schnell wieder zurück. Dann griff sie danach und nahm sie von der Wand.

Ihre Augen füllten sich mit Tränen, als sie die Zeichnung darunter sah. Ein rotes Herz, in das Birger seinen und ihren Namen geschrieben hatte. Damals, als sie das erste Mal miteinander geschlafen hatten.

Jeden Abend vor dem Einschlafen hatte sie es berührt, bis zu dem Tag, an dem sie die Postkarte aufgehängt hatte, um es nicht mehr sehen zu müssen.

Sie hängte die Karte wieder auf und nahm sich fest vor, die Wand zu streichen, wenn sie das nächste Mal nach Stockholm kam. Wobei, da war sie sich sicher, das ziemlich lange dauern würde.

»Wir haben etwas vorbereitet.« Hedvig platzte aufgeregt in ihr Zimmer. »Kommst du bitte mit?«

»Bitte keine Abschiedsfete oder so etwas«, sagte Anne-Lis gequält.

»Komm einfach mit«, sagte Hedvig. »Bitte, es ist ganz wichtig!«

Anne-Lis fügte sich murrend. Was immer ihre Familie auch geplant hatte, sie hatte keine Lust dazu.

Hedvig bat sie, in den Wagen ihres Vaters zu steigen, der vor dem Haus stand. Sie selbst setzte sich hinters Lenkrad und fuhr los.

»Was hast du vor?«, fragte Anne-Lis.

»Du wirst es gleich erfahren«, sagte Hedvig. »Es ist eine Überraschung. Übrigens nicht nur für dich, sondern auch für Emil. Und ein bisschen auch für Mama, aber die weiß inzwischen Bescheid.«

Anne-Lis erinnerte sich daran, wie Bertil mit ihrer Mutter im Garten gestanden und auf sie eingeredet hatte. Allmählich wurde sie neugierig.

Hedvig fuhr in die Stadt und parkte unterhalb des Monteliusvägen. Beim Aussteigen sah Anne-Lis, dass Bertil ihnen mit seinem eigenen Wagen gefolgt war. Inga stieg aus, sie hatte verweinte Augen, aber sie lächelte.

Emil, der auf dem Rücksitz gesessen hatte, wirkte ebenso lustlos wie Anne-Lis sich fühlte. »Was wollen wir denn hier?«, fragte er. »Und wieso sollte ich die Briefe für Opa mitbringen?«

»Wir sind noch nicht vollzählig«, sagte Bertil, und schon hielt der nächste Wagen neben ihnen.

»Was hat der denn hier zu suchen?«, fragte Emil mit finsterer Miene, als Birger aus dem Auto stieg.

Dieselbe Frage hatte auch Anne-Lis auf der Zunge gelegen.

Dann sah sie die große Rakete, die er aus dem Auto holte. Plötzlich ahnte sie, weshalb sie alle hier waren.

»Gehen wir nach oben«, sagte Birger und sah dabei nur Anne-Lis an.

»Was machen wir hier?«, fragte Emil ungeduldig.

Birger hob die Hand, in der er die Rakete hielt. »Da drin ist die Asche deines Großvaters, Emil. Die richtige Asche. Und die schießen wir jetzt in den Himmel.«

»Und was haben wir im Garten verstreut?«, fragte Emil misstrauisch.

Birger lächelte. »Das mit der Kaminasche hat doch bei Magnus schon gut funktioniert.«

»Und warum hast du dir damit bis heute Zeit gelassen?«, fragte Anne-Lis bitter. Wenigstens Emil hätte eine ganze Menge Kummer erspart bleiben können.

»Weil Fredrik es sich so gewünscht hat«, sagte Birger. »Er hat mir von dem Versprechen erzählt, das Emil ihm gegeben hat, und er wusste, dass der Junge das alleine nicht schafft. Aber es war wirklich sein Wunsch.« Birger nickte in Ingas Richtung. »Und er wollte, dass die Raketenbestattung genau heute stattfindet.«

»Am dreißigsten November«, sagte Inga. »Dem Tag, an dem wir uns kennengelernt haben.«

Birger nickte. »Das Schwierigste von allem war, dass ich nichts sagen durfte. Weder, dass ich von seinem Wunsch wusste, noch, welchen Tag er sich ausgesucht hat. Fredrik hatte Angst, dass die Familie nach seinem Tod immer weiter auseinanderdriftet. Als er damals mit Emil den Bericht über diese Raketenbestattung gesehen hat und sagte, das wolle er auch so haben, hat er es nicht ernst gemeint. Doch dann setzte sich der Gedanke in ihm fest, weil er wohl ahnte, dass es zu Auseinandersetzungen über die Form der Bestattung kommen würde.« Birger hielt kurz inne, und es waren wohl die Erinnerungen an die Gespräche mit Fredrik, die ihn jetzt zum Lächeln brachten.

»Ich habe ihn damals gewarnt«, fuhr er endlich fort. »Ich habe ihm gesagt, dass sich die Familie letztendlich vollkommen zerstreiten würde. Aber er sagte, das Risiko würde er eingehen, und eigentlich war er davon überzeugt, dass diese Auseinandersetzung euch irgendwann dazu bringt, ehrlich miteinander zu reden, und euch alle wieder zusammenführt.«

Birger machte eine kurze Pause, bevor er schloss: »Vieles ist bestimmt anders gelaufen, als Fredrik sich das vorgestellt hat, aber wie sich zeigt, hat er letztendlich recht behalten. Ihr habt als Familie wieder zusammengefunden. Lasst uns nach oben gehen und gemeinsam Fredriks letzten Wunsch erfüllen!«

Schweigend stiegen sie den Monteliusvägen hinauf bis zu der Stelle, die Emil bei seinem ersten Besuch mit Anne-Lis ausgesucht hatte. Es war ein sternenklarer Abend. Unter ihnen lag Stockholm mit seinen ganzen Lichtern, die sich im dunklen Riddarfjärden spiegelten.

»Können wir die Asche mit einer normalen Silvesterrakete in den Himmel schießen?«, fragte Inga.

Birger schüttelte den Kopf und zeigte auf die ungewöhnlich große Rakete, die er mitgebracht hatte. »Das ist eine Spezialanfertigung aus England«, sagte er. »Die werden extra für diesen Zweck hergestellt. Fredriks Asche wurde bereits eingefüllt.«

Niemand sagte etwas, als Bertil und Birger Emils Briefe an der Rakete befestigten.

Und dann war der große Moment gekommen.

»Ich finde, du solltest die Rakete anzünden«, sagte Birger und gab Emil das Feuerzeug.

»Ja«, hauchte Emil, »aber vorher muss ich dir noch etwas sagen. Es tut mir leid, dass ich gesagt habe, du bist nicht mehr mein Freund.«

Birger streckte ihm die Hand entgegen. »Wir sind Freunde fürs Leben.«

»Fürs Leben.« Emil schlug ein, und dann zündete er das Feuerzeug an und hielt die Flamme an die Lunte der Rakete.

Zischend züngelte die Flamme hoch, dann schoss die Rakete in die Luft, zerfaserte in bunte Lichtpunkte, die sich im Wasser spiegelten und schließlich verglühten.

Ingas leises Weinen war zu hören. Hedvig hatte einen Arm um ihre Schulter gelegt, drückte sie an sich.

Bertil hielt Emil an der Hand. »Das war die beste Beerdigung aller Zeiten«, sagte er. »Ich bin stolz auf dich, Emil, weil du so darum gekämpft hast.«

Eine Weile schauten sie schweigend auf den Riddarfjärden hinab. Dann machte sich Emil mit seinen Eltern und seiner Großmutter an den Abstieg.

Anne-Lis wollte ihnen folgen, aber Birger hielt sie fest. »Ich liebe dich, Anne-Lis«, sagte er.

»Bitte, Birger«, erwiderte sie gequält, »keine Spielchen mehr. Ich kann das nicht mehr ertragen.«

»Das sind keine Spielchen«, sagte er. »Als ich dich das

erste Mal nach so langer Zeit wiedergesehen habe, wusste ich, dass ich dich immer noch liebe.«

»Aber Svea …«

Er ließ sie nicht ausreden. »Das mit Svea und mir ist schon lange vorbei«, sagte er. »Wir leben schon seit ein paar Jahren nicht mehr zusammen. Nach unserer Nacht auf den Schären habe ich sie angerufen und um die Scheidung gebeten. Keine Ahnung, warum sie dann in Stockholm aufgetaucht ist, wir hätten das auch über unsere Anwälte regeln können.«

»Mir hat sie gesagt, dass ihr es noch einmal miteinander versuchen wollt«, sagte Anne-Lis.

»Ich will es mit dir noch einmal versuchen«, erwiderte Birger und zog sie an sich. »Ich wollte dir schon an dem Abend bei mir zu Hause sagen, dass ich dich liebe.«

»Aber dann kam Svea dazwischen, und sie wollte mir nicht gönnen, was sie selbst nicht mehr haben kann.«

»Wie gesagt, Svea spielt schon lange keine Rolle mehr in meinem Leben. Ich will, dass du ab sofort die Hauptrolle spielst. Anne-Lis, ich liebe dich so sehr, ich halte es keinen Moment länger ohne dich aus!«

Anne-Lis legte ihre Hände in seinen Nacken. Sie stellte sich auf die Zehenspitzen, und ihre Lippen berührten sacht seinen Mund.

»Ich liebe dich auch«, sagte sie, und dann schmiegte sie sich an ihn und küsste ihn.

Lieber Opa!

Jetzt bist du schon seit einem Jahr tot. Es ist viel passiert im letzten Jahr. Traurige, aber auch viele schöne Sachen.

Ich vermisse dich immer noch.

Papa sagt, das wird immer so bleiben, und das wäre auch gut so, weil nur die Menschen richtig tot sind, die vergessen werden. Ich vergesse dich ganz bestimmt nie, Opa!

Mit Papa meine ich übrigens Bertil. Seit er wieder bei uns eingezogen ist, sage ich Papa zu ihm.

Aber jetzt muss ich dir alles der Reihe nach erzählen, weil das hier der letzte Brief an dich ist. Die anderen Briefe haben wir ja schon mit deiner Asche in der Rakete in den Himmel geschickt. Und weil du jetzt ein Jahr tot bist, gehen wir nachher wieder alle zum Monteliusvägen, um noch einmal eine Rakete für dich in den Himmel zu schießen. Ohne Asche diesmal, aber dafür mit diesem Brief:

Also: Anne-Lis und Birger sind ganz verliebt und wohnen nebenan. Im nächsten Jahr wollen sie heiraten.

Oma Inga kümmert sich oft um die Zwillinge, aber zum Glück hilft ihr die Anna dabei, weil Oma Inga demnächst verreisen will, und zwar mit dem Schiff, auf dem die Karin arbeitet.

Oma Inga hat jetzt viel mehr Zeit, weil etwas ganz Trauriges passiert ist: Oma Gunilla lebt nicht mehr. Sie ist im letzten Sommer gestorben, aber das weißt du ja, weil sie bestimmt bei dir im Himmel ist.

Tagsüber ist Papa bei uns. Der ist eine ganz berühmte Schriftstellerin geworden, jedenfalls sagt Mama das immer. Und Papa sagt, dass Mama der beste Chef ist, den er sich für deine Firma vorstellen kann. Dass die beiden komisch sind, wie die meisten Erwachsenen, habe ich dir ja schon oft geschrieben.

Die doofe Svea ist schon lange weg. Zum Glück, denn sonst hätte Anne-Lis nie nebenan bei Birger einziehen können.

Lieber Opa, ich hab dich so lieb, und ich werde dich immer lieb haben, für alle Zeiten und Ewigkeiten! Irgendwann, das glaube ich ganz fest, sehen wir uns wieder.

Bestell Oma Gunilla ganz viele Grüße von mir! Ich hoffe, sie bekommt viele Kekse im Himmel. Jeden Abend denke ich an euch, und dann stelle ich mir vor, dass ihr keine Schmerzen mehr habt und auf einer grünen Wiese steht. Um euch herum sind ganz viele Blumen und Schmetterlinge, und die Sonne scheint immer, denn im Himmel ist der Herbst wie Sommer.

Dein Emil

Meeresrauschen, Kinderlachen und der Duft von frischen Zimtschnecken

Linnea Holmström
ELCHE IM APFELBAUM
Roman
304 Seiten
ISBN 978-3-404-17143-9

Im idyllischen Örtchen Norrfällsviken an der schwedischen Ostseeküste betreibt Liv ein kleines Café direkt am Meer. Nebenbei muss sie drei Kinder und einen kranken Vater versorgen. Und dann kommt auch noch Björn Bjerking, dieser eingebildete Typ aus Stockholm, ins Dorf und fährt sie einfach über den Haufen! Liv landet im Krankenhaus und weiß keinen anderen Ausweg, als Björn ihren Haushalt und die Kinder anzuvertrauen. Leider hat dieser von Kochen und Putzen keine Ahnung, und Kinder kann er sowieso nicht ausstehen – bis er den dreijährigen Nils kennenlernt ...
Ein Roman wie ein Urlaub in Schweden

Bastei Lübbe